U0077172

讀小說
Reading Novel

染井為人

瑞昇文化

目錄

抱持小說家的決心

台灣的讀者們大家好，我是日本小說家染井為人。

這次我所寫的小說是漢字為「海」之「神」的《海神》（譯註：發音WADATSUMI漢字又可寫成「綿津見」，是日本神話中海神的名字）。《海神》是一部娛樂性小說，同時帶著一點報導文學的性質。

我想台灣的各位應該也都記得這件事情，大約十年前的二〇一一年三月十一日，浩大的地震侵襲了我的國家。地震引發巨大海嘯，沿海受到毀滅性的損害，有許許多多人失去性命。

要將這場後來被命名為東日本大地震的事件作為小說題材，也讓我相當猶豫，這是我可以處理的主題嗎？而且我可以拿來作為娛樂小說發表嗎？實在是相當煩惱。

在撰寫的時候我也每天都在煩惱這件事情，甚至曾想要半途而廢，現在回頭想想，當時我的決心還不夠。我會再次提筆，是因為讀到那些採訪東日本大地震受害者們的新聞記者所紀錄的報導文學。

在那本書中，寫了這樣的話語。

「被訪問的人很痛苦，訪問他們的人也是。即使如此，還是應該要把東日本大地震的事情流傳到後世，所以我們一定要寫下來才行。」

我不禁覺得，確實就是這樣啊。如此一來我身為一個小說家，也應該要透過小說讓更多人知道東日本大地震才對。這次《海神》獲得這個被翻譯的機會，讓台灣人也能夠閱讀，我覺得非常光榮。

這個故事在一開始的時候，是一位出生於東日本大地震當天的十歲少女，在受災地的海邊撿到裝滿金塊的公事包。

那些金塊是誰的東西？為何會在海上漂流？

背後有著非常陰暗又悲傷的故事。

另外還有一個角色，是很壞的日本人，他占用了提供給受災地的復興支援金。同樣身為日本人，要將如此丟臉的事情說給外國人聽，我也覺得非常難過，但其實這個壞蛋是有模特兒的。占用復興支援金公款，是真的曾在日本發生的事情。

這樣的壞人到底能不能被逼到絕路呢？

超越時間、在不同人的心思交錯之間，緩緩揭露真相的懸疑小說《海神》，還請大家欣賞到最後。

染井為人

惡人的肖像——十年過去了，東日本大地震仍然還沒有結束。

「我所有的希望和夢想都破滅了，我不知道該如何活下去。無論流下多少淚水，都無法治癒這份傷痛。」

——NHK紀錄片《3／11——海嘯來襲：災後第一年》

對日本人來說，走過戰後的經濟奇蹟，再回首平成的這三十一年，有太多不堪回首的灰色記憶。泡沫經濟崩壞、阪神大地震、奧姆真理教沙林毒氣事件、秋葉原隨機殺人事件……以及二〇一一年所爆發的日本有紀錄以來最大地震（九級）：三一一東日本大地震，與伴隨海嘯破壞核電廠後引發的福島核災。巨大的天災人禍造成的不僅僅是統計數字上的一萬八千人死亡或失蹤、超過十五萬災民被迫流離失所，更在全日本的人民心中就此刻印下重重的傷痕與恐懼。

因平成的災害太過震撼人心，讓日本人這些年不斷藉由各種媒介興起昭和懷舊、大正浪漫的復古情懷，鼓吹過去的美好。事實上昭和曾遭遇二戰與原爆、大正也經歷過關東大地震與大飢荒，都被選擇性地忽略並美化。至於令和的到來、東京奧運協助復興觀光與經濟的憧憬，被突如其來的新冠肺炎疫情給徹底打亂，則又是另一個故事。

所謂患難見真情，日久見人心。在當代日本人前所未見的混亂狀況中，人性的良善與醜惡也赤裸裸地呈現。雖然普遍外國媒體對災民守秩序、情緒克制的表現讚譽有加，更有許多志工付出、奮不顧身救援的溫暖篇章，但同時間「火場小偷」橫行，針對東北災區空房裡的財物、銀行的保險箱與ATM打家劫舍。

在全國還發生了多起以募款救災為名的詐騙事件、或是惡質地找災民放款的高利貸，以及幾起性犯罪、避難所內壓力引發的暴力事件等遺憾罪行，只是被災情給掩蓋住版面。

自松本清張與山崎豐子起，無論推理元素多寡，筆者一向大力推崇優異的社會派小說。**日本小說家厲害的地方在於，同時具備深入取材、研究單項主題的職人精神，以及高超的說故事功力**。考證很耗時費工沒錯，但如果只蒐集大量資料，沒有架構出獨特的角色與故事，便會流於生硬嚴肅、但欠缺娛樂效果的社論或報導文學，難以擴散出作者希望在作品中發聲的內容，這也是在功力不足的海內外作品中較常看見的情況。

然而知易行難，在日本強烈的「自肅」民族性限制下，在小說中談到三一一，通常「必須」偏療癒取向。如果換成要探討負面問題，尺度是非常難掌握的——必須維持小說應有的娛樂性，卻又不能讓這種「娛樂」被貼上消費震災悲劇的標籤。更現實的，是災情太過慘烈，讀者不想要再重溫那些不好的回憶，就算寫出來了也變成「滯銷書」的尷尬。這便是以《狂牛風暴》（二〇一二）聞名的相場英雄，提案寫災後社會派小說時遭遇出版社勸阻的實際情況。又或者正如同本作《海神》（二〇二一）作者染井為人所言，**他們背負龐大的批判壓力，甚至光是以災民為主角寫小說，內心就會有罪惡感**。

也因此，克服種種吃力不討好困境的日本作家們，絞盡腦汁採訪、企劃，費盡心血完成的三一一社會派「爭議小說」，成果才能如此閃耀、驚嘆，令人為之拜服。相場英雄的《共震》（二〇一三）以記者之眼呈現了災區重建的緩慢與困苦、負責復興的公務員可恨的怠惰、貪污，與各種壞人藉機詐欺的亂象；天童荒太則大膽深入福島核災禁區取材，二〇一六年發表的《月夜潛者》以核廢水之海打撈遺物的潛水員為主角，打破禁忌與亡者遺族互動，並描述她們「倖存者罪惡感」的心境。

瑞昇讀者們很熟悉的暢銷名家中山七里，「宮城縣警」系列《那些得不到保護的人》（二〇一八）與《界線》（二〇二〇）更將他的社會派小說進化到「神作」的水準，備受各界讚譽。前作挖掘出災後復興表象下的經濟「內傷」重症，當地方政府預算大量移轉到災後重建時，原本領取社會福利金的窮老年人，便淪為意外的犧牲者，而引發了新的犯罪。《界線》裡刑警笘篠收到七年前失蹤髮妻遺體的尋獲通知，前往確認時卻發現是完全不同的人，揭露出三一一後大量失蹤人口身分被有心人士盜用、買賣的卑鄙行徑。

而日本安排在震災別具意義的十週年出版、台灣則安排在十一週年出版的《海神》，是筆者期盼已久，深入探討核心災區重建黑暗面的社會派犯罪小說，可以說真的是等得太久了！這是染井為人的第五部小說，同樣由瑞昇出版的前作《正體》（二〇二〇），在社群媒體上引發熱烈討論，並在有一百萬名愛書人使用的「Bookmeter」網站衝上三月的注目度排行榜第一名，改編電視劇也即將上映。自二〇一七年橫溝正史獎得獎出道以來，染井穩定地提升創作的質量，身為職業作家實績益發亮麗，《海神》更成為他最新繳出的震撼代表作。

《正體》的創作概念來自二〇一八年逃獄犯的社會新聞，《海神》則改編自真實發生過的重大事件：「大雪 Ribanet 問題」，更合併了另一起「島吉宏侵吞外甥救濟金案」，設計出本作的主要角色：遠田政吉與江村汰一，與一連串無情命運交織而成，令讀者欲罷不能的悲愴交響曲——以下筆者也針對這兩起事件進行說明。

「大雪Ribanet」是男子岡田榮悟在北海道成立的非營利組織（NPO），具有在地方政府指導災害救援的經歷。三一一後他們來到岩手縣的山田町（《海神》裡則更改為架空的三陸離島天之島）協助救災與復興。二〇一二年四月，岡田取得町公所與在地人的信任，簽下正式契約，並雇用了一百三十七位町民進行重建的工作。

但僅在短短不到一年內，十二月時NPO提交的財報餘額只剩下七十五萬，原本山田町交給岡田的復興事業費可是高達「七點九億日圓」。財報裡的支出項目漏洞百出，山田町意圖終止合作，大雪Ribanet則惡意解僱了所有員工報復。岡田榮悟巧妙地藉由人頭公司洗錢、並湮滅證據，私吞了至少五億圓的「不當支出」。在調查中因許多消失的帳款無法被證明下落，逃回北海道的岡田直至二〇一六年初，才被判刑六年入獄，身為共犯的妻子也只有兩年半的刑期。

媒體採訪了曾在NPO任職的町民，他們指出岡田在任職期間無時無刻都在享用豪華大餐、舉辦宴會，還買下了美國海軍陸戰隊使用的卡車、快艇等無意義設備，這些錢當然都不可能取回。鄉民除了砲轟無恥濫用寶貴稅金的岡田，也質疑這起誇張的公款侵占案是為何發生，山田町為什麼會輕信一個來自遠方的無名NPO團體？震災後公務員的人手不足、馬虎行事都成為檢討的重點。

染井在光文社的訪談中表示，自己偶然看到「大雪Ribanet問題」的紀錄片，燃起熊熊的怒火。他認為或許當年媒體考量到，若大篇幅地報導案情，會影響到國人願意捐款到災區的意願，而沒有持續追蹤。**但這個事件，是他身為小說家必須寫下來的。十年以後，許多人覺得震災已經過去了，但就像山田町民被二次傷害的遭遇，他想要以這部小說讓更多人體會到：「東日本大地震真的不是已經結束的事。」**染井自身也身體力行參與過東北的救援活動，包含三陸鐵路的重建。他說那些從當地人身上聽到的心聲、親眼所見的大地傷痕，都化為形塑《海神》豐沛情感、寫實劇情的能量。

另一起「島吉宏侵吞外甥救濟金案」，則發生在宮城縣石卷市。九歲男孩相澤壽仁在海嘯中痛失雙親，舅舅島吉宏後來找到壽仁收養了他，舅甥重聚共同展開新生，還上了報紙頭條蔚為佳話。二〇一四年壽仁卻向警方報案揭開殘酷的真相，島吉宏藉監護人之名，擅自盜用政府發放給壽仁的六千八百萬救濟金揮霍無度，甚至用空氣槍射擊、拳打腳踢的方式家暴外甥。壽仁的血淚控訴「他拿我父母用命換來的錢去揮霍，卻從來沒有為我花過一分錢，甚至是學費。」也只換得島吉宏六年的刑期。

一個被雙面惡人收養的震災孤兒，會面臨什麼樣的人生？他未來又會變成哪一種大人？這就是《海神》裡江村這個面無表情的青年，將在故事中揭曉的最大謎團。而先前提到的，日本鄉民質疑山田町為什麼輕信NPO，即便町民是最大受害者，卻仍隨意批評與嘲諷，罵他們「愚蠢」。對於這些一般人對公款侵占的疑問，染井也在小說裡藉由菊池、姬乃、佳代這些擔任敘事的旁觀者視角，第一手反映無助災民的心理狀態，以及栩栩如生的遠田（岡田）的惡人之肖像。河北新報的書評便稱讚本作：「那個能夠隱藏惡意、擁有感化周遭魅力的人物，接近被害者們並逐漸像人偶一般操縱他們的恐怖過程，被清晰地刻劃出來。」這便是筆者先前提到的當今犯罪小說娛樂價值的王道展現。

染井為人的小說不會出現新本格一脈的遊戲性詭計，而是**以「人類行為動機」為出發點，塑造出極富存在感的角色，探索人性之所以為惡、又何以受害，這些造就犯罪者與被害者關係的「心理謎團」、和那些常被世人忽視的外在影響因素**。就像《正體》裡那位身分百變的死刑逃獄犯，故事的核心概念為「你是誰？為何你的所作所為並不像是傳媒中那個十惡不赦的殺人犯？」人性的善惡剖析，就是染井一系列氣勢磅礡的犯罪小說最精采的懸念與迷人之處。在東日本大地震以後，這個司法、名偵探與警探都無力遏止犯罪的現實世界，或許唯有期盼「海神」制裁惡人的那一天到來。

作者簡介／喬齊安（Heero）

台灣犯罪作家聯會成員／百萬部落客，已出版六本足球書籍專刊。在本業編輯製作多本本土文學小說獲獎並售出ＩＰ版權，即將改編翻拍為電影、電視劇。為多部小說／實用書籍撰寫推薦與導讀、書評相關文章，長年經營「新聞人Heero的推理、小說、運動、影劇評論部落格」。

2 0 2 1

- 序章 -

3 march

SUN.	MON.	TUE.	WED.	THU.	FRI.	SAT.
	1	2	3	4	5	6
7	8	9	10	11 千田來未	12	13
14	15	16	17	18	19	20
21	22	23	24	25	26	27
28	29	30	31			

序章　二〇二一年三月十一日　千田來未

一步、再一步，腳下的沙子隨腳步喀沙、喀沙地揚起笑聲。

千田來未最近才知道這種沙子叫作歌唱沙，非常稀有，好像是沙粒中混有石英粒子之類的東西，會因為摩擦而發出聲響。來未不知道其他地方的情況，所以原先一直以為海邊的沙子會笑是件理所當然的事情。

來未今天十歲了。「十」這個數字感覺有些特別而令她開心，雖然還沒有成為大人，但總覺得能夠加入大人們的圈子了。

不過，來未不太喜歡自己生日這一天，因為島上所有人都會聚集在一起並且一臉嚴肅，就連平時非常開朗的彩虹之家員工、總是說著無聊笑話的小學校長，就只在來未生日這天變得十分陰鬱。

而且每年到了這天，大家總是一大早就忙著準備悼念儀式，根本沒有人陪來未。當然他們也有叫來未幫忙，但來未討厭看到大家陰沉的表情，所以總是偷偷溜出來。

想來現在大人們一定皺著眉頭說：「來未那傢伙怎麼又……」

但來未根本不在意這種事情。反正調皮的女孩被罵也不是第一次了。

隨便找個地方停下腳步，她把紅色書包隨手丟在沙灘上，沙灘隨即發出了有趣的噗滋聲響。

來未在書包旁坐下抱著雙膝，呆呆地眺望著廣闊的海洋。那搖搖盪盪的海面反射陽光而閃爍著。今天天氣真的很好，不過海風還是有些冷。

來未想，真希望夏天早點到來呀。

到了夏天，就能好好在海裡玩耍。來未最喜歡在海裡玩耍了。她特別擅長裸潛，可說是超人一等，能夠潛得比男孩子們都還要深、還要久。而且雖然不能告訴大人，不過她可是能隨意採到海膽或者海螺呢。

「為什麼來未姊姊沒有爸爸和媽媽呢？」

不久之前加奈所說的話語倏地出現在腦海當中。加奈才一年級，身高只到來未的肩膀，卻是來未的同班同學，畢竟全校兒童總共只有十三人，所以也不好將不同學年的學生分開管理。

「聽說他們以前在地震的時候死掉了。」來未把手放在膝頭回答道。

加奈年紀雖小但似乎覺得很抱歉，因此低下頭說：「對不起。」

那樣子看起來實在很可憐，所以來未忍不住捏了捏加奈的臉頰。

沒有爸媽根本不會怎樣——甚至應該說根本不覺得有什麼關係。反而還想請人教教自己，怎麼樣才能對於那只見過照片的父母感到眷戀呢。

我雖然沒有血緣相繫的親人，但有很多代替他們的大人呀。尤其是彩虹之家的員工昭久爺爺和佳代奶奶，他們真的像是疼自己的小孩一樣疼我。

在小學和彩虹之家裡，也有好多好多朋友。

我明明被這麼多喜歡的人包圍著生活，要是說什麼寂寞的話，可是會遭天譴的——來未先前曾這樣告訴過佳代奶奶，結果佳代奶奶開始撲簌簌地掉淚，抱著來未說：「謝謝。謝謝……」

來未被抱住的時候心想，我並不是想害佳代奶奶哭，也不是說來讓她開心的，只是說出真心話而已啊。

雖然自己還很年幼，但畢竟已經活了十年，還是能懂些事情。

比如說，自己是個能夠引來許多人同情目光的可憐孩子。

我明明沒什麼煩惱呀，這樣真是奇怪。

不，也不是完全沒有。

上個月來未第一次經歷月經。升上四年級的時候，已經有女老師教過這件事情，所以腦中有生理期的相關知識，不過本來她以為自己還要很久、很久以後才會遇到，真的是做夢也沒想到這麼快就要從女孩子變成女性了。

那從兩腿間流下的血液依然能鮮明浮現在腦海中。她總覺得自己好像變成了一種非常醜陋的生物。一想到那東西這個月還會再來，就覺得還真是挺憂鬱的。雖然佳代奶奶開心地說著：「這是成為大人的證據呀！」但是——

啊，來未靈光一現。

原來如此。我已經拿到成為大人的證據了呀。

強悍的海風從正面吹向成為大人的來未，她的髮絲向後飛揚。

來未猛然起身，拍了拍屁股上的沙子。

瞇眼凝望海的另一邊，隱約能瞧見城鎮。

那是從這座島搭船五分鐘左右可以抵達的矢貫町，島上的大人們都把那邊稱為「本土」。

矢貫町雖然是個小小的城鎮，但與這座天之島相比也可說是大都會了，那裡有公車也有電車奔馳，最重要的是它與日本全國的土地相連。

先前在社會課上展開日本地圖的時候，來未才對自己居住的島竟然只有那麼一丁點兒大感到震撼。大概就是用削到很尖的鉛筆點的一個點，雖然島民都自豪這裡是東北地區第二大的有人島，但現實中的天之島不過是個小點罷了。

所以島上的哥哥姊姊們，長大成人以後都去了本土。

我有一天也會離開這座島嶼嗎？

現在雖然完全不想這麼做，但會不會一天就改變了心意呢？

模模糊糊地思考著這種事情的時候，目光遠方似乎有什麼東西在動著。

仔細凝視前方，來未不禁皺起眉頭。

有個像是銀色包包的東西奇妙地擺盪著，隨著白色海浪的動作嘩地靠近、又咻地退回，在波浪之間晃動。

那是個手提箱嗎？但是為什麼那種東西會出現在這種地方——

「啊，等等！」來未失聲喊道。

有個大浪打了過來，銀色包包消失在眼界範圍內。

來未立刻脫下鞋襪，彷彿狡兔一般奔出，沙子發出了喀喀喀的短響。

來未就這樣一路跑進海中。初春的海水真的非常冰冷，但她毫不在意地直直前進。海水高度超過膝蓋、打濕了裙襬。

配合浪潮打來的瞬間，她將兩手伸入海浪，抓住了銀色的包包。原先打算把它從海水當中撈起來，沒想到卻無法簡單提起。那東西真是重得嚇人！明明只比書包大了一點而已啊。

來未抓著包包的提把，配合海浪打過來的時機，用拔河的訣竅拖著銀色包包前進。好不容易才將包包拉到沙灘上，沙子也發出了奇怪的咕嘰聲。

走到海浪打不到的地方以後，來未便倒在沙灘上。用兩手撐著沙子氣喘吁吁。

她再看了一眼那個銀色包包，仔細一瞧才發現表面上有許多傷痕，到處都是坑坑巴巴的凹陷，還長了薄薄一層青苔，大概已經在海上漂了很久吧。

說不定是海盜的藏寶箱——

一瞬間雖然有那樣的期待，不過來未馬上冷靜下來，明白那是不可能的。想來只是旅行者在途中掉到海裡的普通行李。

應該也打不開吧？雖然這樣想著，來未的手還是伸向了包包上的開關，沒想到啪嚓一聲，金屬零件就這樣打開了，另一個也一樣輕鬆打開。

或許本來就沒上鎖吧，又或者是因為在海水裡泡太久而鬆開了呢？

無論如何，這個神秘的箱子終究是可以打開的。

吸——吐——緩緩地用力深呼吸一次。

接下來慎重地用兩手緩緩將蓋子往上提起。

綻放著炫目光輝的金塊映入來未的雙眸。

2 0 1 3

- 1 -

1 january

SUN.	MON.	TUE.	WED.	THU.	FRI.	SAT.
		1	2	3	4	5
6	7	8	9	10	11	12
13	14	15	16	17	18 菊池一朗	19
20	21	22	23	24	25	26
27	28	29	30	31		

1　二〇一三年一月十八日　菊池一朗

天之島南公民館的大會議室內殺氣騰騰，一觸即發。在場所有人都緊握雙拳、雙目圓睜。

菊池一朗隸屬於全日本發行數量第一的大報社——今日新聞的東北總局宮古通訊部——他也緊咬下唇瞪著前方。

他的視線朝向那總部設立在北海道的NPO法人「水人」的負責人、同時兼任天之島復興支援隊負責人，三十五歲的遠田政吉。

遠田身旁站著律師，他壯碩如一頭巨熊般的身體舒適的靠在椅背上，還將那彷彿圓柱般的兩腿大大張開，朝為數眾多的記者展露毫無懼色的笑容。

這是針對他那過於不透明的帳簿……也就是用途不明款項所舉辦的說明記者會。

「所以說，證據呢？」遠田撩起那油膩的長髮，「要是有老子用了公費的證據，就給我提出文件啊。不然這是要怎麼講啊。」

「別開玩笑了！」記者們馬上罵聲四起，「你這樣吞掉復興用的錢，不覺得丟臉嗎！」

「開玩笑的是你們這些媒體吧。講一些沒頭沒腦的事情，把別人塑造成一個壞人，也該鬧夠了吧？你們才應該覺得丟臉吧！」

怒罵聲再次此起彼落，大家都無法冷靜下來。

四億兩千萬日圓。遠田政吉私人使用掉的金額可是四億兩千萬。

而這筆金錢是復興支援金，是提供給東日本大地震時受到極大災害的天之島使用的啊！

復興支援金的總額兩年共約十二億日圓，當中有三分之一的錢、用來讓這重傷島嶼的島民復活的生命金錢，就這樣為了一個男人的私人欲望化為烏有。

復興支援金——正確來說是提供給因受災而失去工作之人工作場所的緊急僱用新創事業臨時特例交付金，為何會託付給這個與當地毫無關係的NPO團體呢？為何會賦予這男人復興支援負責人如此重要的職務、又將重大的任務囑託給他呢？

外界一定感到難以理解吧，但是對於島民們……對於明白當時天之島慘況的人們來說，倒也不是無法理解之事。不，想來當時一定所有人都覺得這是個明智的判斷吧。

地震剛過沒多久，天之島的當地主管機關就像其他許多受災地區的地方政府一樣完全失去了行政機能，那時豪氣干雲出現在島上的便是遠田政吉。

遠田自稱是NPO團體的負責人，一直以來都針對風災、水災及地震受害的地區進行救援及搜索工作，執行義工活動。也就是說，他以應付災害的專家之姿來到這天之島上。

「像是神明一樣的人哪。」

當時島民總是說著這句話。

一朗也曾經如此認為。

應該能夠將一切交給這男人。他能夠將我們重要的島嶼、重要的家人和夥伴由這個地獄當中拯救出去。

原本大家都深信他就是救世主。

矢貫町位於岩手縣沿岸中部的三陸地區，而天之島便是位於海中央，從矢貫町乘坐快艇約五分鐘左右可達的有人島。這小小的島嶼面積僅六平方公里，上頭有一千七百戶約三千五百名島民過著簡樸的生活。

島上主要的產業是漁業及觀光，島民大多數是以兩者之一或者兩者兼有來維生。

天之島的海產相當豐富，尤其是比目魚、鰈魚、海膽等水產能夠高價賣出，因此也是島上相當自豪的特產。夏天是觀光客熙熙攘攘的季節，旅館、民宿和特產店都生意興隆。

島民們的個性雖然安穩而悠哉，但是夥伴意識非常強烈。但另一方面，不可否認他們也有封閉的一面。不過島民的孩子全都是大家的孩子，孩子們被溫暖的大人與豐裕的大自然包圍，在這樣的島嶼上順利長大成人。

一朗也是在那樣的天之島出生的孩子。他的爸媽也是在這座島上出生，父親是漁夫、母親則在魚市場打工。

雖然爸媽都只有國中畢業，但是他們對於兒子的教育……尤其是學業上可沒放鬆過，因此一朗高中順利升上了縣內屈指可數、位於釜石的升學型學校。如此一來當然不可能從島上通勤去學校，因此他十五歲便離開了島嶼，住在宿舍裡。

雖然一朗高中三年每天都在玩橄欖球，但也沒懈怠了讀書一事，畢竟他自年幼起就喜歡閱讀文字，夢想是成為新聞記者。高三暑假的時候，他第一次向父母傾訴自己的夢想，當父親說出：「這是你的人生，隨你自己喜歡吧。」那瞬間露出的寂寞表情，他一輩子都忘不了。

最後一朗從東北大學經濟系畢業後，成功被日本最大的報社今日新聞錄取。

進了報社後先被分發到中部社會部攝影課，在那三年裡被徹底教導身為一名記者應該要有的心態；之後被調到盛岡分局報導課，在那過了四年，期間結了婚也生了孩子。

一朗下一個外派地點是宮古通訊部，轄區包含他的故鄉天之島在內。

那是距今三年前，在一朗三十歲的時候。

當然這是他自己提出的轉調意願，他獲得了公司許可，不必住在宿舍裡，可以通勤上班。也就是說，分發到宮古通訊部以後，他就能夠在工作的同時依然住在天之島了。

若問他為何如此想要回到故鄉，其實是當時才兩歲的兒子生來便體質虛弱、肌膚狀況很糟，為此而想幫他換個環境。

沒有任何地方的空氣比天之島更加乾淨，也沒有其他地方的人比這裡的島民溫暖。況且住這裡的話也能讓爸媽抱抱孫子，夫妻倆能仰賴兩老。

所以一朗放棄了出人頭地之事。通訊部一般都是調派進公司大概三年左右的年輕人過去，像一朗這樣年過三十還分發到通訊部，基本上就已經脫離升官路線了。

大部分的人都以為通訊部的工作一天大概只有兩小時，寫篇中規中矩的報導就能自由自在地悠哉度過。其實一朗原本也是這麼想的。

之後才發現這是個重大的誤會，鄉下的通訊部和都市不同，確實是很少發生什麼了不得的大事件，但既然人們在此生活，就會有許多小插曲。不管是讓人感到開心抑或相反的事都多到不行。記者必須要積極去找出這些事情、奔往現場拍照然後撰寫報導，同時要盡可能接觸許多人，這些事情全部都要自己包辦。雖然非常嚴苛，但做起來真是意義非凡。一朗打從心底認為自己要求轉調，回到這個島上實在是做對了。

回到這親近的島上展開新生活大約一年後，在二〇一一年三月十一日，星期五的下午兩點四十六分——。

這天，一朗久違地休了假，雖然他人不在辦公室，但仍在自家公寓的房間裡撰寫稿子。

就在那時，一朗感受到某種怪異。

他才想著怎麼回事呢，身體便被那猛然上推的強烈搖晃襲擊，房間裡的電燈和電視畫面都消失，書籍和各種資料接二連三從書架上掉落。眼看書櫃即將倒向自己，一朗連忙用整個身體將櫃子推回牆壁。

在激烈的搖晃當中，他的眼睛望向窗外。附近的電線杆像蒟蒻似地顫抖著。停車場上的車子則有如牛仔似地狂舞。

那不可置信的光景令一朗瞬間懷疑起自己的眼睛是不是有問題，但一朗自己確實也身處於那搖晃之中。

他認真地覺得天之島……不，或許整個地球都要毀滅了吧。

他想起了妻子智子和兒子優一，那兩人今天早上開車去了一朗的老家，因為母親想要把海帶風乾，妻子說要去幫忙。

搖晃一減弱，一朗馬上伸手抓起手機。

但是不行，電話不通。

一朗嘖了一聲之後抱頭苦思。此時猛然想起父親常說：「有地震就會發生海嘯。」他望向窗戶外頭漁港那片廣闊海洋，那兒是一片與平常無異而安穩的蒼藍色海水。

但是海嘯晚點就會抵達。

一朗將 Nikon 單眼相機 D3100 掛在脖子上，把採訪工具塞進背包裡奔出大門。

這是怎麼回事？這座島究竟會如何——。

一朗內心咆哮著，三步併作兩步奔下樓梯。

「你在那些被解僱的人面前也敢這樣說嗎！」

一名記者指著遠田怒吼。

沒想到遠田揚起一邊嘴角，毫無愧色地說：「當然行哪。我又沒做什麼對不起良心的事情。」

之所以這次會提出復興支援金疑似遭占用的問題，就是因為那些受僱於遠田建立的天之島復興支援隊的員工，大多突然被告知解僱，並且受到相當不合理的待遇。

而解僱的理由是沒有錢付薪水。

地方政府委託水人（天之島復興支援隊）的業務包含搜尋遺體、管理救援物資、巡邏以防止犯罪行為、分發暫時住宅住戶需要的糧食、培養觀光復興人才、培育災害應對支援人員、義工中心營運等，相當多樣化。而這些都是為了在地震後失去工作的島民，才建立起來的緊急僱用新創事業當中的工作。

發給這個緊急僱用新創事業的預算，兩年大約是十二億日圓。

這很難說是多還是少，但至少對不到百名的員工來說，實在不可能半年就付不出薪水來了。

也就是說，錢肯定是消失了。

「那藍橋又是怎麼回事？那種公司是典型的逃稅用公司吧！」

遠田一聽這話，立刻誇張地嘆了口氣。

「你啊，嘴就不能別那麼壞嗎？要是你們都這樣無禮，我也是不太想回答了哪。」

他傲慢的態度更讓現場罵聲四起，使事情更加無法收拾，現在簡直跟在國會裡沒兩樣。

這並不是因為現場剛好只聚集了嘴上不饒人的野蠻記者，而是就連原先不過是旁觀者的他們，在此情況下也無法冷靜。

在這片喧囂當中，坐在一朗旁邊的男人舉起了手、迅速站起身。

等眾人目光都轉過來以後，他開了口。

「請問為何要設立那間叫做藍橋的租賃公司呢？可以麻煩您回答一下嗎，遠田前負責人。」

那清澈而凜然的聲音改變了現場的氣氛。

「你是？」遠田瞇起了眼睛問。

「我是來自東京的自由報導記者俊藤律。」

「自由報導記者？」

「是的，我為幾間不同的雜誌寫報導。」

遠田輕蔑地從鼻子噴了噴氣：「跑頭條的啊。這種流浪漢怎麼也混進來了。」

到底是誰比較無禮啊？話雖如此，俊藤顯然技高一籌。

「我為了採訪受災地而定期拜訪這座島嶼，常在這兒走動所以和這裡的記者也熟識了，這次是請他們開個方便之門讓我進來。那麼請問遠田前負責人，是否能夠回應我這個跑頭條的流浪漢呢？」

不知是否俊藤如此刻意謙遜，反而惹得遠田不高興，他皺了皺鼻子哼了一聲。

順帶一提俊藤所說的熟識記者便是指一朗。

「那我就回答你吧。因為需要啊。」

「還望您指教得更具體一點。」

「因為需要交通工具。」

聽見這沒頭沒尾的回答，俊藤瞇起了眼睛，再次問道：「您先讓自己親信的男性設立了租賃公司，然後將營運資金交給他，從零做起把交通工具都買齊了。不知為何您要用這麼複雜的手法呢？還請指點。」

所謂遠田的親信之人，指的是復興支援隊的幹部小宮山洋人。小宮山在地震後大約三個月，也就是二〇一一年六月的時候設立了藍橋租賃公司。

藍橋總共持有 HIACE 廂型車十台、中型卡車三台、橡皮艇四台、水上摩托車八台，而天之島復興支援隊則以租賃的形式使用這些交通工具，但購買的資金卻全部都是從水人（天之島復興支援隊）那裡籌措來的。

也就是遠田等同於付錢租借自己花錢買的東西，實在奇怪至極。

「真是，不能稍微用點腦子再來問嗎？」遠田刻意擺出困擾的樣子。「聽好了，原本我負責接下的緊急僱用新創事業呢，就有規定不能夠隨意購買五十萬日圓以上的東西，要買的話就得要去向政府申請，但那手續真是有夠麻煩的，在那一片混亂之中，要買艘船、買台機車還得做一大堆文件、蓋印章什麼的，哪來這麼多閒功夫啊，難道不是這樣嗎？遺體可就被埋在旁邊呢，所以才會設立藍橋那間公司，以業務合作的方式——」

確實，在僱用事業的委託契約當中，為了避免人事費用以外的經費成為公司財產，因此無法買賣超過五十萬日圓金額的物品。

俊藤當然是明白這點才刻意發問的。

「也就是說，為了要盡快拿到搜尋遺體用的交通工具、簡略那些手續，所以必須要有藍橋那間公司，您的意思是這樣嗎？」

「沒錯，就是這樣。畢竟搜尋遺體就是跟時間作戰嘛。」

「但是呢，藍橋是在地震後三個月設立的，那個時候應該已經回收了將近九成的遺體，這算是非常緊急的需求嗎？」

「那我問問你，剩下的一成要怎麼辦，不管他們嗎？還是就放那兒了？遺屬可是到現在都還深切希望能夠早日發現他們的家人呢。那些人的想法又該如何是好？我說你啊，不可以把人類當成數字來看哪，我可是從來沒有那樣想過人類的性命唷。人類有愛啊、人之間有情啊。你有站在遺屬的觀點去看、想過他們的心情嗎？如果你的父母親或者孩子的遺體沉沒在海裡——」

遠田搖曳著長髮，手舞足蹈地熱情辯解著。

就是這樣，遠田馬上就會把話題帶開，然後用這種誇張的表現方式來唬弄對方。於是包含一朗在內，所有島民都這樣不自覺地被他欺騙。

當然無法否定地震也造成人心動搖，但為何當時沒人能夠看穿這個男人的本質呢？

「遺體這種東西啊，每天狀態都會越來越糟的。被埋在瓦礫下的會越來越乾枯，漂在海上的還會被魚吃掉。唉，那種下場的遺體還真悲慘啊，連是男是女都分辨不出來啦。我可是為了要讓他們在變成那樣之前，能維持漂漂亮亮的樣子回到家人身邊、讓他們能好好受到供養，所以一心一意不眠不休工作至今——」

不，自己內心某處應該也感覺到遠田有哪兒不對勁，卻別開了眼不予理會。

當初他拚了命說服自己，說什麼率領眾人的領導者這樣剛好，又或者是說正該如此。

如果能夠讓時間倒流回到那時——一朗不知有多少次心裡想著這種不可能的願望。

「我非常明白遠田前負責人您的熱心，不過為何水人要每個月付租賃費用給藍橋呢？就只有這點我實在難以理解。」

沒錯，問題就在於此。

「因為藍橋要負責維修啊。東西用了就會有所損傷，這不是理所當然的嗎。」

「這種鬼道理怎能說得通呢。」

「哪是什麼鬼道理，這是事實，我也沒辦法啊。」

俊藤深深嘆了口氣。

「退一百步來說那是維修費用好了，那這個金額不會太高了嗎？說到底藍橋買的全部都是新車，應該不需要那麼常維修吧？」

遠田透過藍橋購買的車子，全部都是新車。不管是HIACE、卡車、橡皮艇或者水上摩托車，都是全新的。而且橡皮艇還是軍隊等特殊部隊會使用的充氣艇，那金額一艘就超過一千萬日圓。

「你對那種東西還真是一竅不通呢，正因為是新的所以要特別仔細保養啊。」

「那一開始就買中古商品不就行了嗎？」

如同俊藤所言，若是真的非常需要那些交通工具，為什麼一定要買全新的高級品呢？市面上到處都有便宜的中古車，至少在這座島嶼上就有不少。

「我們可是擔負著事關這座島嶼未來的重大任務呢，哪能用那種東西啊。」

就在此時，後方傳來重重的拍桌聲，一朗不禁回過頭去。

「坐這兒就光聽你胡說八道！耍人也該夠了吧你這混帳！」

那是天之島消防隊的隊長三浦治。他比一朗年長了一輪，一朗從小便受到他的照顧。

這個針對媒體的記者會上，也開放包含他在內的當地消防隊人員，以及地方政府職員參加。而無法入場的島民們則大多聚集在公民館外。

剛才要入館的時候，出入口那裡有大量島民們鬧著「為啥我們不能進去啊」、「有權利聽那傢伙解釋的是我們而不是媒體吧」、「給我讓開，我要去揍遠田」等，與警察吵得不可開交。

「我想好好聽聽治先生身為島民代表所說的話，實在抱歉，能請大家稍微冷靜一點嗎？」現場由於一朗介入而稍微平靜了些，但恐怕馬上又要燃起熊熊烈火了吧。因為那些粗獷的漁夫們也接二連三趕到了。

「就這混帳？」遠田目光一變，瞪著三浦，「你叫誰這混帳啊你這傢伙。你以為是誰把一百多具沉進海裡的遺體拉上來的！」

「這根本無關吧。難不成你現在是來賣我恩情嗎？再說了，把遺體拉上來這種事，你也只是下個命令吧，找遺體的可是在現場的人。」

「所以那個對現場下指令的人就是老子我啦！不是只有用肉體工作才叫勞動啊你這蠢蛋！」

「你給我閉嘴。把我們島的錢還來！跟那些死去的人還有他們的家人道歉！別開玩笑了你這混帳。你以為復興的錢是什麼啊！那可不是讓你拿去揮霍的錢！你知道現在還有多少島民住在暫時住宅裡嗎！」

平時相當溫和的三浦先生漲紅了臉捲起袖子，全身激動地發著抖。

「揮霍？我哪時揮霍了？」

「你這傢伙每晚吃貴得要死的大魚大肉，在你那裡工作的人都可以證明的！而且你現在手上那支金光閃閃的錶又是怎麼回事！」

「難道我不能用自己的錢吃好吃的東西、戴喜歡的手錶嗎。」

「那是我們島的錢！不是你的錢！」

「所以我說要拿出證據啊，證據。」

「你這傢伙，擅自改造總部弄了個秘密房間對吧！還有那個溫泉！挖那種東西出來你也打算說用的是自己的錢嗎！」

天之島復興支援隊是將已經成為廢校的小學當成總部來使用，那裡原先也是一朗的母校。當中某間教室不知何時被重新修建過了，裡面豪華得像高級飯店的大房間。房間鑰匙是密碼式的，因此除了遠田以外，沒有人能夠進去。

另外，在校舍後方不知何時也做了個天然溫泉。這個溫泉被命名為「真名井之湯」，和秘密房間一樣是透過藍橋找來的業者開挖出來的。

「秘密房間？又不是什麼忍者屋，別讓我笑掉大牙了。那是要給前來視察的高官們住宿的房間。溫泉我不是也跟大家說過了，那是為了要給來當義工的人使用，所以才挖的——是要我說幾次啊。這我不是說明過了嗎。」

「那是挖好以後才說的吧！既然這樣，那你為什麼不開放給大家？」

真名井之湯從不曾對外開放過。另外，那間重新修建的房間也不曾有誰去住宿過的紀錄。也就是說，那都是蓋給遠田的。

「當然是因為還在準備階段啊，事情總要有先後順序的嘛。」

「你這傢伙，胡謅這麼多理由！說到底又沒有人拜託你！是誰哪時候叫你去挖溫泉了！」

「哎呀，我可是有好好辦了手續才來做這些事情的唷，可不是什麼不告而用——」

「對啦無所謂啦！總之你給我跟大家道歉！還有把你用掉的錢全部還給島上！」

「啊——跟你說不通呢，老爹啊。」

「你這混帳！」

三浦青筋爆起，大步走向遠田。但他馬上就被一旁盯著的警察壓制，強迫他離開了現場。

「哎呀呀真是些野蠻的傢伙，實在累人哪。」

遠田扯動著那鬆弛的下巴放話。

正當騷動差不多停下來的時候，俊藤再次發言：「剛才的話題說到一半……能請教您為何不把手上持有的車子、橡皮艇和水上摩托車賣掉嗎？」

「當然是因為那是藍橋的東西啊，又不是我的東西。我怎麼能隨便賣掉別人公司的東西。」

遠田放出這話的同時，引發了這天最猛烈的怒吼。

「大家請稍微冷靜點。」

拍著手制止大家的是遠田身旁的律師大河原。

「遠田先生也請不要使性子。」

在告誡過遠田以後，大河原藏在圓眼鏡後的眼睛閃了一閃，緩緩環伺現場的記者們。

「好的，我大概能夠明白各位想說什麼，不過這些事情還是得要遵照形式喔。首先，藍橋是正式登記為法人的公司，因此名下的財產全部都是公司的東西。換句話說，車子、船等交通工具的所有權確實在藍橋公司的手上，這是絕對不可動搖的事實。」

「就算是形式，但購買的資金不都是從水人拿過去的嘛，那筆錢是公費的事實也是無可動搖的吧。」

「是的，假設事情的確如此，也不會改變情況。藍橋公司拿到的錢是什麼樣的性質，這和藍橋公司一點關係也沒有。因為藍橋公司只是從水人那裡收取了事業委託資金。順帶一提，兩間公司並沒有資本連帶關係。也就是說，即使水人破產，藍橋也沒有背負其債務的義務。」

大河原一臉神氣地說完後，以中指推了推眼鏡。現場一片寧靜。

「遠田前負責人，」俊藤再次揚聲，「水人已經開始執行破產程序，而您忽然說要解僱的員工當中，大多數都還沒有拿到上個月的薪水，難道不該賣掉藍橋的資產，稍微彌補一下水人的損失嗎？」

「你的理解能力也未免太差了吧。這已經不是我能夠處理的問題了啊，剛才律師先生不是也說了？說到底，這個國家的法律是只要破產就能夠免除債務……」

「我問的不是形式或者法律，而是您的良心。藍橋的負責人小宮山先生是您的部下、您的親信吧？這不表示事情都看您嗎？」

「是前部下囉。」遠田嗤之以鼻，「我現在跟小宮山可是完全沒有關係。那傢伙知道水人就要沉船，馬上就一刀兩斷離開我了呢。」

「真的是那樣嗎？兩位目前仍然有明確的利害關係，若藍橋將資產賣掉，錢也會落入您的口袋……」

遠田粗暴地踹了眼前的桌子。

「不要在那邊空口無憑胡說八道啊！跑頭條的！」

遠田那粗魯低沉的聲音響徹會議室。

「管你是怎麼想的，反正我跟小宮山已經無關了！被部下背叛這種事已經夠讓我悔恨又悲傷了。不過呢，現況就是沒有我能做的事情啊，所以那些員工不該來跟我哭訴，該去找勞工局吧。」

遠田速速放完話，說著「好啦」便站起身來，同時輕蔑地睥睨記者們。

「的確我在經營這部分或許很不成熟，這點我願意承認，結果變成這樣，我也想好好道歉。不過我覺得你們這些媒體把焦點放在事情的結果上，拿人當祭品還比較惡劣。我可是賭命盡力要復興這座島嶼的啊。就這樣。」

說完這些，遠田打算走出大會議室。「別逃！」記者們雖然此起彼落喊著，他卻毫不在意地消失在門的另一邊。

一朗反射性從椅子上跳起來，追隨遠田的腳步而去。

「喂！」

遠田才剛到走廊上，一道尖銳的聲音便刺向他魁梧的背影，喊住了他。

遠田回過頭去。

「怎麼，是一朗呀……。嗯？你怎麼哭啦。」

聽見這話，一朗才發現這件事情——原來自己在哭。究竟是從何時開始流的眼淚呢？

「別用你那骯髒嘴巴叫我的名字，下流東西。」

一朗也沒想到自己竟然能從喉嚨深處發出如此低沉的聲音。

遠田瞪大了眼睛。

「一朗這個名字，是我偉大的父親和母親賜予我的。」

「怎麼啦忽然這樣，你是這裡有問題了嗎？」

遠田用食指敲敲太陽穴。

「我絕對不會原諒你的。就算要追到天涯海角，我也會報仇雪恨，你最好小心一點。」

遠田大笑出聲：「那什麼古裝劇的台詞啊。」

他笑得發顫走向一朗，猛然將臉湊近。在那種幾乎能碰到對方的距離下互相瞪視幾秒，「再、會、啦，一朗。」然後瞪大了眼睛不可一世地宣告，又颯爽轉身離去。

我絕對要打倒你——！

一朗瞪著逐漸離去的遠田的背影，立下強烈的誓言。

要是讓這個男人逃走了，我沒有臉面對爸媽。

面對那被黑色海浪吞沒，沉眠在海底的父親和母親——。

2 0 1 1

- 2 -

3 march

SUN.	MON.	TUE.	WED.	THU.	FRI.	SAT.
		1	2	3	4	5
6	7	8	9	10	11	12
13 椎名姫乃	14	15	16	17	18	19
20	21	22	23	24	25	26
27	28	29	30	31		

2　二〇一一年三月十三日　椎名姬乃

瓦礫堆積如山、山、山。

從縫隙之間瞧見了有如蠟像般毫無生命氣息的臉龐，那是和自己年紀相去不遠的女性屍體。

椎名姬乃先前一直是這麼想的：人生在世有好有壞。她一直相信人生就是會好壞平衡維持下去的。

但眼前的景象卻完全否定了這個想法。彷彿嘲笑著她說，那是多麼幼稚的笑話。

現實非常殘酷，而且不是你所能夠想像的。

「好啦，來吧！一、二——」

隨著喊數的聲音，有幾個男性試著要將覆蓋在女性遺體上頭的巨大瓦礫抬起。

但瓦礫卻紋風不動。

「不行，果然只靠人力根本辦不到，還是需要起重機啊。」

「但是道路阻塞了，車子根本過不來啊！這也沒辦法。」

「還是應該要先去撤離那邊的瓦礫和倒下來的樹木？」

「說的也是，再等下去遺體就要開始腐爛了。」

最後說出這話的男性，驚覺自己失言而往旁邊瞥了一眼。

男人們的旁邊有個大概才國中的少女哭喊著：「姊姊、姊姊！」應該是死亡女性的妹妹吧。她看起來就像是自己那小了四歲的妹妹。

「喂——！」此時遠遠聽見有人在喊，「這裡有人還活著啊——！誰快過來幫幫忙——！」

男人們立刻向少女道歉：「抱歉，我們馬上就回來。」然後一起奔向聲音來處。

少女當場頹然跪下。

姬乃再次凝視少女前方那具遺體的臉龐。

為什麼我非死不可呢——那濕潤的雙目似乎這樣泣訴著。

我倆究竟有何不同，而有了不一樣的遭遇？

剛好我住在東京，而她住在這個城鎮。雖然只是如此單純的原因，但明明只是這點差異——

「妳在說什麼傻話！」

姬乃腦海中浮現昨天晚上在自家與母親拚命爭論的情景。

「妳去了那裡又能做什麼！而且可能還會發生餘震，很危險呀。」

「但是既然會招募義工，就表示需要人力吧？一定要有人去的啊。」

「那為什麼是妳要去？」

「為什麼我不能去？」

「妳是女孩子呀。」

「這跟是男是女沒有關係吧。媽媽妳不是老說，對人要親切嗎？」

「這跟那沒——」

「是一樣的啊。我已經決定了，明天就會去受災地。」

隨後回到家的父親也試圖說服姬乃打消念頭：「我認為妳的想法很了不起。但身為妳的父親，我是無法認同的。」就連平常對女兒疼愛有加的父親都如此嚴厲拒絕。

但姬乃表示：「我已經二十歲了，自己的事情會自己決定。」揮別爸媽的制止，她與其他志願義工一起搭巴士來到了東北。

義工在路上就被劃分到不同的受災地，而姬乃被帶到了岩手縣三陸沿岸的矢貫町。

到達當地，她才對那裡的悽慘狀況啞口無言。一定也有很多我能夠做的事情，不管看到了什麼都不會有所動搖——姬乃意氣風發地做此打算從東京前來，這種想法卻馬上遭到粉碎。

就像眼前這片光景一般。

原先以為不放過任何電視畫面，便能夠掌握受災地的狀況。

但眼前卻是一片影像無法表達出來的地獄風景。那十足能讓二十歲的平凡女孩感到無力。

這裡已經不是一個城鎮。

那些本該是建築物的東西，玻璃窗碎裂、牆壁斷裂剝落，根本不成樣子。還有些只剩下樑柱。車子和觸礁的漁船被壓爛還整個燒焦，那燒焦的氣味混合著淤泥及魚類腐臭的味道衝進鼻腔。腳下的地面由於地盤下陷而變得有如沼澤，汽油和重油滿滿浮在上頭。放眼望去，有好幾處地面向空中延伸出形如昇龍般的黑煙。

那看起來簡直就像是戰爭電影的空襲後的場景。

「這個，請拿去用吧。」

姬乃的背包裡塞滿了暖暖包，拿了兩個出來遞給跪在姊姊遺體前的少女。

隊長下的指令是：「先在整個城鎮繞繞，把這些發給受災者。」這是姬乃接到的第一件工作。

但對方並沒有收下，甚至沒有一點兒反應。

這孩子需要的根本不是這種東西。這種東西無法溫暖她的心靈、也無法拯救她。

此時遠方傳來轟然巨響，姬乃回頭望了望。來到此地之後已經聽到這個聲音好幾次，好像是位於沿岸的石油工廠那裡發出的聲音。

她瞇眼望向遠方海平線上那片燃燒中的黑色火焰，流淌著重油的海灣，化為現實中的火海。

等到背包終於空空如也，姬乃接到的下一個指令是在避難所煮飯。她用那些和其他義工一起從東京帶來的材料做了豬肉味噌湯。一瞬間受災者便大排長龍，幾乎無法確認人龍的尾端在哪兒。但才發了一半，湯就已經見底，食材完全不夠用。帶著幼小孩童的母親抱怨：「為什麼不讓小孩子優先呢？」姬乃也只能低頭道歉。

收拾東西的時候，她聽見了幾名中年男性的爭論聲。

「請我們安排多餘人手過去？怎麼可能有咧！我們這邊也是都忙得要死啊。」

「所以才來慎重拜託你們啊。」

她停下手邊的工作看過去，旁邊同樣是義工的伯母走了過來，說：「好像是當地的消防員呢。」

「我們那兒的避難所都是些老人家，根本沒有年輕人能幫忙呀。拜託啊，幾個人就行了。求你幫幫忙呀。」

「真抱歉，但真的沒有人手可以安排給其他地方。」

「其他地方……不就在你眼前而已嗎！難道你要拋棄天之島嗎！」

之後連姬乃隸屬的義工團體的男性領隊也加入爭論，三人激烈地爭吵著。

「不，可是，我這邊實在是不太——」一見到領隊開始示弱，其中一個男人馬上跪了下去，嚇到所有人。

「等等，請不要這樣啊。」

「我們那裡別說是救援隊了，連半點物資都沒有送過來啊。這樣下去就算是本來活力十足的爺爺奶奶也撐不下去的。」

「所以說請你們從島上聯絡縣政府……」

「聯絡了。村長早就請縣政府派救援隊過來。但是連半個人影都沒見著。事情就是這樣。今天或明天都行，拜託你們派幾個人過來吧。」

最後他們找了幾個義工過去，姬乃也在其中。領隊指著海的另一邊說：「我很抱歉你們才剛來……但能夠麻煩你們過去那座島嗎？」

她望向領隊的指尖前方，那裡有塊橫向展開的綠色豐饒陸地，似乎是名為天之島的島嶼。

前來爭論的男人叫三浦治，聽說是那座島上的消防員。天之島受損的情況似乎比矢貫町還要嚴重許多，因此三浦前來求助，而且是搭著島嶼僅存還能駕駛的漁船過來的。

「但是，這邊沒問題嗎？」姬乃詢問領隊。

「當然不可能沒問題。不過矢貫町這邊之後還會有救援隊抵達，可是天之島那邊——」完全沒有聽說有要派人過去的樣子。因此目前天之島乃是人手不足到「小貓兩三隻來幫忙也好」，這是三浦說的。

雖然覺得對方說什麼小貓實在很失禮，但現在生那種氣根本幫不上忙。

姬乃答應了。即使被說成小貓真不是滋味，但自己畢竟就是為此而來的。原本就沒有特別指望要去哪兒，只要是受災地就行。

「謝謝，實在感激不盡。」比自己年長了兩輪的三浦深深低下了頭。

那之後，姬乃收拾了最小限度的行李，和另外七名義工一起搭上老舊的漁船。這樣搭船可是她人生頭一遭。

「要抓好扶手喔，很危險所以絕對不可以站起來！」三浦回頭喊叫著並開動了船隻。

漁船那不太中用的引擎轟然作響，帶著白色浪花往海上衝去。

其實根本不需要三浦提醒，這種情況下完全不可能放開扶手，更別說是要站起來了。就算海象平靜，船身仍然搖晃得非常激烈。

但是兩天前，這樣的搖晃並非出現在海上，而是在陸地上。就像是拍散玩具積木那樣，讓建築物嘩啦啦地倒下，之後有如惡夢一般的巨大海浪沖向整個城鎮，把所有東西都帶走。

姬乃用手壓著飛散的髮絲，往後方瞧了一眼，那滯留沒多久的矢貫町已逐漸遠去。

她心中再次對那荒廢的樣貌感到疼痛。

這積木還能夠再次疊起來嗎？那個城鎮有重建完的一天嗎？

抵達天之島，一行人徒步前往位於島上地勢較高處的綜合體育館，那裡似乎是避難所之一。

三浦說的是實話。這座天之島的情況和矢貫町一樣……不，可以說是更糟。由於周遭是大自然環境，倒下的樹木和土石流也沖進了民房，最糟糕的地方甚至有臉龐就從那些被埋在地裡的房子當中冒出來。

他們繞過、跨過那些障礙物，一路走向目的地，路上見到了許多哭喊著而到處徘徊的島民。不用想也知道他們在找什麼，肯定是一心一意想著，拜託某個人要活著吧。

走了幾十分鐘來到山邊，那裡有好幾間被沖到此處的房屋殘骸相疊，風中飛舞著黃色粉塵。

就在此時，一旁傳來喀嚓喀嚓的聲響，看過去是一個三十來歲的男人，正專心一意地用脖子上掛的單眼相機拍攝這講述海嘯如何兇猛的景象。

「一朗。」三浦呼喚那男人。

那男人聽見他的聲音放下了相機，朝這邊看過來。他的臉龐滿是煤炭與泥巴而黑漆漆的。

「這些人是過來幫忙的義工。」三浦簡單介向他紹了姬乃等人。

「這樣啊，真是幫了大忙。」男人回答完以後，又繼續攝影。

三浦再次跨步走出，姬乃等人只能追上他的腳步。

「剛才那個男人是這座島上的新聞記者。」三浦邊走邊說，「一朗是我們非常自豪的男性，在這座島上沒有人會說他的壞話呢。」沒有人問他，但走在這實在不能稱之為道路的路上，三浦仍一邊說著話。

「那傢伙的父親也是相當了不起的人，他的母親也是，為什麼那些人會——」

聽下去才明白，男人的父母似乎都被海嘯吞沒了。

「我們問他不去找人嗎，但那傢伙卻說『生存的可能性很小』。他當然是很想去找啦，就算是死了也希望他們回家啊，但那傢伙卻拚命壓抑自己的心情，努力做好份內的工作。他說『有些事情必須盡可能告訴其他人』，所以一直在拍照片。一朗實在很厲害哪。」

沒多久，一行人隱約從樹木間瞥見了綜合體育館那棟建築物。遠遠看過去似乎沒有什麼損害痕跡。

姬乃等人來到體育館用地的入口時，旁邊有人抬著擔架走過去，從搬運者的腳步來看，能知道那上頭抬的不是傷者或病人。擔架上蓋著毛毯，一邊無力的手臂垂下。

「這兒也當成遺體安置處。」三浦喃喃說道。

他先帶大家去那個安置遺體的地方。原先主要提供給劍道與柔道使用的第一武道館入口大門，張貼著一張薄薄的紙，用麥克筆寫上「往生者安眠處」，膠帶有些脫離之處還隨風翻飛。

這裡有位島上叫做安部的牙科醫生，據說他和助手兩人正在進行牙齒鑑定。

「能不能拜託哪位留在這裡幫安部醫生他們呢？」

三浦的目光刻意不鎖定對象這麼說道。

在一瞬間的沉默以後，正當姬乃打算舉手時，一旁稍微年長的男性義工制止了她，「我來吧。」只是他的聲音聽來有些怯懦。

「謝謝，真是不好意思。」

三浦再次低下了頭，然後打開那扇「往生者安眠處」的大門，帶男人走了進去。

姬乃伸長了脖子望向裡頭，看見有人在一整片白色的地板上艱辛地走著。她花了一些時間才能理解這是什麼情況。

地上那些白色的東西，是用來覆蓋遺體的床單。因為幾乎鋪得滿滿的，所以人們只能在縫隙之間辛苦移動。

男性義工也不禁呆立當場。他回過頭來的表情顯然有些扭曲。

三浦將他介紹給一位身穿白袍的白髮男子——想來那便是牙醫安部吧。隨後三浦又走回來，表情僵硬地說：「總共有二百六十一人。」

「而且還在繼續增加。島的另一邊也有遺體安置處，那邊好像也已經超過一百位了。但還有很多遺體根本還沒找到。」

大家都啞口無言。

「這兒的遺體大多是我認識的人，當中也有比較熟的，但現在真的沒時間在這裡悲傷，我還是要做我該做的事情。」

三浦雙眼泛紅，那話像是要說給自己聽的。

接下來他們被帶到用來當作醫務室的第二體育館副場館。這裡鋪滿了從民宅回收來的棉被，上頭躺著許多受傷的人，因為痛苦而呻吟的聲音此起彼落，那態勢簡直就是戰地醫院。

這裡也以島上的醫生為首，帶著幾名醫療相關人員在工作，三浦同樣請一位義工留在此處協助他們。

最後剩下包含姬乃在內的六個人，被帶到受災者的避難所，也就是第一體育館主場館去，那裡雖然比學校的體育館還寬敞了好幾倍，卻是滿滿的黑色……不，白色山頭。因為裡頭幾乎全部都是老人，大家都坐在地板上和附近的人說話。

「這兒是家裡屋子已經不行的人，雖然沒受傷，但如你們所見，都是些老人家。還能動的年輕人都讓他們出去了……欸，陽子啊。」

在他呼喚之下走向姬乃等人的，是一位四十多歲的女性。

「這我老婆。」三浦介紹道。

據說陽子帶領十幾位島上的女性在這裡照顧老人家們，但實在是人手不足，別說睡覺了，幾乎連休息時間都沒有。陽子簡單快速地說明，這裡有許多人原先就住在特別養護老人中心裡，他們需要其他人照護飲食及排泄等，還有些人有認知障礙，因此容易引發口角。

而三浦拜託姬乃等人在這裡和陽子一起工作。當然沒有人有異議。

「那我得去別的地方啦，你們在這兒要是有什麼不懂的，就問我家那口子吧。還有，真的是很謝謝各位，我這輩子都不會忘記你們的大恩大德。」

三浦再次向大家道謝，然後離開此處。他的腳步看起來非常不穩。想必是地震後一直沒有休息，到處奔走。

好！姬乃喃喃自語，為自己加油打氣。

我從今天起要在這裡工作。不是為了自己，而是為了其他人。

這應該是她人生第一次這樣做。

隨著時間過去，黑暗越來越深重，大概到了七點左右，館內就徹底失去光線。由於電力中斷，電燈根本就打不開，也就是說天之島現在全然籠罩在一片黑暗之中。

姬乃拿著手電筒在受災者聚集的主場館內移動時，忽然聽到腳邊有人喊：「小姐啊。」停下腳步的瞬間感到一陣暈眩。

「實在冷到不行哪，我知道這樣太任性了，但不知道有沒有多的毛毯哪？」

一位身穿夾克、躺在地板上的老婆婆顫抖地說著。

避難所內沉澱著能凍僵人的冷空氣。雖然放了幾台不用電的石油暖爐，但在這寬廣的空間當中，幾乎只是放個氣氛的感覺，而那少數的暖爐附近當然是擠滿了人，連點縫隙都沒有。

姬乃告訴她「我去找找」就走到陽子那裡去，理所當然得到的回答也是「沒有呢」。

「果然沒有嗎。」

「不過小姬啊，妳沒問題嗎？臉色看起來很差呀。」

「我沒問題。」

「妳該不會根本沒休息吧？要好好休息啊。」

「但陽子小姐您也幾乎都沒休息不是嗎？」

「我是這個島上的人啊。」陽子說著，邊從外套口袋裡拿出了某個東西遞給姬乃：「這個妳拿去吃吧。」

用保鮮膜包起來的幾片煎餅，是大概兩小時前分配給受災者們的晚餐。這裡的食物似乎大多是從崩毀的民宅以及土產店當中回收來的。

「但這是您的吧？」

「不，這是多出來的。」

絕對是騙人的。

「好啦妳快吃呀，要是妳倒下來了還比較麻煩呢。」

「但是您不也——」

「我沒事的，我早就存了許多肉在身上，跟妳不一樣啊。」

陽子拍拍自己的肚子，張開嘴笑著。

即便如此，姬乃還是盡力以「我不需要」來婉拒，但陽子也不肯退讓。一直這樣僵持下去也不是辦法，最後她們決定兩人各吃一半。並互相點著頭說「真好吃呢」、「真的很好吃」。

努力振作疲勞困頓的身軀以後，姬乃再次回去工作。她把浴巾披在剛才那位老太太身上，那是她從東京家中帶來的東西，雖然老婆婆說「真是幫了大忙」，但充其量只能安慰心靈而已。

再後來，她又帶了幾位老人家去洗手間、幫忙他們進行排泄。可能是水管已經壞了，所以無法使用設施內的自來水，要用存在水桶裡的海水沖掉排泄物。不過這裡還算是好的，聽說島嶼另一邊的避難所連洗手間都無法正常使用。那邊無論男女都在草叢裡方便，不喜歡的人就只能使用成人尿布了。

隨著夜深了，外出的那些人也陸續回到此地，大多數都是男人，而且大家都一樣滿身泥濘，所有人身上都散發著餿味，臉上寫滿疲憊憔悴。

那些男人們聚集在館內的辦公室裡，姬乃拿了寶特瓶裝的水去發給他們，大家嘴上說著「不知道物資什麼時候才會來，這得要珍惜著喝才行哪」，但或許是無法忍受，他們仍然大口將水倒進口中嚥下。

「為什麼都兩天了，還沒有救援隊來島上？」

「到處都是一片混亂唄。昨天廣播裡不是有說嗎，福島那兒的核電廠情況似乎不妙哪。」

「不妙是怎樣不妙咧，我是搞不太懂哪。」

「噢，說是什麼發電爐的冷卻功能壞掉之類的。」

「那種東西壞掉的話會怎樣？會爆炸嗎？」

「他們是說不會啦，但誰曉得會怎樣咧。現在不管發生什麼事情都不奇怪吧。」

「無論如何，就是那種危險地區優先、把我們天之島排在後頭是吧？國家根本靠不住，我們得自力救濟哪。」

男人們表情嚴肅地談論這些事情。此時，討論中心的三浦先生帶著陰鬱的表情開口說：「大家聽我說……」

「剛才武雄出去的時候聽到的……村長的女兒……自殺了。」

過於強烈的字眼讓現場陷入一片沉默。

「好像是在家後頭的竹林裡上吊了。」

「怎麼會呢，早上在漁港看到她的時候，還說她正在找丈夫和兒子哪。」
「好像找到了丈夫和兒子的遺體。」
所有人同時倒抽了一口氣。
「說到村長，去年夫人不是才過世嗎？」
「嗯，所以也不是不能理解，我明天一早會去村長那，有事情得找他商量一下。」
三浦緊咬著下唇。
「欸，這樣的話阿山是不是也很危險？聽說他的家人一個都還沒找著咧。」
「不，傍晚的時候找到了大女兒。」
「還活著嗎？」
原先說話的男人搖了搖頭。
「那還是太危險了。雖然阿山看上去那樣……其實脆弱得很哪，放著不管肯定要出事。喂與彌，阿山現在人在哪兒呢？」
「他不肯離開自家。」
「不離開？他家不是已經毀掉了嗎？」
「可是他不肯離開半步。」
「你怎沒抓著他的脖子把他帶過來哪。」
「因為……他說想自己靜靜。」

「你這個蠢蛋，怎麼會有人聽信那種話！不管他怎麼說，都不該放他自己一個人哪。」

「等等，你怎麼能說我是蠢蛋，我為什麼要——」

「好了，你們兩個都別吵了。」

在一片險惡的氣氛當中，另外一位男性忽然趴在桌上哭了起來。

「我們的島到底會變成怎樣啊！」

這種氣氛傳染了開，其他人也接二連三地哭了起來。要不了多久，整間辦公室裡充滿了男人們的痛哭聲。

就連站在一段距離外遠眺他們的姬乃也忍不住紅了眼眶。那些和自己父親差不多年紀的男人們像孩子似的哭喊著，那模樣實在令人痛心，看不下去。

就連斥責周遭人「別哭！哭也沒用啊！」的三浦也是一樣。他沾滿灰塵的臉龐上掛著兩條淚痕，「要哭之後再哭！現在能多救一個是一個，沒錯吧？喂，回答我啊！大家回答我！」

姬乃真的待不下去了，直接轉身離開辦公室。

她幾乎是一路跑到外頭去的，刺人的冰冷夜風迎面吹來，每次呼吸都吐出了厚重的白色氣息。

姬乃走到沒人會看見的地方，兩手蒙著臉蹲下。要是連我這個從別處來的人都哭了，島上的人不就更加悲傷了嗎？我的工作可不是沉浸在感傷當中。

就算明白這點，淚珠卻忍不住滾滾落下。

原先她打算拿出圍裙口袋裡的手帕，指尖卻先碰到了手機。

姬乃拿出手機打開電源，發現還是無法接通。現在天之島沒有電、沒有水，也完全失去了通訊系統，更別說是網路了，連電話都無法使用。

前往災區的女兒毫無聯絡——想必爸媽一定很擔心，但要是聽到媽媽的聲音，肯定會大哭出聲，這樣的話，媽媽一定會說妳馬上給我回來。

今天整天體驗了超乎想像的非日常生活，身體和心靈都已經到達極限，但姬乃並不打算離開這裡。我明天、後天都要在這座島上，為那些受傷的人做我能做的事情。非常奇妙的是，這種心情絲毫沒有受到動搖。

姬乃也無法好好說明這種情緒從何而來。雖然不覺得自己是完全的利己主義者，但也不是什麼滿懷慈悲之心的高貴之人，只是一個隨處可見的女大學生。

兩天前發生地震的當下，姬乃人在東京都的地下鐵內，由於電車緊急停車，她被關在陰暗的車廂裡一小時，最後車子就此無法再發動，只能走路回家。

那時姬乃想，真是糟透了。她一邊詛咒著這天邊跨出已經僵硬的雙腿，踏上歸途。

回到公寓家中一看，這種情緒更加強烈。家裡有如颱風過境，電視倒下來、螢幕也破了，觀葉植物橫躺成一片，泥土全灑到地板上。幸好餐具櫥沒有翻倒，但裡面有幾個餐具壞了。姬乃口中邊喃喃唸著「怎麼搞的」、「真不敢相信」，一邊收拾那已成玻璃碎片的巴卡拉名品，那是母親的收藏品。

然而，液晶電視的螢幕上帶著令人不愉快的線條，當她看見畫面上的影像後，登時啞口無言。

電視上正在報導東北受災地遭受海嘯襲擊。

黑色的波浪越過防波堤，沖向整個城鎮，不管是車子、船，還是房子以及人，都這樣直接被帶走。

這是什麼——。

那才叫做「怎麼搞的」、「真不敢相信」啊。

姬乃對於自己還想著大學可能會停課一陣子吧、咖啡廳打工的班表該如何是好呢這種事情，不禁感到羞愧萬分。甚至覺得自己根本是住在某個遙遠國家的嬌嬌大小姐。

但電視上的影像，可是發生在自己居住的同一片大地上。而這片土地上發生了那種事情。

之後聯絡上的朋友們，大家也都異口同聲說受災地的影像「太慘了吧？」但姬乃內心不禁問道，這當中有多少人是真心覺得「很慘」呢？同時也不禁回頭問自己，那麼妳覺得有多慘呢？

我們應該要了解一下，到底有多慘吧？應該要試著伸手幫忙那些真的很慘的人吧？

不知何時，一個平凡的女大學生不斷在心中這樣自問自答。

想要幫忙那些面臨困難的人，光是用想的，任何人都能辦到。不行動就沒有意義。

既然要行動，那就是現在。

姬乃收起了手機，擦擦眼淚站起來。

她吸了吸鼻子，抬頭仰望天空。數以千計的星星在夜空中閃閃發光。只要沒有人工光源，星星看起來就是如此光輝閃爍。

那就像灑上一片銀粉般炫目耀眼，一時間讓姬乃感到心醉神迷，但她的心靈並未受到迷惑。

因為夜空和地面有著太大的對比，反而令人感受到諷刺。

第二天早上，姬乃從深沉的睡眠中被陽子搖醒。

她完全記不得自己究竟睡了多久，最重要的是，根本搞不清楚自己身在何方，還陷入慌張好幾秒。上一次這樣可是大學迎新聚餐了。

姬乃喝口水、丟了顆硬糖到口中便開始準備工作。全身上下都還包覆著倦怠感，也覺得頭後方有些疼痛。

她把和昨晚相同的煎餅及乾糧分發給大家當早餐，幾乎大部分的人都向她道謝，但也有老人抱怨：「這種東西要怎麼填飽肚子啊。」附近的人則紛紛責備他：「不要那麼任性。」結果吵了起來，甚至互相揪著對方大罵，可見大家的壓力都很大。

之後，就在姬乃與陽子為暖爐加滿燈油時，陽子的丈夫三浦治先生苦著一張臉走了過來。好像是那位幫忙遺體安置處的義工男性「實在不行了」。

「大概是因為被一大堆遺體包圍，似乎呻吟了整夜都睡不好。剛才我去見過他了，臉色蒼白、嘴唇也直發抖，想來是不行了，等一下我會開船送他回本土。」

「所以我說老公啊，還是再跟矢貫町的人商量看看吧，問問他們能不能多少收容一下我們這兒的受災者。」

「我會去交涉看看的，但別太期待啊。昨天都拜託成那樣了也還是不成哪，本土那些傢伙真夠冷淡的，我絕對不會忘記他們那種態度，以後才不要他們來修橋鋪路，根本不需要他們。」

「那種事情現在根本無所謂，你順便再帶些義工過來吧，小姬她們來了以後真的是幫了大忙呢。」

「好，我會努力的。不過在新人來之前，能撥個人過去安部醫生那兒幫忙嗎？他說鑑定工作一定需要助手，沒有的話沒辦法工作。」

「可是這兒人手也不夠呀。」

「我知道啊，但要是有往生者到頭來還是身分不明，這樣他本人和家人不都很可憐嘛。聽說日子過越久，那什麼ＤＮＡ的也會失效咧。」

「你都這樣說了……」

「我過去吧。」姬乃忍不住開了口。

「不不，妳不行，妳別去。」

「不，可是我……」

「那兒可不是在照顧活人哪！」陽子說著理所當然的話，「那還不如我過去當助手……」

「我沒問題的。陽子小姐是這裡的領隊呀，而且要去面對那些遺體，由我這個陌生人來應該會比較妥當。」

或許是他們兩人也認為姬乃說的話有理，最後還是接受了。

於是，姬乃和三浦很快前往那成了遺體安置處的武道場，也就是「往生者安眠處」。

剛一腳踏進去，白色的地板和昨天一樣映入眼簾，但仔細瞧瞧，還有幾個淡紫色的屍袋。想來是屍袋根本不夠，所以才用白色床單代替，蓋著屍體的吧。室內的門窗全部打開來，應該也是為了避免氣味沉澱。

三浦向身穿白袍的安部醫師介紹姬乃，醫師臉上浮現不安的表情，大概是在想「這麼年輕的女孩行嗎？」

三浦離開後，安部有氣無力地向姬乃微笑道：「妳被安排到一個很糟糕的地方來了哪。」

「話說回來，妳見過遺體嗎？」

「昨天見到了幾具。」

「那麼有摸過遺體嗎？」

「沒有。」

「這樣啊，其實這也是我的第一次，先前別說是採集ＤＮＡ了，就連遺體的牙齒鑑定都沒做過。畢竟我只是這座島上的牙醫。」

聽說會交由安部來負責，是醫師工會的委託，雖然負擔非常沉重，但島上沒有幾位醫生，他也只好硬著頭皮答應了下來。

「我從前天就開始面對遺體，老實說確實無法維持正常的精神狀態。我不知道這樣說好不好，但不要把那想成是人類，放空心靈去平淡工作就好，不這樣的話根本無法維持內心平靜。」

姬乃不知是否該點頭。

「昨天那個男人就辦不到，那邊躺著的孩子恐怕也快不行了。」

安部望向室內角落，那裡躺著一位蓋有毛巾被，閉著眼睛的女性。

「她是我醫院裡的助手，也是島上的孩子，因為需要人手才把她帶過來了，但真的是很可憐。她現在是還挺堅強地在做事，也說會在這兒待到最後啦，希望妳能夠幫我和她的忙。」

「我明白了。」

「最後還有件事，如果妳覺得不行了，一定要告訴我，知道嗎？」

安部刻意加重了語氣，姬乃用力點點頭。

「那我們開始吧。」

安部拍了拍助手的肩膀，那位女性馬上就醒了。大概是不太清醒，她左右搖了搖頭好幾次，還粗暴地敲了敲自己的腦袋。女人說她叫倉田綾子，年齡大概是二十多快三十歲吧。

姬乃和倉田一起在安部的指示下開始工作，就從昨天的進度接著做下去，因此是《32號》。每具遺體都編了號碼。

安部合掌一禮後，便掀開了掛著32號牌子的白色床單，那瞬間姬乃忍不住「呀！」地尖叫了一聲。先前她覺得雖然情況非常混亂，但這麼小的島上怎麼會有身分不明的遺體呢？現在完全能夠理解了，因為根本分不出來誰是誰。

姬乃重新打量著那死狀悽慘的臉龐，忍不住倒抽了口氣。瓦礫深深刺入左眼球當中，鼻子已經塌陷。

接下來他們三人用剪刀將遺體的衣服剪開，使遺體能夠裸身，姬乃碰觸到遺體的肌膚只感到一陣冰冷，明知人類在死後就會失去溫度，這麼理所當然的事依然讓她大為震撼。

沒問題、沒問題。要冷靜、要冷靜。

姬乃拚了命用理智壓抑如湧泉般冒出的恐懼，盡可能一直動著手工作。

把遺體的腳打開，抬起它的手臂，尋找是否有傷疤或者手術痕跡——安部會把能發現的東西都講述出來，倉田負責做筆記，說是因為「除了嘴裡以外我就是個門外漢，只能盡可能做這些事情。」

接下來安部用針筒刺進男人的手腕中採集血液，倉田則剪下男人的指甲、又以鑷子拔了幾根頭髮，分別裝進夾鏈袋當中保存，要是之後要進行DNA鑑定的話，可能會需要這些東西。

再來要進行的牙齒鑑定更是難上加難。

首先，根本打不開遺體的嘴巴。大概是當事者為了避免喝下泥巴水，拚了命閉緊嘴巴，導致死後僵硬而打不開。儘管每個人的情況有所不同，但一般來說死後僵硬通常是在剛死亡到兩天左右最為嚴重，而今天是地震後第三天。

安部用開口器和壓舌片等工具插入遺體的牙齒縫隙間，試圖撬開嘴巴，但這也相當不容易，要是用力過猛，牙齒就會斷裂彈飛。

搏鬥了幾分鐘以後，好不容易把遺體的嘴巴打開一公分左右，才終於要開始進行牙齒鑑定。安部手上拿著看診用的口腔鏡，一條一條告知看到些什麼，倉田負責筆記，而姬乃負責協助他們。

「MOD鑲嵌……不，」安部歪著頭看向口腔內，「可能是MO才對。」

倉田問：「醫生，是哪種啊？」

「好難分辨，妳等一下。」

安部工作極為仔細，一具遺體所需要的作業時間大概是一小時左右，姬乃痛切感受到這實在是非常辛苦的工作。

也有些遺體在嘴巴張開的瞬間，積留在口腔及咽喉中的泥水便溢了出來；更甚有吐出混雜血液的白色帶氣泡液體，每當有這種情況，姬乃就得要把那些東西擦乾淨，另外有時還會有蟲子從鼻子或耳朵裡爬出來，也得要把那些蟲子拿掉。

說老實話，這份工作實在令人難以忍受，因為彷彿能夠聽到遺體悲慟吶喊著好疼、好痛苦。姬乃真的能聽見那樣的聲音。

但比起那有如幻聽一般的聲音，讓她更加痛苦的是耳邊不斷傳來的遺屬的聲音。

有許多人為了尋找行蹤不明的家人而前仆後繼來到這間遺體安置處，他們膽戰心驚地掀起白色的床單，要是其他人就會鬆口氣，萬一發現是家人就會當場腿軟跪下，父母親緊抱著樣貌悽慘的孩子哭喊，也有母親陷入呼吸困難，當場昏倒的。

姬乃等人必須要在這種阿鼻地獄裡工作。

那位精神受創的男性義工想必也不是無法面對遺體，而是受不了這些聲音。

「小姬。」倉田遞出了手帕。「這個妳拿去用。」

姬乃一直邊哭邊工作。

她對這樣的自己感到相當生氣，認識那些往生者與遺屬的安部和倉田都忍耐著，自己是在哭個什麼勁呢！

「稍微休息一下吧。」安部說。

姬乃心想他是顧慮自己，所以回答「沒關係的」，沒想到安部直起身子說：「我想休息哪。」之後便晃蕩到外頭去了。倉田也追隨著他的腳步從另一道門走了出去。

兩人大概五分鐘後回來，眼睛都是紅腫的。

之後也因為淚水而中斷了好幾次。

時間無情地前進，等到西方天空略帶紅光時，三浦帶來一位有如大熊般的壯漢。男人全身穿著迷彩服，姬乃還以為他是自衛隊的人，但三浦介紹說：「這位是常在受災地活動的ＮＰＯ人員」。

名字好像是叫遠田政吉。

不知道他幾歲。他的頭髮及肩，又掛著一副宛如麥克阿瑟款式的寬大太陽眼鏡。說來奇怪，他看起來既像二十來歲、也像五十來歲。

「由遠田先生擔任負責人的ＮＰＯ說是每年都會在各種受災地，和當地的消防隊以及青年團體攜手進行活動，所以我請他務必到我們島上來，就把人給拉來了。」

據說是遠田在矢貫町進行救援活動的時候，三浦叫住了他。三浦一開始好像也以為遠田是自衛隊的人。

「他在現場下各種指令，那樣子實在了不起哪。完全沒有任何遲疑呢。」

三浦彷彿找到了拯救世人的神明般興奮，此時遠田才開口回應：「畢竟我是專家嘛。」他的聲音聽起來粗獷一如其面貌。

「那樣的確令人安心。還請務必協助這座島嶼。」

安部彬彬有禮地低下了頭，倉田和姬乃也跟著這麼做。

「當然，交給我就行了。發生這種慌亂的事，當地的人總是容易走一步是一步，如果指揮系統不夠穩定的話，有些原本能獲救的人也無法得救啊。」

遠田說著便蹲下身子，面對眼前一整片的遺體們雙手合十了好一會兒。

在遠田的後方，三浦則向安部耳語：「他拜託我先帶他來遺體安置處的。」

安部表示了解，並小聲問道：「對了，這位先生年齡多少啊？」三浦回答：「說是才三十三。」

然後遠田擺了擺手，說聲「抱歉」便掀起了覆蓋在眼前遺體的床單，觀察遺體全身後，喃喃說著：「真慘哪。」

「對了，在這裡的往生者身上的遺物都放在哪呢？」遠田回頭問。

安部回答：「二樓的空房間就當成遺物管理室，放在那邊。」

「這樣啊。遺物其實還滿容易不見什麼的，有很多受災地之後都會有這類紛爭。是哪一位負責管理呢？」

「因為人手不足，所以大致上也是我們包辦。」

「那最好還是要有一個專門管理的人，醫生你們還是專心鑑定比較好。」

「能這樣的話也是幫了我們大忙。」

遠田點點頭，站了起來，「那麼三浦先生，消防隊和青年隊的人之後是會回到這裡嗎？」

「是的，快日落所以也該差不多了。」

「那麼大家都回來以後請到我這裡集合，我會重新分配大家該去的地方和負責的工作。」

「我明白了。」

「另外，之後我也想和待在避難所的島上居民打個招呼，再麻煩你安排時間了。」

「是，你說得對。」

年紀較長的三浦低著頭，彷彿是個僕人一樣說話。不過在那種樣貌面前，想來不管是什麼樣的人都會屈服吧。遠田龐大的身軀散發出來的壓迫感實在不容小覷。

正當姬乃以觀察的目光打量對方，遠田也轉了過來問：「這位小姐是？」

這是怎麼回事？姬乃此時有種像是被蛇盯住的青蛙的感受，因而全身僵硬。三浦代替姬乃回答，介紹著：「這位是來當義工的小姬。」

「小姬？」

「對，她叫椎名姬乃，所以叫她小姬。她是特地從東京……」

遠田聽著三浦的介紹，眼睛卻仍凝視著姬乃，就算他臉上掛著黑色墨鏡也相當明顯。

「原來如此，真是令人尊敬的小姐。」遠田拍了拍姬乃的頭。

隨後遠田和三浦離去，安倍則有氣無力地說：「好啦，我們回去工作吧。」

到此時為止，今天共處理了十二具遺體。但遺體還是接二連三地搬進來、不斷增加。

這座島嶼上到底死了多少人呢？

全日本又究竟死了多少人呢？

那之後過了大約一小時，姬乃帶著安部交代的話要告知三浦，因此前往那成為避難所的主場館找他。到了那裡，她看到的卻是站在講台上、拿著擴音器對受災者們發表熱烈演說的遠田。即使在一片陰暗當中也能看清他那凌厲的表情。

「盡力哭吧！大喊也行！不需要忍耐！」

說著這話的遠田自己也在哭泣，好幾次擦拭著眼睛。

在他的斜後方有個理了平頭的瘦小少年，他將雙手放在背後，除了呼吸以外紋風不動。他和遠田一樣身穿迷彩服，但因為身體纖細，看起來就像是個在玩角色扮演的軍國少年。

那位少年究竟是什麼人呢？他的年紀看起來比姬乃還要小一些？

「但是，總有一天要站起來，不能夠一直悲傷地生活下去。因為活下來的你們，有重建這座島嶼的義務。你們有著必須揮去這片可怕的黑暗、奪回耀眼光明的使命。聽好了，能夠將光明繩索拉到眼前的不是別人，而是你們自己的雙手。當然那條繩索的最前方……」

遠田用力敲打自己的左胸。

「有我在。我在這座島嶼復活之前絕對不會鬆手的。我在此向各位發誓。」

遠田說完這些話，受災者間便響起了滿堂喝采。

「太感謝啦。沒想到外地人也願意這樣哪。」

好不容易找著三浦先生，看見他在說這話的同時落下了大滴淚珠。一旁的陽子也用手帕擦拭眼淚。眾多島民都顯得非常感動的樣子。

當中只有一位老爺爺說：「哼，看來是個很糟糕的傢伙呢。太裝模作樣啦。」結果被周圍的人罵個狗血淋頭。有人抓起他的胸口，甚至提起他的身子說：「你怎麼可以對願意幫助我們的人說那種鬼話！」

姬乃也稍加反省了一下。遠田面貌粗暴，所以多少抱持著敬而遠之的心態。

遠田是個和外表不同的偉大之人嗎？不可以用外表來評斷他人。

姬乃再次端詳台上的遠田，他正左右移動著，舉起拳頭吶喊：「我們一起奮鬥吧！」

在他身後的少年仍舊動也不動，與遠田本人形成對比。他就連視線都沒有動過，彷彿人偶。

「那個，站在後面的人是誰啊？」

姬乃詢問身旁的三浦，他表示：「喔，他叫做江村汰一，是NPO的員工，據說是遠田先生的左右手呢，雖然看起來不怎樣，但聽說是搜尋遺體的專家喔。」

那樣瘦小的少年是搜尋遺體的專家……。

他也是個不能以外觀定論的人嗎？

正想著這些事情，肚子卻咕嚕叫了起來。姬乃慌張地按著肚子。今天還沒有好好吃到一餐。

位在東京的家人，今天吃些什麼呢？她想著這種事情又更餓了。

2 0 2 1

- 3 -

3 march

SUN.	MON.	TUE.	WED.	THU.	FRI.	SAT.
	1	2	3	4	5	6
7	8	9	10	11	12	13
14 堤佳代	15	16	17	18	19	20
21	22	23	24	25	26	27
28	29	30	31			

3　二〇二一年三月十四日　堤佳代

雖然天氣清朗令人感到舒適，但眼前的彩虹之家卻將窗簾全部拉上了。園區用地周遭擠滿舉著攝影機的媒體。

面對這樣的景象，堤佳代忍不住重重嘆了口氣。

真是的，虧媒體還不斷呼籲要大家別密集聚在一起呢，這樣是要怎麼不密集啊？

彩虹之家是距今約十年前改建平房公寓而成的地震孤兒養育設施，佳代則是這裡的臨時員工。

佳代朝大門走去，正欲穿越人群的時候馬上被人叫住：「哎呀，您是這裡的相關人士嗎？」她無視對方打算繼續前進，卻發現有幾個人跟在後頭，佳代只好回過頭去快速說著：「這裡是私人土地，請不要隨意進來。」

她用鑰匙打開門進去，大聲喊著「午安」，隨即聽見所長中村昭久的回應：「妳來啦。」

昭久六十六歲，比佳代年長兩歲。兩人感情很好，會互稱「阿昭」、「佳代」，他們是在天之島長大成人的青梅竹馬。

「佳代啊，妳沒被他們抓住嗎？外頭好多人哪。」

在客廳見到昭久，他皺著鼻子問道。

「沒事、沒事，根本不用理他們。」

「真是的，那些傢伙跟蟑螂一樣煩人，真想往他們身上灑鹽。」

佳代一驚，嘆著氣的昭久手上還真拿著鹽巴呢。
她連忙勸誡：「別這樣啦……話說回來，孩子們呢？」
「大家都在海人房裡。因為來未一直鬧脾氣說想去外面，只好拜託海人看著她。」
「這樣啊，真可憐。畢竟來未不是那種會一直待在屋裡的孩子。那我去露個臉。」
佳代正打算走向來未的房間，背後又傳來一聲「佳代啊」喚住了她。
她回過頭，看見昭久神色奇妙地說：「那東西，該怎辦呀？」
那東西，指的是來未三天前從海裡撿來的東西吧。
剛聽說那件事的時候，佳代也很懷疑自己是不是聽錯了。搞不好說中了樂透頭獎都還比較容易相信。漂流到海邊的手提包裡塞滿了金條，到底誰會相信這種童話故事？
當然是馬上就交給警察了。結果第二天被大肆報導出來，於是媒體成群結隊來到這座島上。
在東日本大地震發生後第十年的三月十一日，地震孤兒在受災地的海裡撿到金塊，而且還是十年前的那一天出生的孩子。
這種事情說巧合也未免太巧，媒體當然是緊追不放。
「已經交給警察了，也不能怎樣唄，新聞都報那麼大了，總會找到失主的吧？」
「不，妳仔細想想，一般人怎麼可能會有那種東西呢？要是掉東西的是什麼壞人，也不可能自己報上名來說『那是我的』吧？」
原來如此，說起來的確是這樣沒錯。

「而且那些金塊，似乎不是日本製的咧。」
「啊？金塊還有分哪裡製的啊？」
「是啊，在市面上流通的金塊必須打上序號，來未撿到的那些金塊，好像是叫什麼莊信之類的香港公司製造的。」
「怎麼，是中國的東西呀？」
「算是啦，是香港。」
「都一樣啦。該不會根本是假的？」
「不，好像是真貨的樣子。而且還是純度非常高、接近純金所以價值很高的金條。不過就算是追查序號，也完全搞不清楚是在何時交給了誰、又是如何拿到日本來的哪。」
「喔，但也可能不是有人拿來的，而是隨著浪潮渡海而來的吧？」
「不，聽說那種東西幾乎都是走私的。走私金條似乎頗有賺頭，日本的黑道也經常會和中國黑幫進行交易呢。之前不是也有新聞說什麼在福岡港口查獲數百公斤的大量金條嗎？來未撿到的金條可能就是那樣的東西……」
佳代愣愣地聽著。黑道、黑幫什麼的，和一介鄉下老太太根本毫無關聯，一點真實感都沒有。只能充分理解，來未撿到的金塊就是個麻煩東西。
「話說回來阿昭，你怎麼那麼清楚這些事情？該不會背地裡也在做走私吧？」
昭久絲毫不理會佳代的玩笑話，嘖著鼻息回她：「是一朗告訴我的啊。好像是他從警察相關人士和專家之類的人那兒問來的。」

昭久說的一朗就是出身天之島的新聞記者菊池一朗。他雖然有很長一段時間因為工作而離開此處，但在約十一年前轉調回鄉里，之後就一直在此地工作。大家都很依賴一朗。

「順帶一提那些金條好像也會以遺失物的方式處理，如果六個月內都沒找到失主，就會成為撿拾者的東西。」

也就是說，會成為來未的東西。

「那，要是那樣的話，該怎麼辦啊？」

「也不能怎麼辦啊，畢竟還不知道接下來會如何。」

「現在又有疫情問題，金條的價值可是不斷飛漲呢，那些金子要是換算成日幣，聽說有將近一億元哪。」

「我聽過那事兒很多次啦。總之現在也無法處理唄。」

佳代說完以後便走向海人的房間。

她敲了兩次門，告知「我要進去囉」才轉動門把。

大原海人那六張榻榻米大的房間裡，還有吉野穗花和筒井葵，他們一起包圍著年齡有些差距的「妹妹」千田來未。這四個人就是現在彩虹之家的院童。

彩虹之家剛成立的時候有好幾倍數量的人在這裡，但這麼多年來也逐漸離巢遠去。那些畢業的孩童現在也會頻繁互相聯絡，在各地勤勞工作著。大家只要有長期休假就會回到島上來，向佳代說許多事情。對佳代來說，那就是最棒的禮物了。

「佳代奶奶，妳今天會住下來嗎？」來未一開口便這麼問道。

「抱歉，明天似乎海象不會太好，所以我今晚就得回去了。」

「咦……我想一起睡呀。妳住下來嘛。」

「來未，不可以這麼任性唷。」最年長的海人不禁感到困窘，「奶奶在本土那邊也有工作呀。」

海人十五歲，前些日子國中剛畢業，是個非常會照顧人的男孩子。其實除了來未撿到的東西以外，海人的事情也讓佳代感到非常煩惱。

「欸，佳代奶奶也聽說了吧？來未撿到的金塊的事情。」十四歲的穗花說。

「這島上沒有人不知道啦，連港口的人都在說這事呢。」

「奶奶，我告訴妳唷。」十三歲的葵眼睛閃閃發光地說著。「來未說呀，如果那些金塊變成她的，她要分給我們呢。對吧來未？」

「嗯，好呀。就分給大家。」

「說什麼傻話啊！怎麼可能變成你們的東西呢。」

「真的不可能嗎？掉東西的人已經出現了嗎？」穗花說。

「是還沒啦。但不能抱持著過度的期待啊。」

佳代嘴上雖然這麼說，心裡卻悄悄的希望金塊能成為這些孩子的東西。這些孩子雖然有領取國家給付的生活支援金，但以後總還是會需要用錢。當然錢並不是一切，可這些孩子實在應該要過得更好才對。

「呿，我還以為能變成有錢人呢。」

「小葵當有錢人想做什麼呀？」

「唔……做什麼好呢？總之先到本土買一大堆衣服吧。」

「我想去迪士尼跟環球影城看看。」

「啊！我也要去！」

「穗花、葵，妳們兩個不是先前才去了紅久樂園嘛。」

「紅久樂園那麼窮酸，怎麼可能有小孩子會因為那種東西覺得開心嘛！」

佳代壓抑著笑意。去年夏天除了海人以外，島上所有國中生都去了仙台八木山的紅久樂園玩，那時她們兩個人回來還興奮地說「好玩到要死掉了」呢。

順帶一提海人沒有去，是因為他無法坐船。他從小就努力挑戰了幾次，但還是不行。前往本土的乘船時間不過五分鐘，他連這五分鐘都無法忍耐，只不過身處海上就陷入恐慌，甚至還曾經在上船前就吐了。

「海人哥哥是不是改個名字比較好啊？」

以前來未也曾經毫無惡意地這麼說，海人則一臉消沉地回答：「要是那樣就能改變，我也想改啊。」

海人無法乘船的理由，是因為那場海嘯帶來的心理創傷。

十年前的那天，他和爸媽都在海上。他們搭乘的船隻因為大浪而翻覆，他的父母就此踏上不歸路。

海人自己也喝下了大量海水，一度陷入意識不清的危險狀態，但仍奇蹟似的留下了一條小命。

佳代曾想過很多次，要是他的年紀再小一點就好了。他當時五歲，因此眼前發生的慘劇一清二楚烙印在腦海當中。

而海人下個月就要成為高中生，必須在本土過住宿生活，這就是佳代的煩惱。

這孩子是否能夠好好生活呢？佳代實在是擔心得不得了。

因為無法乘船，所以海人先前離開島上的次數可不是什麼屈指可數，而是根本就沒有離開過。也就是說他完全不了解外頭的世界。

海人雖然是個相當可靠的孩子，卻在某些地方意外的纖細。他非常會看大人的臉色，可見心思有多麼細膩。要知道海人過得如何，看來只能自己去見他了，畢竟他無法輕易搭船，想必也很難回島上吧。

「欸，外面那些人，到底什麼時候才會消失啊？」

來未拉開窗簾從縫隙中往外偷看，兩頰氣鼓鼓地說著。這個調皮的女孩超想到外頭去玩。

穗花說：「應該會在那裡等到妳講幾句話吧？」

「那我就會跟他們說啦，我超幸運的！」

大家都笑了。

「奶奶，為什麼不能讓來未去說幾句話呢？」海人問了最理所當然的事情。

「是島上的人決定的呀。不是只有來未，大家都不會理會媒體的。」

「這件事情我知道，但為什麼呢？」

「那是⋯⋯」

因為以前受到媒體極端惡劣的對待。

距今約八年半前，大家察覺島上的復興支援金遭到遠田政吉那男人詐騙，雖然媒體大肆報導這件事情，卻是以看好戲的心態寫著天之島是「受騙之島」、「遭吞沒之島」等等。他們都說天之島是個愚蠢的地方、島民們都是大笨蛋，外界都在嘲笑他們，再怎麼說島民們本該是受害者才對！嘲笑之聲遠比同情大上許多。佳代不是很清楚那類事情，但聽說網路世界充斥著各種揶揄天之島的留言。

在大家這樣冷淡的視線下，終於還是有人自殺了。

正是當時的村長。會將這樣一個好人逼到盡頭的，無非就是外界社會、那些媒體。他的遺書上寫「一切都是我的責任」。他任命那個大壞蛋遠田政吉復興支援負責人之職，還把復興支援金委託給他。

就是因為發生過這些事，在這種情況下，天之島的人可說是厭惡媒體到會起疹子了。

這次為了阻止媒體來到島上，甚至還說過要停開從本土過來的船。

「那一朗叔叔呢？一朗叔叔不也是媒體人嗎？」來未問。

「一朗當然不一樣。」佳代將雙手放在來未肩膀上，「聽好了，來未。妳如果要接受採訪，對方就只能是一朗。要是有其他不認識的大人找妳說話，妳不要理他們喔。」

「嗯，我知道了。」

「你們也一樣喔。」

見所有人都點了點頭，佳代才離開房間。

昭久站在客廳裡正在和某個人講電話，他一發現佳代便說：「哎呀，換佳代聽個電話。」然後把話筒遞向佳代。

「誰啊？」

「是一朗，他在警察局。」

佳代接過聽筒：「喂？」

根據一朗的說法，警察也試圖尋找那些金條的持有者，但完全沒有線索。而且還有許多人前仆後繼表示那是自己的東西，警察局光是應付那些人便忙不過來了。

「當中有真正的持有者嗎？」

〈當然沒有。根據警方調查，那個手提箱至少也沉在海裡五年了。如果真的掉了那種東西，也早該報警遺失了吧。〉

「所以全都是惡作劇的人？」

〈是啊。〉

「但就算不是持有者，裡面也可能有人是相關的人吧？」

〈不，沒有。〉

佳代有些在意一朗如此堅決的否定。因為他不是那種會隨便推想就確定事情的人。

「無論如何，真希望能找到掉了的人哪。畢竟是筆大錢。」

佳代隨口說著客套話，但一朗仍然肯定而冷淡地說：〈之後也找不到的。〉

「一朗，你該不會知道遺失者可能是誰吧？」

這樣一問，只聽一朗頓了一秒回道：〈不，完全不知道。〉

「那怎麼能說一定找不到呢？就算那是走私的東西。」

〈您聽昭久先生說的？〉

「是啊。說什麼有些很糟糕的傢伙會做這種事。是因為這樣所以會找不到嗎？」

〈欸，差不多是那樣吧。〉

佳代總覺得如墜五里霧中，但不想追究下去。

〈話說回來我想再問問來未妹妹那件事情，她在那兒嗎？〉

「在呀，換她來聽嗎？」

〈不，我等一下會直接過去見她。〉

「這樣啊，你能來的話她一定也很高興。你可得多留一點時間啊。」

〈好的，那我現在過去。大概十五分鐘左右會到，您到時候還在嗎？〉

「我會待到晚上，打算搭最後一班船回去。」

掛掉電話後，佳代和昭久一起動手做起了看板。他們在客廳裡鋪開報紙，昭久拿了鋸子鋸著木頭。

最後佳代則在板子上寫上粗體大字。

【敝院感到非常困擾。請勿滯留於此地。本院不接受任何採訪。彩虹之家　敬告】

他們打算把板子立在設施入口。

完成以後佳代和昭久一起拿到外頭去，媒體依然包圍著大門。眾人七嘴八舌地說著「能不能讓我們和那位少女稍微說點話呢」、「具體來說是在哪一帶的沙灘撿到金塊的呢」、「請讓我們拍一張少女在海邊的照片我們就會離開」。

「你們是看不懂這上頭寫什麼嗎！」昭久用力將看板插入地面。

但媒體毫無懼色，反而繼續追問：「為什麼不接受採訪呢」、「這是件好事，應該沒關係吧」、「為什麼要那樣藏著少女」。

此時還有位記者把手放到昭久肩上。「喂！別碰我！會傳染肺炎啊！」昭久拍掉了那隻手。

「喔，這種發言很不當唷，院長先生。」

「哼，我才不管你呢。我有言在先，要是把肺炎帶到島上來可就是你們的事了。這座島上目前還沒有感染者喔。再說你們擠成這樣好嗎？維持一下社交距離吧！」

「社交距離是嗎？」

「隨便啦！你們快走！」

「請不要這樣拒人於門外，也稍微聽我們說一下嘛。前幾天才剛過了東日本大地震的十周年呀。」

「不用你說我也知道。」

「在這種日子裡，震災孤兒在受災地的海裡撿到金塊，這麼棒的事情不讓外界知道可是種罪過哪。」

「罪過？」昭久怒視著記者。

「哎呀，請不要放錯焦點。畢竟提到三一一，大家都會覺得非常消沉哪。而且現在又有新冠肺炎，在這種時節當下，有如此令人欣喜之事，不是理當會覺得應該要盡可能告訴世間的人，讓大家展露笑容嗎？」

「誰會因為別人撿到寶藏就笑出來啊，會笑的只有你們吧！我們才不想讓你們開心呢。」
「這又是為什麼呢？」
「還問為什麼？你們忘了八年前的事情嗎？隨便亂寫些這座島上的事情，就是你！還有你！」昭久依序指著記者們。「你們那時候也來採訪了吧，我可是清楚記得你們的樣子。」
「您似乎有些誤解了，我們只有報導事實而已啊。」
「那網路上流竄的訊息又是誰的責任！」
「網路？噢，您是指SNS嗎？」
「對，那不就是你們搧風點火的嗎！」
「怎麼會呢，這就是您找碴了。」
「我們可是連村長都被害得自殺了！」
「那件事情……實在令人感到遺憾。但您的怒火指向我們，這讓我們也非常困擾。我們的工作就是報導新聞，這是我們的使命。畢竟發生那麼大規模的復興支援金占用事件，我們當然是一定要報導的。」
「哼，還不都隨你們說。總之我們討厭媒體，就算說我們是遷怒也還是一樣。」
「請別那樣說，還是請您幫幫忙吧。」
「說了不行就是不行！」
「所長先生。」另一位記者開了口。「不然我們反過來說好了，這座島有那種不良歷史，所以這次能夠讓你們看起來比較光明……」

「等等，你剛才說什麼，不良是什麼意思？」

「阿昭，不要管他們了啦。」佳代此刻終於忍不住拉了拉昭久的袖子。

「不，這我可不能忍。」昭久揮開佳代的手，面對那位發言的記者說：「的確我們是被奇怪的人給支配，也的確島上重要的錢被拿走了，但你們見過地獄嗎？房子和家人還有夥伴都被大水沖走，被逼到腦袋都快不正常了，你們曾經這樣過嗎？發生那種事情的時候，根本沒有人能夠下正確的判斷，要是有能抓住的東西，就算是一根稻草也想抓住，管你是誰哪裡人，只要能拯救這座島嶼……」

昭久漲紅了臉捲起袖子，瞬間所有記者都把麥克風伸了過來，拚命做起筆記。

「但你們一點都沒理解，還寫得好像錯在我們身上，那是什麼意思？我們都是笨蛋、是蠢貨嗎？」

「沒有那回……」

「當然島上也不希望搞出那種疏失，但是你們根本不了解當時島上的狀況……」

昭久沐浴在閃光燈下，繼續口沫橫飛地說著。

「我們能夠理解您所說的意思，但是遇到資金占用一事，仍然是你們的不良歷史啊。」記者說得更加挑釁了。

「要是那樣一句話就能解決，活下來的人拚死奮戰的事情也都被你們誣衊了。」

「所以說，那是針對占用的事情啊，各位的努力完全是另一回事。我再說明一次，正因為天之島過去發生過那種痛苦的事情，所以外界對你們這次的幸運非常矚目啊。」

「我們一點都不想受到矚目。不需要。」

佳代再次拉著昭久的袖子，在他耳邊說：「阿昭，夠了啦，你這樣正中他們下懷呀。」記者等人正試圖惹怒昭久，好讓他多說幾句話，這任誰都能看出來。

佳代正推著還想再說些什麼話的昭久要回到屋內，背後卻傳來一句「也有人說這是整個島的創作呢」。他們同時停下腳步。

佳代回過頭，開口問：「那是什麼意思？」

「也有些無情的人說，這可能是島民們聚集在一起思考出來的超大戲劇呢。這就真的是以SNS為中心流傳的訊息了。」

佳代略略歪著頭，實在不懂。「為什麼我們要做那種事情？」

「簡單來說就是提升形象。」

「提升形象？」

「是啊。聽說在那件事情之後，這座島上的觀光客減少了很多不是嗎？這麼說實在很失禮，不過現在外界對於天之島的印象仍然是『受騙的島嶼』唷。所以島民們為了要逆轉這樣的負面印象而做這種事……大概是這樣吧。」

「逆轉……」

「畢竟整個事件也太夢幻了吧？震災那天出生的少女，在十周年那天從海裡撿到了金塊。啊，當然我們是不會相信那種無聊傳聞的。不過也不是不能理解，這一切實在太過巧合，難怪會有人那樣說了。」

這種說法過分到令人無言以對。

「為了封鎖這種說法，我認為好好接受大家採訪才是辦法，您覺得呢？」

佳代嘴唇打顫，看了看身旁。昭代的拳頭在顫抖。「阿昭，不行。」話才要說出口，昭久已經衝向那群記者，並且順勢揍了那位男性，瞬間閃光燈四起。

「說什們麼蠢話啊你這傢伙！」

昭久抓起那倒在地上的記者的胸口，硬是要把他拉起來。周遭的人開始慌張地阻止他。但昭久仍然不放開男人的胸口，拚命搖動他。昭久現在雖然是彩虹之家的慈祥所長爺爺，但在地震前他可是在海上奮鬥的漁夫，腕力一點都不輸普通的年輕人呢。

在一片混亂的場面中，佳代只能雙手捧著臉頰呆站。這實在是太糟糕了，昭久竟然打傷了人。這時猛然發現有好幾盞閃光燈的方向朝著建築物閃爍，看過去才發現有幾個打開窗子擔心這裡不知道發生了什麼事情的孩子。那是穗花、葵還有來未三個女孩。

有好幾名記者立刻奔上前去，擅自進行採訪：「千田來未是哪一位？」但海人馬上從三個人身後冒出來，迅速關上窗戶後又嘩地把窗簾拉上。

此時又聽見熟識的聲音遠遠喊著：「佳代姨。」回頭看是一朗在人牆後揮著手。

「喔，一朗！」佳代也揮了揮手。「阿昭他、阿昭……」

一朗這才知道騷動中心的是昭久，趕忙衝進扭打成一團的人群裡，從昭久身後扣住了他，一邊說：「昭久先生，這樣不行。不可以使用暴力。」並用盡全力將他帶離記者。但昭久怒氣未消，吶喊著：「別開玩笑了！你們馬上都給我滾出這座島！」

「就是因為你們這種態度才會有奇怪的留言，被人家笑說什麼鎖國島啦！」被揍的記者摀著臉頰回喊。
之後昭久硬是被一朗拉進屋裡，佳代也跟了進來。
「饒不了、饒不了他們！」他們好不容易才讓情緒仍然激昂的昭久坐下，佳代這才坐在他身旁，向一朗說明事情經過。
「原來如此，是這樣啊。」一朗不禁皺起眉來。
「一朗，我絕對不原諒那些傢伙，胡說八道那些東西。我講過好幾次了，別讓那些人到島上來，結果本土那些傢伙說什麼這樣違反規定，就是不肯照做。聽說那些人在船費上敲了媒體竹槓之後拚命加開船隻咧！就是這樣我才不喜歡本土那些傢伙。」
一朗放下仍在繼續叫囂的昭久，從椅子上起身，說：「佳代姨，昭久先生就麻煩您了。」
「你要去哪兒啊？」
「去和外面的記者說說話。」
「沒問題吧？道歉的話對方應該就會原諒吧？」
「別開玩笑了！我才不會道歉！」
「阿昭你閉嘴啦！——欸，一朗，應該沒問題吧？」
一朗沒有回答這個問題，只說「我先去和他們談談」便走向門外。
佳代以手扶額，深深嘆了口氣。察覺到有視線正看著自己，便回頭看了看走廊。穗花、葵和來未三個女孩打開了房門，從那裡探頭望向自己，三個人的頭一直排就像串丸子。她們也一樣一臉不安。

「沒關係，妳們不用擔心啊，在房裡好好玩。」佳代努力擠出笑容說：「幫我叫海人過來好嗎？」

海人從來未的房間裡走出來，佳代和他一起進了他房間，讓他坐好才說明剛剛發生的事情。她強調雖然昭久使用了暴力，但絕對不是昭久不好。

「因為這樣，所以要拜託海人幫奶奶的忙，讓那些女孩別那麼不安好嗎？你是男孩子，要保護那些女孩子喔。」

海人握緊雙手說：「昭久爺爺會怎樣呢？」

「我不知道，一定沒問題的。一朗會幫忙想辦法的。」

「真的嗎？」

「真的。好啦，去吧。」

將近一小時後，正當佳代在廚房裡準備要給孩子們的點心時，一朗帶著派出所的中曾根巡查部長來了。中曾根雖然不是出身天之島的人，但來到天之島前前後後也十五年了，是個即將退休的警員。

「昭久先生，怎能揮拳打人呢。」中曾根擺著動作晃進了客廳。

「抱歉。」

昭久垂下頭，方才的事情過了好一會兒，他才終於冷靜下來，結果變得萬分消沉。

「哎呀呀，島上的零犯罪紀錄原先都要刷新啦，竟然要斷在這兒。」

「不會吧，會變成犯罪嗎？」佳代問。

「要是對方不肯取消傷害提告的話啦。」

看來是那個被打的記者鬧著要提出傷害告訴。

「等等，快幫忙想想辦法呀。」

「比那更糟糕的，應該是照片和影片吧。」一朗的表情更加嚴肅：「因為有很多相機都拍到昭久先生動粗的樣子了。」

「拍到了又怎樣？」

「肯定會在媒體上流傳的啊。」

「會上電視之類的？」

一朗嘆了口氣點點頭。

「那會變成怎樣？」

儘管一朗不願意回答，佳代也很容易聯想會演變成什麼樣的狀況。外界肯定又會騷動，表示這是座愚蠢之島、野蠻之島等等。說不定還會加強那個「這是島民共同創作」的無聊傳聞可信度。因為大眾很可能會認為昭久是被抓到小辮子才會如此憤怒。

如果島嶼的形象低落，觀光客就會更少。本來地震後觀光客就已經少了很多，但來客數勉強還能支撐島民生活。觀光業可是和漁業共同支撐這座島嶼的事業。

佳代越想頭越痛。為什麼這座島會固定有災難降臨呢？

東日本大地震過了十年，好不容易「復興」、「復原」這些詞彙有了點具體面貌，覆蓋在島上的陰影也逐漸變得薄弱。

那個占用事件也是。即便島民們的傷口尚未完全癒合，但對外界而言卻是早已過去的事情。

事到如今天之島又變得一團慌亂。

天色已暗，記者們逐漸消失以後，聽聞稍早之事的島民就像是換班一樣，接二連三來到彩虹之家。大家都是來幫昭久加油打氣的。

而且每個人不是帶了酒就是帶了食物來，彩虹之家一下子就放滿了各種慰勞品。

一開始只有幾個人小小喝兩杯，但氣氛漸漸擴散開來，不知不覺整個場地變成舉辦宴會似的。四下都是男女老少開朗的聲音，說著「昭久先生，幹得好啊」、「要是我就把他丟進海裡」，甚至還有人說什麼「那種傢伙，讓他成了鯊魚餌就行啦」。

雖說整個社會上一直「肺炎、肺炎」地吵著，但天之島上還沒有出現感染者，因此所有人都不是那麼緊張。也因此這座島上的人大部分都沒戴口罩。

對島民們來說，他們大概覺得肺炎才是外國的問題吧。

「你們在孩子們的面前別說這種話呀！」佳代雙手插在腰上抱怨。「哎呀，中曾根先生，您不是騎腳踏車來的嗎？怎麼也在喝酒？」

「那只是腳踏車呀。」中曾根毫不在意地將啤酒一仰而盡。

「腳踏車也算是喝酒駕駛吧！」

「那個啊，佳代姨，派出所就在旁邊而已。」

「警察自己能說這種話嗎！你要好好推著車子回去喔。」

「奶奶，好像又有人來了。那是……」海人從窗簾的縫隙間凝神看著外頭。「是治先生和陽子太太，啊，還有姬乃小姐。」

「噢，小姬來啦」、「這可稀奇啦」、「太好啦，太好啦」，男人們因為這座島上的女神現身而騷動了起來。

沒多久，手上抱著一升大酒瓶的三浦等人現身，大家也「嘿唷！」一聲鼓掌歡迎。彩虹之家裡已經聚集了三十多位島民。

「昭久先生，別擔心啦。」三浦往昭久的杯裡倒酒。「不會因為揍人就進監獄的。」

「但是好像會變得很麻煩哪。」昭久垂頭喪氣地說。

「沒問題，大家會一起幫你付和解金的啦。」

「那就拿來未撿到的金塊去付就好啦。」

「喔，好主意！」

「不過來未在哪啊？」

「剛才還在院子裡跳繩呢。」

「都這麼晚啦。喂，誰去把來未帶進來啊。」

來未心不甘情不願地來了，再次被大人們催著要說撿到金塊時的狀況，她的臉上寫著「真是的，夠了沒啊」。大家只要見到這個少女，就會逼問那時候的情況。

「所以說，我看到波浪裡有這麼大的銀色包包，我就撿起來了，然後裡面有好多金色一塊塊的東西。」就只是這麼簡單的說明，便讓所有人都不禁嘆了口氣。

「哎呀，實在厲害。怎麼會有這種童話故事呢？一定是因為妳們平常做了很多好事，所以神明給妳們禮物吧。」

「還沒確定是來未的東西啊。可能還會找到失主呢。」

「不，肯定是了。不管誰會現身都沒關係，是掉的人自己不好。」

「來未，妳可要一步升天成了大小姐哪。」

「嗯。我會給大家零用錢的。」

聽來未這麼一說，大家不禁爆出了幾乎能炸壞建築物的哄堂大笑。

夜越來越深，讓孩子們就寢以後，話題轉到了經常討論的姬乃的婚嫁之事上。島民們聚集在一起的時候，總是拿這話題當下酒菜，更何況今天當事人也在，當然聊得更起勁。「哎，小姬啊，求妳跟我結婚吧。」男人們開著這樣的玩笑，而女人們則回嘴：「你們才配不上小姬呢。」當事人姬乃只是呵呵笑著。

椎名姬乃在十年前，也就是地震過後來到天之島，是當時的義工女孩。她在這座島上盡心盡力兩年以後回到東京，之後有就業也結婚了，但去年離婚後再次回到這座島上。順帶一提現在是在三浦於島上設立的觀光服務公司擔任導遊。

以前佳代曾經詢問姬乃：「妳為什麼會回來呢？」但姬乃卻若有所指地說：「嗯，為什麼呢？」結果還是沒問出真正的理由。

無論如何，當時正是個花季少女的姬乃，如今也已經年過三十，所以大家才會對這件事情特別關心。

「那要怎樣的男人才配得上姬乃啊！」

「這座島上才沒有那種人呢。欸，勉強點就是一朗吧。但是一朗有智子啦。」

「咦，這麼說來一朗人呢？去了哪兒？」

「早就回去啦，說是要工作。」

「哎呀，那傢伙太認真啦。」

「你才該好好學學。」

「虧你說得出口。」

這樣下去，看來今晚還會鬧很久了。佳代離開客廳，打電話給住在本土的妹妹。除了為自己今晚無法回去的事情道歉，也表示要是早上海象不佳的話，可能也無法搭船回去。

〈沒關係的。反正好像會下雨，大概也無法工作吧。〉

「真抱歉哪，如果有開船，我會馬上回去的。」

〈不用啦、不用。妳放心待著吧。〉

妹妹當初是嫁給位於矢貫町的蔬菜農家，但是丈夫在地震中過世，她現在以寡婦身分守著那片田。

佳代除了彩虹之家的工作之外，也協助妹妹的農務。其實現在幾乎可說是以那邊的工作為主，因此去年就搬到了本土去，目前和妹妹及她婆婆共三名女性一起住在妹夫的老家。

地震前，佳代是天之島上的助產士。這些年來，日本已經不太需要助產士了，但在這座天之島上卻不是如此，有將近半數的女人都是在自己家裡生產。

十九歲入行起，佳代三十五年來已經親耳聆聽了許多嬰兒出生的那一啼，聚集在此的島民當中，也有好幾位是佳代親手接生的孩子。

而佳代會決定不再做這個工作，也是因為東日本大地震。

先前她總是迎接許多生命到來，在那場地震卻眼見許多死亡。或許那並不是最直接的理由。但的確在她心上刻下那不明確的深沉失意。同時她被迫明白，自己已經做不下去了。

〈話說，妳那邊聽起來真熱鬧呢，大家喝了酒嗎？〉

「是啊，詳細等我回去再跟妳說，這兒現在可是一堆人。」

〈那肯定又是在說本土壞話的聚會了。〉

「不，今天還沒開始呢。不過晚點大概就會有人提了吧。」

〈妳跟他們感情還真好呢。這邊的人也挺討厭島上的人，我們也不好多說什麼。〉

「真的是。」

原先天之島和本土的矢貫町就水火不容。尤其是漁夫們和消防員、青年隊的成員等，從以前就彼此作對，總是鬧得兩邊不愉快。

根深蒂固的原因在於漁業區域的分配。幾十年來雙方都試圖協商，但總是各說各話、始終無法解決問題，另外在觀光客船資、特產物品等加工食品的市價等問題，也總是意見不合。

但在地震前，有時也像是在進行小比賽那樣，有競爭的樂趣，即使是吵架，也參雜了一些玩鬧。

然而地震發生後確實產生了變化，憤怒逐漸演變為憎恨。

雙方都遭受毀滅性的災害，原本應該要互相幫忙，實際上卻辦不到。畢竟處理自己的事情就忙不過來了，講起來就是我家也燒起來了，當真沒辦法去幫鄰居救火。

造成目前情勢的關鍵，就是那次復興支援金占用事件。那件事被揭發的時候，矢貫町的町長表示「實在相當遺憾」，導致天之島上的人怒氣直衝頂點。矢貫町町長口中所說的「遺憾」，並不是針對犯人，而是指已經被騙兩年、結果失去了四億兩千萬這筆大數目金額的天之島。

並且在那之後，天之島的村長就自殺了，因此埋下更深的禍根。大多數島民都不諱言認為：「村長是被媒體和本土那些人殺死的。」

佳代講完電話，回到大家身邊，果然大家正熱烈討論起本土的事情。「才不需要什麼橋。也不要什麼合併，對吧！」一名消防團隊人員起了鬨，大家也跟著吶喊：「沒錯、沒錯」、「乾脆斷交吧」、「沒錯、沒錯」。

佳代搖著頭嘆了口氣。要是真斷交了，會有問題的明明是天之島這邊。

合併的事從約莫二十年前起就提了好幾次，雙方的反對聲音都很大，因而始終沒能實現。另一方面，橋指的是連接天之島和矢貫町的跨海大橋，這倒是經過多次討論以後，在十年前終於達成協議，但才剛準備開工就受到了重大挫折，正是因為發生了地震。

順帶一提，跨海大橋的事情並非就此作罷，而是維持在中斷狀態。但是始終沒有要重新開工的跡象。也就是說事情懸在那兒。

要安慰他們也不是，責備他們也不對，佳代只好前往大概還醒著的來未身邊。

輕輕打開房門往陰暗的房間裡看了看，來未雖然躺在床上，但果然還沒睡著。這孩子就跟她媽一樣是晚睡型的。

「佳代奶奶，妳要回去了嗎？」

「不，我今天晚上還是會留下來的。」

「真的嗎？」來未猛然起身。「那就一起睡嘛。」

「奶奶還沒有洗澡啊，妳先睡吧。」

「他們那麼吵，怎麼睡得著啦。好啦一起躺嘛，快點啦！」

哎呀呀，佳代調整著位子，躺在來未身邊陪她睡覺。棉被裡有小小的溫暖與甜甜的香氣。每當與來未躺在一起，佳代總是會想起來未的母親雅惠。因為她也總是陪雅惠一起睡。

「在小學裡啊，雖然有很多人都會前交叉跳，但只有我會後交叉跳喔。」

來未開始自豪地說起了跳繩的事情。這孩子最近非常喜歡跳繩。

「妳運動神經好這點，跟妳媽一樣呢。」

「我媽也很會跳繩嗎？」

「很會、很會。雅惠她可也是很快的呢，只要是運動項目都很行哪。」

「喔……那奶奶妳呢？」

「我呀？我也很擅長運動唷。」

來未的祖母，也就是雅惠的母親江津子，是佳代同年的好朋友，從有記憶起兩個人就時常相伴，一起長大，到她過世的那一天都在一起。

江津子在生下雅惠三年後，年紀輕輕就病死了。左邊乳房發現腫瘤，儘管用了抗癌劑治療，但之後在各處都發現轉移，最後江津子在醫師宣告的時間內嚥下了最後一口氣。在她過世以前，躺在病床上握著佳代的手說：「佳代呀，雅惠就拜託妳了。」而這就是她的遺言。

此後佳代幾乎成了雅惠的母親。江津子的丈夫與他的父母親都健在，不過佳代也相當積極地協助養大雅惠，簡直不像是對待別人的孩子。

想來也是因為自己沒有孩子吧。明明接生了許多其他人的孩子，自己卻始終沒有懷孕。這多麼諷刺啊，佳代甚至不禁詛咒起自己的身體。雖然已經分開的丈夫沒有把這種事情說出口，但想必也是因為這個理由才會走上離婚一途。

雅惠在將她視如己出的佳代及其他島民的協助下順利長大，終於迎來成年，結了門好親事，還懷了孩子。而雅惠當然希望臨盆的時候由佳代來接生。

臨盆日正是十年前的三月十一日——。

絕望就在眼前。

黑色波濤正要吞沒這座島嶼、這間房子。浪頭上還能看到幾艘從漁港被沖進來的漁船。簡直就像是乘坐著惡魔的幽靈船前來攻擊。

佳代站在破碎的玻璃窗前，雙手抱著包在毛巾裡的嬰兒呆若木雞。眼見這惡夢般的光景，她幾乎要昏厥過去。能夠勉強維持自己的理智，是因為雙手之間傳來哇哇大哭的嬰兒聲，以及那確確實實的溫暖。

「佳代姨，妳快逃啊！」

在她背後低吟著話語的是大約一小時前才生下孩子的雅惠。

她躺在鋪了棉被的榻榻米上，卻被壓在倒下來的房屋柱子下，兩腳都被壓住而動彈不得。佳代努力試著要把柱子搬開，但區區女性怎麼可能搬得動。

幾十分鐘前，天之島的大地突然發起狂來，就像是巨大的怪獸踏爛這棟建築般毀了千田家的古老平房。這間房間幾乎完全被屋瓦淹沒，一片混亂，連能踩的地方都沒有。

她的丈夫和祖父應該也在家裡，然而大聲呼喊也沒聽見兩人回應。雖然不願細思，但恐怕也已經在瓦礫堆下。

在這片慘況當中，這嬰兒毫髮無傷只能說是個奇蹟。

「妳在說什麼蠢話！怎能丟下妳！」

「我沒問題的。」

「什麼沒問題……」

「拜託妳快走吧！」

「不行，不能這樣！」佳代用力地搖著頭。「喂！有沒有人啊！幫幫忙啊！誰來幫幫忙！」

佳代從那破碎的窗戶往外喊著，但洶湧的波濤聲完全掩蓋過佳代的吶喊。鄰家離這裡有段距離，就算過去求救也不一定能找到人，就算有人，他們也不一定就能趕來。而且根本沒有猶豫的時間了。

就算如此，自己怎麼可能丟下彷彿女兒一般的雅惠，就此離開呢？

「佳代姨，拜託妳。快點、快點去逃難。」

「都說了我不能這樣做啊！我不能丟下妳……」

「那我會恨妳的。」

「……」

「要是那孩子死了，我一輩子都會恨佳代姨的。我絕對不會原諒妳的。」

雅惠睜大了眼睛瞪著佳代。

「所以，拜託妳。」

佳代回過頭去，再次看向窗外。黑色波濤已然近在眼前。佳代猛然聽見喀噠喀噠聲響，那竟是自己牙齒打顫的聲音。

佳代轉過身，跪在雅惠的枕邊，讓大哭的嬰兒蹭了蹭她的臉頰。

「佳代姨。」雅惠淚眼汪汪地抬眼。「妳要幫這孩子取個很棒的名字喔。」

「我才不要！雅惠，應該是妳要幫這孩子取名字啊！」

才說完這話，雅惠便微微一笑。

「快走。」

佳代猛然站起，背過身去。

哭喊著，一直一直往前跑。

佳代就跟懷裡的孩子一樣，一直哭喊著。

「──奶奶、佳代奶奶。」

身體被搖動，佳代終於清醒過來。眼前有張與雅惠一模一樣的臉龐。

原先明明是陪來未睡覺的，沒想到自己卻先睡著了。

「佳代奶奶，妳沒事吧？流了好多汗喔。」來未擔心地說。「而且妳在哭。」

佳代坐起身子擦了擦眼淚。「啊啊，真是的，奶奶不小心夢到了悲傷的夢。」

「又是我媽媽的夢嗎？」

「不，不是，不是啦。」佳代掀開棉被起身。「奶奶還是去洗個澡、換個睡衣吧。」

「然後就會回來嗎？」

「嗯。不過來未妳要先睡喔。」

佳代過去客廳看看，沒想到宴會還沒結束，實在令人傻眼。她看了看牆壁上的時鐘，都快過12點了。

「你們也該夠了吧，都給我成熟點，快回去呀。」

「這麼大的雨，還要趕我們走喔？」

「大雨？」佳代的目光投向窗外。

還真的是。雨滴大到彷彿正在毆打大地般傾洩而下，就算在一片黑暗中也能看得出來。沒聽見雨聲都是因為這裡太吵了。

「不是說明天才會下雨嗎?真是的，天氣預報一點都不準!那你們是要睡在這兒嗎?先告訴你們，可沒你們這麼多人的棉被呀!」

「啊啊沒問題沒問題，想睡的話隨意躺下就行啦。」

佳代嘆了口氣。「隨你們吧。不過聲音稍微小點啊，孩子們都睡不著啦。聽懂了嗎?」

「好——」

到浴室前佳代先去廚房看了一眼，該洗的東西堆積如山，她習慣性正打算收拾，女人們連忙趕來，「這些我們來就好，奶奶快去休息吧。」說著便把佳代趕了出去。佳代說「那就麻煩妳們囉」，便交給了她們。

年過六十以後，佳代總覺得周遭的人都變得比較體貼。

原先也不覺得自己上了年紀……不過，最能夠確定的就是自己未來剩下的時間，遠比已經過去的過往還要短上許多。

第二天，佳代早早就起床了。她輕輕爬出棉被，以免吵到還在熟睡中的來未，用手指略略撥開窗簾，確認外頭的樣子。灰色的雲層遮蓋天空，雨也還在下，不過雨勢變小了許多。這種程度的話，應該會開船吧。

佳代離開房間到洗手間洗把臉，走到客廳發現大家還真的就隨意躺在地上。她一個人苦笑了起來。雖然大多數人都已邁向中年，但對她而言大家仍然是島上可愛的孩子。

佳代進廚房開了瓦斯爐，那水壺沸騰的尖叫聲喚醒了幾個人，還有人揉著惺忪睡眼，說:「奶奶，也幫我泡杯茶吧。」

起床的人啜飲著熱茶一邊聊天，聽上去他們到幾個小時前還在喝，簡直讓人傻眼，「總覺得大家好久沒聚會了，很開心嘛。」有人用手撐著額頭喃喃說出藉口。

不多時佳代開始收拾東西準備離開。在天之島上要照顧彩虹之家的孩子，在本土又要進行農務，的確忙得很。

七點半左右，大多數的人都醒來了，除了來未以外的孩子們也紛紛到客廳露臉。雖然去叫過了來未，但因為毫無反應，就讓她繼續睡了。

大約十分鐘後，佳代在他們目送下離開了彩虹之家。

佳代撐開藍色的摺疊傘走出彩虹之家用地。畢竟才一大清早，因而沒有看見媒體。但是，他們是不會記取教訓的，肯定還會再來。媒體這種生物的字典裡可沒有「放手」這種詞。

佳代走在濕淋淋的石子路上，看見前方有個穿著黑色雨衣的男人朝這裡走了過來。他的帽子戴得很深，因此看不出來是什麼人，但沒有行李應該不是媒體。

兩人的距離逐漸縮短，最後擦身而過。

不經意由側面窺看男人面孔的佳代不禁倒抽一口氣，同時停下腳步。

她就呆站在那裡十幾秒。男人的腳步聲沙、沙、沙，逐步遠去。

佳代忽地回身，丟下手中的雨傘，奔上前去追趕男人的背影。

「喂，我說你啊！你等等！」她從背後喊著那個人，「給我站住。」

男人停下腳步，轉過頭來，佳代再次確認那帽簷下的臉龐。他的瀏海滴著水珠，而她腦中浮現的人，當時並沒有瀏海。

但是，錯不了的。雖然過了這麼久，整個人的感覺也不一樣了，但佳代怎麼可能忘記這個男人。

這男人是江村汰一。

而江村，是那個欺瞞了天之島、奪取復興支援金的遠田政吉的左右手。

為什麼江村會在這座島上？他又打算去哪裡？

這條道路的前方只有彩虹之家啊。

「你為什麼在這座島上？」佳代逼問。

江村沉默地看著佳代的臉龐。

「你到底打算去哪？」

江村似乎脫口而出說了什麼，但因為雨聲而沒聽清楚。

不過，他的目的倒是很容易明白。他的目的是那些金塊吧，除此之外不可能有其他東西了。

雖然有個大前提，就是還不能確定那是來未的東西，但這個男人看來又打算要把金子從這島上奪走。

「都這種時候了，你還想來讓這座島難看嗎？又要讓我們痛苦嗎？」

江村沒有回答，反而轉過身去，然後再次踏出腳步。

「還是怎麼了，難道你想說那金塊是你掉的嗎！」

沒想到江村再次停下腳步，半回過身來，慢慢點了點頭。

2 0 1 1

3 march

SUN.	MON.	TUE.	WED.	THU.	FRI.	SAT.
		1	2	3	4	5
6	7	8	9	10	11	12
13	14	15	16	17	18	19
20	21	22 椎名姫乃	23	24	25	26
27	28	29	30	31		

4　二〇一一年三月二十二日　椎名姬乃

地震至今已經過了十一天。

前幾天這座天之島上總算有一部分地區恢復自來水供應，也包含這間避難處。但是通訊系統依然中斷，目前要與外界取得聯繫，還是得開船出去。

姬乃前幾天曾經離島前往本土。移動到有電波的地方後，她一打開手機的電源，便一口氣收到大量簡訊，實在嚇人。

大多是來自母親。

「拜託妳，看到簡訊就快跟我聯絡吧。」

當然，姬乃馬上給母親打了通電話，她本來就是為了能和家人聯繫才離開天之島的。

母親在電話另一頭大哭。完全聯絡不上前往受災地的女兒，也不知道實際上去了哪裡，每天都擔心得要命、根本睡不著覺，這點的確是應該要好好反省。

然而，姬乃告訴她：「我還會在這裡待一段時間。」母親聽了之後慌張萬分，聲音也越來越慌亂，最後只能懇求著〈拜託妳快點回來吧〉。

〈也該夠了吧，妳已經做了很多了呀。〉

或許自己的確多多少少是有點貢獻。

但這對於受災地、對於天之島的現況來說，根本完全不夠。怎麼做都不夠。

在這種情況下，從外界來到天之島的人也慢慢增加了。大多是島民的親戚們，目的是要確認他們的家人是否平安，他們大多數人會前往避難所以及遺體安置處。

姬乃眼見許多天差地遠、明暗之分的瞬間。順利見到家人存活的人們流淚擁抱；沒能如願的人則流淚崩潰。

另一方面，看著這些光景的姬乃已經不再流淚了。當然眼淚並沒有乾涸、也不是習慣了大家呼天喚地，更不是感情麻痺。

不知為何，就是不會流淚。

相對的，她感覺心頭漸漸多了幾道枷鎖，彷彿黑暗一點點積累著那些負面情感。

然而，放下這種負面情緒的瞬間，她或許會崩潰。

現在，支撐姬乃的原動力並非愛或者慈悲，而是悲憫。她僅靠著眼前的悲傷來運作。

這天早上，姬乃兩手抱著大量的花草回到遺體安置處，隨即聽見有個男人怒罵：「別任性了！」

「我不要！怎麼可以埋在土裡，我絕對不要！」

男人的身旁是一個緊抓著年幼孩童遺體的女性，兩個人應該是夫婦，而那遺體是他們的孩子吧。夫妻倆身旁還包圍了負責搬運遺體的葬儀社、民生委員以及身著袈裟的寺廟住持等人。

「說什麼不要不要，這也沒辦法啊！而且都說了馬上就能夠重新開墳請人家火葬的啊。」

這樣的景象從幾天前就不斷重複在眼前上演。

天之島南北各有一間禮儀會館，但是光這兩處根本來不及處理需要火化的遺體，然而要是繼續放下去，遺體就會逐漸腐化。因此前幾天決定，要先將遺體土葬作為暫時性處置。

然而棺材、骨灰壺，還有乾冰等等，這些葬儀上需要的物品完全不夠，當然也沒有獻花。

現在姬乃手上抱著的花花草草，就是在陽子提議下從森林裡摘來的……為了能夠僅以小小心意代替獻花。

「妳也該夠了，別給大家添麻煩了。」

那位丈夫在斥責妻子的同時，用手臂擦拭自己的眼淚。

到了正午，姬乃和平常一樣分發避難所的午餐，卻發現了小小的變化：高齡者們開始會笑了。當然不是什麼放聲大笑之類的，只是小小的笑容罷了。

理由大概跟食物有關。和地震剛過時相比，現在已經好很多了。當然不是說吃得有多好，但至少能夠拿罐頭當菜配白米了。味噌湯和咖啡就算只是即溶的，也多少能夠慰藉疲憊的身心。

這些物資有大半都是美軍發動「朋友大作戰」，用直升機和兩棲戰艦的軍艦送過來的。

他們除了物資以外，也連續好幾天協助本島搜尋遺體、撤除瓦礫等大量救援活動。當然日本自衛隊也有到島上來，但數量還是遠遠不及美方軍人。

也因此在島民之間對於美軍的評價也迅速提升，大家都說：「怎麼能叫他們滾出沖繩呢？一直待著就好啦。」

除了美軍之外，同樣受到島民敬慕……不，甚至有過之而無不及的便是ＮＰＯ法人水人的負責人遠田政吉。

以消防隊為首，遠田和島內各行政單位攜手合作，建立了天之島震災對策總部，並且位居領導之職。他將島民們細分為救援救護組、遺體搜索組、交通安排組、醫療照護組、食材及物資管理組，決定各組組長後徹底執行「報告、聯絡、商量」的程序，設立一個用來大幅提升效率及成果的組織。

順帶一提姬乃隸屬於其中的醫療照護組，但昨天碰巧遇到遠田時，他卻問了非常令人在意的事情。

「阿姬會用電腦嗎？」

姬乃告知自己會使用基本的 Excel、Word 和 Power Point 以後，遠田一臉表示明白後離去。

那時遠田也帶著那位叫江村汰一的少年，他經常都在遠田身邊。

聽說江村也才十八歲，比姬乃小了兩歲。

「哎呀，小姬，妳在這兒哪。」

正當姬乃在體育館後方和女人們晾著大量清洗過的衣物時，聽見陽子從背後呼喚自己。

陽子這一星期來很顯然消瘦了，或許是原先體型較為福態，因此和其他人相比，一眼就能看出差異，但陽子本人卻笑著說：「順便減肥呢。」

「中西泰三先生的懷錶?唔，我不確定那個人是不是中西先生，但我記得確實有一位脖子上掛著懷錶的老人家。」

「真的嗎？」

「是啊，那是發條式、很古老的懷錶，所以我有印象。因為上面滿是泥巴，所以我把泥巴弄掉，一起放在他的遺物當中。」

幾天前運來安置處的遺體中，有一位脖子上掛著懷錶的男性老人家。那個懷錶在驗屍之後，就和衣服等物品一起放到用來保管遺物的超市購物籃裡了。

「那個……怎麼了嗎？」

一問之下，陽子一臉困擾地說：「唔……事情是……」

現下有一位中西泰三的遺屬，他的兒子康雄來到此處，但卻大吵大鬧說遺物當中「老爸的懷錶不見了」。

「我是一直跟他說，可能是被大水沖走的時候掉了呀，原來真的有啊。」陽子垂頭喪氣。「但是怎麼會不見了呢？」

在這裡煩惱也不是辦法，姬乃只好和陽子一起去了康雄那裡。

康雄待在二樓的多功能室裡，現在那個地方用來管理遺物，年約五十多歲的他正朝一身迷彩服的小宮山破口大罵。

小宮山是前幾天遠田找來這座島上的人，年紀大概三十出頭，一口關西腔，昨天開始在這裡負責保管遺物。這位小宮山也是水人的員工，聽說和遠田原先便是舊識。

「是要我怎麼說才懂咧，沒有的東西就是沒有哩。」小宮山一臉不耐煩。

「怎麼可能沒有！老爸可是很寶貝那東西，總是貼身攜帶的啊！」康雄完全是怒上心頭。「錶子還是最近才換新的，就算他被大水沖走，也沒那麼容易斷啊！」

「可能不是斷掉，就是從頭上『咻』一下溜走咧。」

「不，怎麼可能啊！喂！你是這裡的負責人吧！你要給我想辦法啊！」

「想辦法？天曉得咧。老子我昨天才被派來管這裡——」

陽子連忙介入正在爭論的兩人之間，向康雄介紹姬乃。

姬乃則告知康雄，在確認中西泰三遺體的時候，他身上的確掛著懷錶。

「我就說吧！不是有嗎！」康雄鼻子噴著氣向小宮山說道，「那麼小姐，我老爸的懷錶在哪？」

「我是放在那個籃子裡的。」

姬乃指著康雄腳邊的超市購物籃。自己確實是將東西放在那裡沒錯。

「那為什麼沒有？妳給我說明啊。」

被康雄這樣一逼問，姬乃也不禁錯愕。

「等等，中西先生，怎麼能責怪小姬呢！」陽子馬上擋在姬乃面前。「這孩子才沒有錯。」

「為什麼妳這麼肯定？如果是這位小姐負責管理，那就是這位小姐的責任吧！」

「與其說是管理，我只是把遺物放在一起……」

「別找藉口！丟了就是妳的責任。不對，等等，把妳自己的東西拿過來。」

「中西先生！你在說什麼啊！」

「這小姐是外頭來的人吧！不能相信！」

之後康雄仍然不停責備姬乃「肯定是起了歪念頭」，並且不斷吵著「就叫妳把東西都拿過來啊」。看見康雄這副模樣，小宮山臉上更加不悅，連陽子也漲紅了臉義憤填膺。

姬乃用一種遠眺的感覺看著眼前的鬧劇。

但隨即還是轉過身去，默默離開現場。雖然陽子從背後喊著「小姬」，姬乃還是裝作沒聽見就離開了。

她往走廊一路離去，打開落地窗走到陽台。

然後靠在牆壁上蹲了下去，深深嘆了口氣。

不知為何還是流不出眼淚。或許是因為心中不是怒氣或者悔恨，而是一種空虛感。

我到底是來這座島上做什麼的呢？

腦中忽然出現這樣的疑問，姬乃嘴邊綻出笑意。

雖然不是希望有人感謝自己、尋求回報而做到這個地步，但真的是拚了命在工作，結果竟還被人當成小偷，也只能笑出來。

總覺得忽然失去了做下去的心情，也失去活力。

是不是乾脆回去呢——

先前一起來的義工們，大多都已經回去了。

沒錯，我完全沒有理由要繼續留在這裡。

姬乃再次嘆了口氣，仰望著天空。

太陽光輝明媚地照耀大地，天空晴朗萬里無雲澄澈無比。

姬乃起身將雙手撐在陽台欄杆上、稍微探出身子。眼下是一片開闊的綠色大地，以及包圍大地的蒼藍色海洋。

姬乃就這樣靜靜眺望著一望無際的風景好一會兒。

好啦，差不多該回去工作了——

為什麼會這麼想呢？為什麼不逃走呢？

心中沒有答案，但姬乃還是轉身離開陽台。

之後過了四天，依然只有部分地區能夠使用自來水，不過島民們說從這天開始會進行島上的電力工程，如果電力恢復的話，大家應該也會住得更舒服吧。只要不必再害怕黑暗，心情就會完全不一樣了。

這天姬乃依照慣例，先去遺體安置處協助安部與倉田。自從決定土葬以後，這裡的遺體就每日減少。前幾天運來的遺體數量終於低到只有一位數。但是整座島上的行蹤不明者仍然相當多。

那些行蹤不明者的家人每天都會來這裡，當中有一位谷千草。

她是三十七歲的單親媽媽，為了尋找九歲的獨生子而在每天太陽西斜時前來遺體安置處，但她和其他人大不相同。

地震已經過了兩個星期，在這麼小的島上若是找不到家人，大部分的人都放棄了。即使如此，就算是遺體也好，還是希望他們回來，這個願望大概是人之常情，因此如果找到遺體，遺屬們就會說：「太好了，真的太好了。」但若沒有找到，大多數人都會垂頭喪氣地表示：「這樣啊，還沒有打撈上來啊。」

在這些人之中，只有谷千草確認上岸的遺體沒有自己的兒子以後，就會浮現出安心的表情，一臉輕鬆地回去。

「欸，小姬呀。」

是那位千草太太。

「今天有發現孩童的遺體嗎？」

「上午有一具中學女孩的遺體。」

「那就是沒有男孩子囉？」

「是的。」

聽到姬乃的回答，千草果不其然鬆了一口氣，而且心情還很好——這麼說誇張了些，但她離開遺體安置處的腳步明顯比來時輕鬆許多。

「那位太太有點危險呢。」

安部望著遠去的千草背影，十分擔心地說。

「是啊，大家都在流傳這件事情。」倉田也是一臉嚴肅。「昨天我媽好像跟千草太太搭話，說：『希望能趕快找到光明小朋友哪。』結果千草太太回答：『是呀，他一定餓了。』」

光明就是千草的兒子，而倉田似乎是她的鄰居。

「千草太太和丈夫離婚以後回到島上，將來的日子幾乎是為了兒子而活的。」

安部探了口氣，用力晃了晃腦袋。

「好啦，我們來做最後的工作吧。」

今天過後，安部和倉田就要離開這間遺體安置處了，因為已經確定明天開始會有本土過來的專業醫療人員負責驗屍工作。前幾天知道這件事情的時候，安部也打從心底露出鬆一口氣的表情說著：「終於可以放下這工作啦。」

雖然安部被理所當然似的交付這殘酷的工作，但他原先只是島上的牙醫，倉田也只不過是牙科助手。

等到太陽完全西沉，遺體安置處的工作也必須結束。

「小姬，真的辛苦妳了。」

最後安部和倉田都握著她的手表達感謝。

但是姬乃沒有成就感、也沒有滿足感。雖然自己一直協助如此嚴苛的工作，應該也可以有點什麼感慨，但很奇妙的是，自己並沒有那樣的心情。

一定是因為光是放手這裡的工作，該做的事情依然堆積如山吧，並沒有真正獲得解放，事情也還沒解決。

因此姬乃去尋找下一個工作，拖著沉重的身體前往避難所。

姬乃馬上加入陽子等人，一如既往在黑暗之中，一手拿著手電筒來努力照顧受災者們。如同傳聞所說，電力工程好像已經開始進行，不過也不可能今天馬上就恢復。真希望明天能恢復啊，一樣的工作在燈光下與黑暗中，疲勞的程度可是大相逕庭，電燈在人類生活當中是不可或缺的。

另一方面，住在這裡的受災老人們數量也逐漸減少，居住在島外的親戚們來接走他們，因此一個個離開了。不過使著性子說不願意離開島嶼的人倒也不少。對此陽子是說：「對只認得這島的爺爺奶奶們來說，要離開這兒就跟去外國沒兩樣哪。」

等到大部分的人都睡了，工作也差不多告一段落，姬乃才終於開始吃遲來的晚餐。時間已經過二十三點了。

一個人坐在陰暗的走廊角落，欷欷吸著泡麵，原先明明很怕燙，卻一口接著一口把冒著熱煙的麵條送入口中。

這也是美軍拿來的，受災者們的晚餐好像跟這個一樣。聽說賑災物資的白米很快就見了底，由於每天都會有糧食送過來，雖然姬乃覺得大概不會再像之前一樣糧食短缺，但也絕對樂觀不起來。這裡畢竟是離島，很多事情無法像其他受災地那樣。

姬乃將整個杯子倒過來，連最後一滴湯都喝乾淨，但肚子還是完全沒有飽意。

姬乃先前總以為自己算是吃得少的人，減肥的時候也挺能忍的，來到這座島上之後，才發現根本不是那樣。以往是因為東西就在伸手可及的地方，因為感到滿足，所以才能夠忍受，一旦知道情況並非如此，那麼就算是用搶的也想獲得食物。

聽說在分發泡麵的時候，受災者們會因為種類和數量不同而引起爭執。先前也總是會有人在確認盛好的白米以後，抗議「他的怎麼比較多」；有時候放著儲藏的罐頭也會不見，不用想也知道怎麼了。

姬乃休息結束正打算站起來，卻有道手電筒的光線打在她的側臉上。

「噢，終於找到公主啦。」是個男人的聲音。

姬乃瞇起眼睛，但眼前實在過於眩目而看不清來者是誰。於是男人將原先朝向她的光線往自己下巴一照，隨即浮現出一個有如恐怖電影中的人臉。有如此無聊興趣的便是遺物管理負責人，遠田的部下小宮山。

小宮山說他正在找姬乃。

「遠田隊長命令我帶妳過去咧。」

「喔，帶我過去嗎？」

「嗯，妳跟我去一下司令室唄。」

雖然不知道遠田找她到底有什麼事情，但姬乃還是跟了過去。

一片寧靜的陰暗走廊上迴盪著喀噠喀噠的腳步聲，姬乃在小宮山的帶領下前進。

小宮山所謂的司令室，是位於館內最上層樓、遠田專用的小房間，應該是學校中類似校長室的地方吧。

順帶一提，不知何時起島民們也開始稱呼遠田為「隊長」。不知道是他自己希望大家這樣叫他呢，還是其他人自然地就這樣稱呼他呢？總之姬乃也隨周圍的人這樣叫。

「對了，那大叔還真是給人添麻煩咧。」

小宮山邊上樓梯邊跟姬乃搭話，他指的是中西康雄吧。結果後來還是沒找到罹難者的懷錶，這件事情是姬乃聽康雄本人說的。

那之後過了幾天，康雄向她道歉。

中西泰三的懷錶是繼承父親的東西，也就是對於泰三來說那是父親的紀念品，而對康雄來說則是祖父留下的紀念品。「老爸生前就說過，他死了以後那東西要給我，說其實那東西挺有價值的。當然我不打算賣掉，只想當成老爸和爺爺的紀念品留在手邊。但是知道東西不見了以後，總覺得好像我很不孝似的，是我對不起老爸，所以那個……才會那樣情緒大亂。就是這樣啦，真的是很抱歉。」他非常慎重地向姬乃道歉。

「那種老頭真的是腦袋有問題耶，我們可是來當義工的啊，不感謝就算了，居然那樣咄咄逼人也太沒道理了吧。」

姬乃含糊地點點頭。

「不用在意那種事情喔。」

「咦？」

「妳不是氣壞了所以出去了嗎？我是可以理解啦，要是我還想扁他咧。」

不是的，我並不是因為生氣才離開的。

「這種一團亂的時候，一兩個小錶不見也很正常吧！說到底那種又小又髒的東西也沒什麼價值啊。」

姬乃想，這個人真是麻煩哪。想著想著忽然停下腳步。

走在樓梯上頭的小宮山回過頭來，有些驚訝地向下看著姬乃。

「怎麼啦？」

此時姬乃心裡想的是，該不會是你偷的吧——。

因為小宮山剛才是這麼說的：**那種又小又髒的東西**——他明明沒看過中西泰三的懷錶才對。

「不，沒什麼。」姬乃再次踏上階梯。

不，應該不會是那樣。這個男人雖然非常輕挑，但再怎麼說也是來這裡幫助別人的，這種人怎麼可能會偷竊，而且還是偷罹難者的遺物呢？

終於來到最上層樓，兩人穿過走廊來到司令室前，門上的磨砂玻璃透出淡淡的光線。

小宮山咚咚地敲了敲門，以彷彿軍隊中向上官報告事情的僵硬語氣說道：「我是小宮山，帶椎名姬乃小姐過來。」

隨即聽見遠田那低沉的聲音從裡面傳來：「進來。」

小宮山打開門，那陰暗的房間深處有張辦公桌，遠田正在吃泡麵，他身旁依舊是直挺挺站立的江村汰一。

姬乃這時也才明白，為何明明電力尚未恢復，這個房間裡卻有光線透出，因為房間四個角落都掛著提燈。

「阿姬，妳來得正好。」

「您辛苦了。」姬乃邊走進去邊打招呼，立刻詢問：「那個，您找我有什麼事情呢？」

「不用這麼急呀。」遠田笑了，對江村抬了抬下巴，「椅子。」

江村立即動作，在遠田面前擺好一張椅子。遠田催促道：「坐啊。」姬乃便在椅子邊緣坐了下來。

「要妳別緊張大概很難吧，畢竟在這麼陰暗的地方被三個大男人包圍。」

姬乃竭盡全力也只能擠出一個扭曲的微笑。就在這時，她注意到辦公桌旁有好幾個空泡麵碗疊在一起。這該不會都是遠田一個人吃的吧？

大概是發現了姬乃的視線，遠田拿起疊在一起的泡麵碗，「用這種東西就能騙過日本人，那些美國佬八成笑得停不下來了吧。他們打算把這次的震災政治化，表現出在日的美軍基地有多重要，妳不覺得『朋友大作戰』這名字就很惹人厭嗎？阿姬。」

姬乃完全搞不懂對方的用意而呆住。

遠田看到這樣的姬乃，豪爽地笑了起來，接著清了清喉嚨，再次看向她。

「好啦，這些日子妳也辛苦了，我聽很多人說了妳多勤勞，大家都很感謝妳喔。」

姬乃稍稍低下了頭。

「驗屍的助手呢。哎呀真是，居然讓外來的年輕女孩做那種工作，很辛苦吧？」

「是的，但與其說是助手，我只不過是個打雜的，實際上擔任安部醫師助手的還是倉田小姐。」

「還是一樣啊，一般人可做不來呢。不，妳真是了不起。」遠田大力點著頭，「所以囉，看妳這麼能幹，我有個請求想拜託妳，希望妳能答應。」

「拜託我……嗎？什麼事情呢？」

「希望妳正式成為我的部下。」

姬乃皺起眉頭。

「傍晚的時候，三浦先生和這座島的村長來見過我，聽他們說似乎之後國家會提供復興支援金給各受災地，雖然具體上來說還不知道是哪時候會發、有多少錢，但是他們想要把領到的給付款項都交給我，那兩人還低聲下氣跟我說：『遠田先生能夠比我們更加確實有效地活用那些錢，萬萬拜託您了。』哎呀真是的。」遠田的雙肩微微顫動著笑意。「聽說村長在這次地震中也失去了女兒和孫子不是嗎？身處絕望低谷的人來拜託我，真的很難拒絕他啊對吧？唉，仔細想想的確沒有人比我更適合啦。說真的，也沒辦法指望這座島上的行政單位和消防單位呢，沒有能約束大家的領導者的話根本是烏合之眾。換句話說，還是需要我。所以啦，我想說不久之後復興支援金應該會送到我這兒來吧，我想順便把這個鬆散的對策本部好好組織起來，因此希望阿姬妳能在我的麾下以營運事務員的身分工作——」

「那、那個，我——」

「哦，妳不用擔心薪水的問題。之後就不是要請妳當義工，會是僱用的方式，當然會支付勞動薪資。」

「我不是擔心那個，我，呃……」

話說到一半不知該如何接下去。

忽然提這種事情，實在是一頭霧水。而且自己還是個學生，家人也都住在東京。

「怎麼，妳該不會要離開這座島了吧？」

遠田的語氣彷彿那是件不能做的事情。

「可是，我還是大學生，春假結束之後學校就要開學了，所以，那個……」

「休學就好啦。」遠田隨口說道。「阿姬啊，妳仔細想想。現在妳的大學課業和天之島的復興，哪邊比較重要？哪件事情才是為了世人著想？」

這種事情是能放在天秤上比較的嗎？

「可能會有性命因為妳的努力而獲救，也會有人受到療癒。不，這不是可能，現在就有啊。」

一片昏暗中遠田的熱烈發言迴響著。

他將雙手放在書桌上，額頭也叩到了桌面。

「拜託了，請妳留在這裡，不要捨棄天之島，這座島嶼需要妳啊。」

姬乃忍不住嚥了嚥口水。

2 0 1 3

- 5 -

2 february

SUN.	MON.	TUE.	WED.	THU.	FRI.	SAT.
					1	2
3	4	5 菊池一朗	6	7	8	9
10	11	12	13	14	15	16
17	18	19	20	21	22	23
24	25	26	27	28		

5　二〇一三年二月五日　菊池一朗

雪花在等距離排列的街燈幽微的光線下輕飄飄飛舞著。風並不大，但北海道的夜晚冰寒刺骨。光是呼口氣，眼前就是一片白霧。

在這樣寒冷的天氣中，菊池一朗站在電線杆旁拚命搓著手，抬頭望向眼前八層樓公寓中位於五樓的某個房間。

雖然窗簾後微微透出房間裡的燈光，但他不管在門口按了幾次門鈴，始終沒有人回應。

一朗在三天前就來到旭川市，然後每天造訪這棟公寓。

那個以北海道為根據地的 NPO 法人水人，其前負責人遠田政吉舉辦記者會說明用途不明的款項，已是半個月前的事情，之後一朗把水人提交的帳本徹底調查一番，發現了幾個並非現階段爭議項目的不明之處。

其中一項便與這位住在北海道旭川市一間公寓內的女性相關。該女性名為保下敦美，年齡三十七歲，與小學三年級的兒子住在一起。

這位女性自二〇一一年六月起至二〇一二年九月這十六個月，每個月都從水人領了二十萬日幣的薪水。為什麼這條支出會是問題呢？這是由於保下敦美完全沒有在天之島工作的紀錄，也就是錢被交給了並未實際工作的人。

而且保下敦美是遠田七年前離婚的妻子，兒子也是遠田的孩子。

前幾天他向公寓的其他居民打探保下敦美的人品，意外的並沒有聽見什麼壞話，唯一有微詞的大概也就是「明明已經有點年紀了，但我覺得她實在太裝年輕」。大多數人多半表示「經常看見她和兒子在公園裡玩」、「會好好向人打招呼，感覺是不錯的人」。

為了喝點熱的東西，一朗走到附近的自動販賣機買了今天的第三罐熱咖啡。要是喝太多就得跑廁所了，但他實在是忍不住要喝點熱的。

他正打算用快凍僵的手指拉起拉環，大衣口袋裡的手機卻響了，拿出來一看，是俊藤律打來的。俊藤比一朗小了三歲，是地震後從東京前往天之島採訪的自由記者，往來幾次以後兩人也變得熟稔。他與其他媒體不同，非常能夠體貼天之島和島民們。為了要全面查明這次占用事件，一朗也請他提供多方協助。想當然他本人也是想要拿到個大新聞，但他的本性中仍保有對惡事的激憤，以及對天之島的深沉憐憫。

〈我查到一些遠田在東京的行動了。〉

俊藤一開口就怒氣沖沖，說出來的幾件事情也讓人義憤填膺。

遠田在這兩年內，三番兩次以研習名義出差到東京，因此一朗請俊藤協助調查他在東京的足跡。

如同大家所料想的，遠田在東京大肆揮霍，每天晚上接連前往各個高級俱樂部，還成了六本木那裡的會員制酒吧的會員；此外，他在大丸百貨購買亞曼尼的西裝，又在南青山的百達翡麗精品店購買將近兩百萬日圓的高級手錶。

〈我聽酒保說，遠田要是喝醉了就心情很好，每次都會給很多小費，甚至還很誇張請在場所有客人喝

一杯，酒保苦笑說他完全是典型的進城鄉巴佬。〉

原來如此，想來鄉下的暴發戶就是會想做這種事情吧。

〈遠田似乎都跟其他人吹牛說自己是企業家。他並沒有詳細說明內容，但有時候會粗暴地說什麼『要不要復興都看我』、『人類的死活操之在我』之類的，所以大家私下都認為不要接近這個男人比較好。總之有許多人清楚記得遠田呢。〉

確實遠田那種面貌和舉止，肯定會留在大家的記憶當中。

「謝謝你，俊藤先生。不過用在那些餐飲和首飾上的錢，能夠證明是來自給付款項嗎？」

〈恐怕很難吧。那個男的很細心，好像連收據都沒開，所以應該很難證明那些錢是從給付金裡拿出來的。這樣一來與其追查遠田實際上把錢花在哪，還不如找出記載在帳本上，卻並未使用的虛構支出比較有用，因為遠田一定會在這方面動手腳的。順帶一提我聽說警察也很努力朝這方面進行搜查，據說已經掌握了幾個相當確定的違法事實。〉

「真的嗎？這樣的話為什麼警察還不逮捕他？」

〈我猜恐怕是警察手上的牌還太弱吧。〉

「太弱？」

〈對，就算想要科處罰金，那男人也已經宣告破產。即使是提出要他服刑，恐怕也只能以輕罪來處理，這種結果民眾不能接受吧，畢竟這件事也關乎國家和警察的面子啊，應該會徹底清查遠田的犯罪事實，把他逼到絕路吧。〉

話雖如此，遠田做的事情充其量只是在業務上占用公款，而且還是初犯，不管手上有多少牌能用，頂多就是十年刑期。

這根本連懲罰都算不上，實在令人無法接受。那個男人奪走的錢可是天之島的生命金錢哪。

〈確實就是如此。遠田根本就是踐踏死者、鞭打受災之人。〉俊藤加強語氣，〈另外還有一件事情，就是岩手縣縣廳現在遭受波及而被猛烈攻擊的樣子。〉

「縣廳？為什麼？」

〈因為發現遠田去過很多次岩手縣縣廳。他跟僱用勞動組商量過很多次，都是問他們怎樣才能跳過那些麻煩的手續來自由使用金錢。那個時候負責對應的人員似乎是告訴他：『這是國家制定的制度，所以不能夠擅自簡化手續。不過有這樣的方式……』〉

也就是告訴他投機取巧的方法嗎？

僱用事業的委託契約當中，不能夠擅自買賣日幣五十萬元以上的物品，因此遠田才會讓部下小宮山成立藍橋公司用來逃稅，先以業務委託費的名義將錢轉過去，再以該公司的名義購買車子和船隻等物品。

另外，復興支援隊總部當中修建的秘密房間，以及校舍後方挖出來的溫泉「真名之湯」也是用這種手法。依規定，水人無法執行建設及土木工程，因此是藍橋負責這些業務，資金當然是水人出的。

遠田等人就是這樣鑽過禁止事項的漏洞，做出許多違法之事。

真不愧是俊藤，明明不管一朗多麼窮追不捨地去採訪，警察連半點風聲都不肯透露。

〈畢竟我不像菊池先生一樣頂著大公司的招牌呀，某個程度上可以用一些比較強硬的方法啦。〉

俊藤的語氣有些得意洋洋又有些自嘲。先前有一次喝酒，他表示「為了要能過日子，什麼都得做」，他的殺力跟每個月領死薪水的上班族可不同。

〈話說回來菊池先生您還在北海道吧？有得到些什麼消息嗎？〉

「是啊，調查遠田周遭和他過往的生活，發現他在十九歲的時候曾經加入過某個暴力集團，不過似乎無法忍受裡面必須學什麼禮儀舉止，不到兩個月就逃走了，想來也還沒有被列為正式成員。」

一朗在遠田的故鄉順利向以往就認識他的同學們問到話。

據他們所說，小學時代的遠田不怎麼顯眼，硬要說的話是頗為安靜的少年，也有人提到他曾被霸凌。

但是上了國中以後，他的體型猛地大了一圈，連帶的態度驟變，對周遭人相當高姿態，但他絕對不是不良少年。針對這件事情，同學們說：「遠田雖然常說他不喜歡跟人家聚在一起，但其實不是那樣，我們都覺得他是因為害怕其他學校的人盯上他。你知道，說自己是不良少年的話，不是就得去跟人家爭地盤嗎？但那傢伙其實挺怕事的。」

當時遠田的學業成績也還不錯，甚至曾經成為學生會長候選人。「那傢伙其實超級希望自己是風雲人物的，有點像長得醜八怪卻非常自戀那種感覺。」

但他落選了。聽說那時候他消沉到十分誇張的地步。「是因為自尊心太強了所以無法接受吧？他消沉到讓人幾乎覺得他會從學校頂樓跳下來呢。」

遠田在國中畢業後，也升上了北海道的升學高中，卻在二年級的時候因為引發某個事件而退學。

〈什麼事件？〉俊藤問。

「聽說是詐欺。」

遠田在假日的時候會搭電車到遠方的城鎮，挨家挨戶拜訪，打著「幫助海外那些可憐的孩子們」等名義募款。而且遠田還強迫班上比較弱小的同學去做這件事，是那位同學被逮之後招供，整件事才爆發，「那個時候在地方上也引起滿大的騷動，還連當地的小混混都出面，把那傢伙打得渾身是傷。好像是覺得在他們那種硬派的不良少年眼中，不能原諒遠田那種幹出骯髒事的冒牌貨，結果那傢伙全裸被吊在橋上的樣子。」

或許是無法忘掉那時候所受的屈辱，遠田離開了故鄉，就此消失三年。就是這個時期他加入了暴力集團，同學們也曾聽聞這件事情。

三年後飄然回到故鄉的遠田，樣貌已經大不相同。他留著一頭長髮，身穿迷彩服回來，後來就一直都是那副打扮。同學嘲笑道：「就是人家現在說的什麼軍武宅吧，雖然不知道他為什麼忽然變成那樣，不過他會帶著很粗獷的空氣槍那類東西，有一次我在喝酒的地方遇到他也跟他說過，想穿成那樣只要加入自衛隊就好啦，結果那傢伙說什麼『笨蛋才會加入自衛隊』，我想那傢伙也知道，他就算非常崇拜軍隊，自己也沒有那種毅力，根本堅持不下去吧。」

〈原來如此。復興支援隊會有那種像軍隊的感覺，就是因為遠田的興趣吧。〉

「是啊，我聽了以後也覺得原來如此。」

〈話說回來大家還真是說了他不少壞話呢，根本沒半件好事啊。〉

「不……」一朗鼻子哼著氣繼續說：「距今大約九年前，據說遠田二十六歲的時候曾經被警察表揚過。」

〈表揚？〉

「是啊，好像是救了在河裡溺水的孩子。」

〈真的嗎？那個男人？〉

「我也一度懷疑自己是不是聽錯了，不過調查當時地方上的報紙，的確是有這樣的新聞。聽說是一對母子在河邊玩耍，孩子溺水了，母親下水要救他但自己也溺水，結果母親雖然溺斃了，孩子卻被剛好在河邊的遠田救了起來。報紙上還登過遠田的名字和照片，應該沒錯。」

俊藤頓了一頓：〈真令人難以置信，那個男人也會做這種事情嗎？〉

「很難說呢，不清楚真相如何。就算是真的，和這次的事件也沒有關係，也不可能減輕他的罪過。」

〈當然是這樣。〉俊藤在電話那頭長長噓了一口氣。〈那麼，關於流向前妻的金錢那件事情如何了？你成功接觸她了嗎？〉

「不，這個還——」

一朗把說到一半的話給吞了下去，因為那位應該是前妻的女性正從門口走了出來。

「俊藤先生抱歉，晚點再說。」

一朗匆匆忙忙掛斷電話，馬上從大衣口袋裡拿出一張影印紙。那是先前拿到的前妻照片影本。照片上是一對母子臉碰臉朝著前方比出勝利姿勢。

他比對眼前的女人和手上的母親照片，細長的眼睛、稍稍圓潤的臉型。

沒有錯，正是遠田的前妻保下敦美。

敦美染一頭亮眼的髮色，身穿白色夾克與格紋迷你裙，腳下踩的是米色雪靴。一朗腦中浮現出附近居民說她「太裝年輕了」的批評。從遠處望去也知道她畫了個大濃妝，看來是正要去哪。

敦美在移動的同時警戒著周圍，一朗則保持距離走在後方。每次踏出腳步，便窸窸窣窣踩在積雪之上。

沒過多久敦美來到公寓後方的停車場，她拿出車鑰匙，用遙控打開了車門鎖，距離十幾公尺的大發Mira Cocoa在那瞬間綻放出光芒，那輛粉紅色的輕型轎車就是她的車。

一朗加快腳步縮短距離，從背後喊住了她：「請問是保下敦美小姐嗎？」結果她嚇到幾乎跳起來。

敦美回過頭來，臉上寫滿了敵意，用看殺父仇人般的眼神瞪著一朗。

「你是誰，警察嗎？」

「我是今日新聞的記者菊池一朗，您不是已經從大門的監視器見過我了嗎？」

敦美對這刻意諷刺的話語不禁啐了一聲。

「找我幹嘛？遠田的事情我不想再說了。前夫發生什麼事情跟前妻沒有關係吧。」

看來對方心裡有數。

「怎麼能說沒關係呢，妳不是從遠田占用的錢當中領取不正當的薪水嗎？」

一朗邊說邊縮短了兩人之間的距離，敦美戰戰兢兢地後退。雖然她非常努力虛張聲勢，但畢竟還是個膽小的女人。

「我、我又不知道那個人是占用公款，我只是領我工作的薪水啊。」

「那麼，您能夠告訴我具體執行了哪些工作嗎？」

「……整理一些文件之類的東西。」

「但是妳人並不在天之島上。」

「……我們都傳檔案。」

「原來如此。那麼警察應該有要求妳提出勞動紀錄吧。」

敦美咬著下唇不說話。

「就算真的是有工作，光是整理一些文件就能夠月領二十萬，妳不會覺得很奇怪嗎？」

「我哪知道啊！跟我無關。」

敦美話說完便轉身背過一朗，往車子的方向跑去，一朗當然馬上追了過去。

「保下小姐，請妳不要逃走，好好跟我說。」

她無視一朗說的話，逕自上車發動引擎。

但車子沒有動。因為擋風玻璃上全部都是雪，得要開一會兒暖氣才可能發得動車子。

一朗敲敲駕駛座的窗戶，「這樣下去妳也可能會被問罪啊，一個弄不好，妳會被當成遠田的共犯，要是母親進了監獄，妳那幼小的孩子該怎麼辦？」

看來這個威脅生效了，她開了半扇車窗，不安地抬頭問：「為什麼我會被抓？」很明顯內心大為動搖。

「那個人在背後做了什麼事情，我是真的不知道，薪水我也是想說他是要拿來代替養育費……」

「但妳多少能想像他或許做了什麼壞事吧？畢竟妳應該是最了解遠田的人了。」

「與其說知道他做壞事，不如說畢竟是那個人，大概不會是什麼乾淨錢，但我真的很缺錢……」敦美沉默了下來。

「我奉勸妳最好老實把事情都告訴警察。反過來說這樣才能保護妳。」

「我一五一十說的話，就不會被抓了嗎？」

「這我就不知道了，我又不是司法人員。」

話才說出口，敦美像是要哭出來般眨了眨眼睛。

「要強調妳自己的正當性，最好還是找位律師。或許是我多事，不過我可以幫妳介紹在這方面比較有經驗的律師。」一朗將臉靠近敦美。「順便再多說一句，如果妳的態度不變的話，我也有自己的想法。若是我認為妳不值得同情，那我就會和譴責遠田一樣在報紙上對妳的事情譴責到底。」

雖然一朗演得有點誇張了，但效果倒是非常好，她的嘴唇在顫抖。

「妳能告訴我事情的經過嗎？」

叩叩叩，敦美用指甲敲打著方向盤，看起來是在猶豫，但最後她仍然用下巴指了指副駕駛座，說：「上車。」

一朗繞到副駕駛座，打開車門上了車。車內充斥她的香水味，幾乎把一朗給嗆到。暖氣的聲音轟轟作響。

「之前警察為了遠田的事情來過我家，那時候他們希望我主動跟他們去警局，可是我跟他們說『我什麼都不知道，你們不要再來了』就趕走他們，但是……」敦美瞄著一朗。「警察還會再來嗎？」

「一定會的，而且之後應該還會有像我這樣的媒體。對了，妳有告訴遠田警察來過了嗎？」

敦美點點頭，「他說會幫我安排律師，叫我絕對什麼都不要說，但是之後就聯絡不上人。不過以前就是這樣，聽那個人的話就沒什麼好事，我不知道該怎麼辦才好……」

「我不知道你們過去發生過什麼事，但既然以前有那麼不好的經驗，為什麼還要和那個男人扯上關係？」

「畢竟——」敦美低下了頭，「他說要給我錢嘛。」

一朗鼻子哼了哼氣。

在一陣沉默之後，敦美突然冒出一句：「我兒子有發育障礙……所以比一般的孩子更麻煩。因為不能放他自己一個人太久，所以能讓我工作的地方也很受限制，生活真的很辛苦。」

一朗差點脫口說出「就算如此妳也不能拿違法的錢啊」，但仍然將話吞了下去。

相反的，一朗問起了她是如何結識遠田的。問起這件事情，敦美倒是不再那樣敵意重重，老實地說起了往事。

兩人是在距今約十二年前認識的，當時敦美在薄野一帶的夜店工作，而遠田是常客。「畢竟我不太會喝酒、跟人說話也挺累的。」這樣一聽便能夠理解是什麼樣的夜店了。

遠田似乎總是指名敦美，這對沒有其他固定客人的她來說，遠田的存在無異於是一種經濟上及精神上的支持。遠田總是說些無聊的笑話來逗敦美笑，他那從容的態度和外表樣貌，看起來簡直不像是比自己年紀輕的男性。一段日子以後兩人也會在店外見面，沒多久便住在一起。

但生活費幾乎都是敦美支付的，遠田跟小白臉沒有兩樣，同居沒多久他就把工作給辭了，之後不管做什麼都無法長久持續。

關於這件事，敦美表示是因為遠田性格上就討厭聽從別人的指令，據說他每次決定離職，一定都會說什麼「無法忍受要被一些無能的傢伙命令」。

「那個人真的非常高傲。以前我聽過這個世界上有些人就是只能當社長的，我想他就屬於那種人吧，但當不成的話就很慘。」

敦美從包包裡拿出香菸點了火。

「到底為什麼那個人會跟我在一起呢？現在想想倒也挺明白的。我不太會思考困難的事情，又比較懦弱不會和其他人鬥爭，這種女人肯定不會傷到他的自尊心吧？他永遠都可以站在比較優勢的地位。」

基本上敦美對著遠田是不會違逆他，也不會有任何抱怨的，她甚至還會裝得非常乖巧，總是稱讚「阿政好厲害」。敦美說這是因為本能害怕他會性格驟變。

「我爸是很會家暴的人，以前每天都害怕他的暴力，先前交往的男人也有很多這種人，那個人身上也有那種氣味。」

敦美的預感非常正確。後來遠田逐漸顯露出本性，心情好的時候雖然會說笑話逗敦美，但要是有哪裡不順心，就會變得非常暴力。

「我想男人大概有一半都會打女人吧。我是搞不太懂啦。」

敦美吐著煙圈瞄了眼一朗。

那樣的生活中，敦美終究還是懷了遠田的孩子。

「我很猶豫到底要生下來還是打掉，結果就這樣錯過了能處理的時間。那個人好像覺得都無所謂的樣子，不過我現在一點都不後悔把孩子生下來啦。」

在生下孩子沒多久以後，就發生了遠田受到警察表揚的那件事。

也就是救了河裡溺水孩子的事情。

「那個人後來一直心情很好，幾乎每天晚上都說：『拯救人命真是非常尊貴的行為呢。』他把自己和警察署長的合照裱框掛在房間裡，一邊看著合照一邊喝酒，但之後又慢慢變了——」

遠田逐漸口吐不滿之言：「救了人命怎麼會只有一萬元。」原來和表揚獎狀一起遞給他的獎金金額是一萬元。

後來遠田不知有什麼想法，突然跑去考了日本紅十字會認可的水上安全法救生員資格，之後也頻繁參加水難救援講座，不知何時起他開始自稱是水難救援的專家。

再後來因為他有拯救孩子的實際成績……恐怕還加上了他的天花亂墜，北海道內的警察、機動隊和札幌市消防局都曾經聘請遠田以講師身分為他們訓練水難救援行動。關於這部分，一朗也曾聽遠田本人說過，保險起見也去洽詢了各單位，確實也留有他們曾經招募遠田擔任講師的記錄。

「哼，那個人居然變得那麼偉大的樣子，那時候我已經帶著兒子從他身邊逃走了。」

敦美在攜帶式菸灰缸上捻熄香菸。

逃走……？正當一朗打算開口詢問理由，敦美倒是先開了口繼續說下去。

「我和他後來就完全沒有聯絡了，我想他應該根本沒有試著找我和兒子吧。我寄了離婚協議書給他，他馬上就簽名寄回來了。但是前年夏天，我忽然接到不認識的號碼來電——」

對方正是遠田。敦美都已經五年沒聽到他的聲音了。

遠田在電話中詢問敦美的近況，敦美忍不住說出生活困苦的事，遠田告訴她：〈那妳在我這裡工作吧。不，只要掛名就行了。〉

「我搞不太懂他的意思，不過他說只要成為他設立的NPO正規職員，就可以每個月匯二十萬給我。當然我也覺得沒工作就領薪水實在很奇怪，也是滿糟糕的，可是又覺得當成孩子的養育費的話應該可以收下吧……」

「原來如此。話說回來保下小姐，您知道遠田被託付天之島的復興支援金嗎？」

「……」

「您知道吧。」

「我是很後來才知道的，一開始真的不知道。」

「但是在知道的時候，您應該就能想像自己所領的薪水，是原先要給受災地的金錢了吧？」

「我有想到或許有那種可能，可是我自己也很辛苦啊。」

「這兩件事情應該沒有關係吧？最大的前提就是妳並非天之島的居民，而且也沒有受災。」

一朗只有此時忍不住冷冷放話。

敦美深深垂下了頭，緊咬下唇。

但她突然抬起臉，將整個身體轉向副駕駛座，怒視著一朗，「你知道我現在要去幹嘛嗎？我要去見不認識的男人，然後和對方在車上做愛。」然後說出了這種事。

在SNS上拉客，條件符合的話就和對方約見面，敦美似乎從幾個月前開始做這件事情。

「這很危險又很可怕，但不這樣的話，我們母子根本活不下去。」

之後敦美繼續哭著說：「你能明白我連去那種店面試都被拒絕的心情嗎……我是個打一砲只要六千的女人。」

一朗沒有回話，只是以一種腦袋清明的感覺聆聽著。雖然他也覺得對方有點可憐，但這女人非法領取了用來復興天之島的金錢，這個事實仍然不變。而且現在也還有許多島民過得比她更加辛苦。

「真是的，妝都花掉了啦！你下車，我再不出發就來不及了。」

敦美用手帕擦拭眼淚，吸著鼻涕說道。擋風玻璃上積的雪花已經完全融掉。

一朗最後詢問了她逃離遠田的理由。

不知為何就只有這件事情她完全不願意開口，一點兒也不透露。

「是因為無法忍受暴力嗎？」

「……不是因為那樣。」

「那麼是出軌？」

「要說是出軌也算是出軌啦……」敦美搖搖頭，「不行，這件事情我真的不想說，也不想去回想。而且這和這次的事情又沒關係。總之你下車吧。」

2 0 2 1

- 6 -

3 march

SUN.	MON.	TUE.	WED.	THU.	FRI.	SAT.
	1	2	3	4	5	6
7	8	9	10	11	12	13
14	15 堤佳代	16	17	18	19	20
21	22	23	24	25	26	27
28	29	30	31			

6　二〇二一年三月十五日　堤佳代

「奶奶怎麼啦，忘了東西？這麼快就老年癡呆啦？」男人站在門口，對著很快又回到彩虹之家的佳代開玩笑，卻在認清了她身後的來人時，立刻爆發怒氣。

其他島民們心想發生什麼事而陸續趕到門口，江村汰一隨即被眾人包圍，場面一片混亂。

就在這一觸即發的氣氛當中，有人從廚房拿了刀子來，當刀尖指著江村汰一時，大家反而冷靜了下來。因為所有人都試著要阻止那個人。

但那也是暫時的，沒多久大家又恢復殺氣騰騰的氛圍，男人們提著江村的領子將他拖進了設施內。

現在有三十多位島民聚集在客廳裡，睨視著坐在地板上的江村汰一。那光景看上去簡直就像是失風被抓的小偷和包圍他的群眾。

大多數人仍頂著一頭亂髮，但睡意和宿醉什麼的早已煙消雲散，大家都一樣雙眼滿是血絲、怒氣沖天。孩子們聚集在海人的房間裡，被大人告知絕對不可以出來，就只有來未到現在都還在自己的被窩當中呼呼大睡。

「我來道歉的。」

江村汰一面無表情地說了這句話以後，便將頭直直磕到地板上。

在回到彩虹之家的路上，江村汰一的確告訴了佳代他來島上的目的，他是為了當時的事情而來此謝罪的。

說到底如果只是這樣，根本不可能讓他跨進這裡一步，但他又說「想告訴大家真相」。真相——那到底是指什麼大家實在不明白，但至少得弄清楚來未撿到的金塊究竟是什麼才行。因為他主張那金塊是他掉的。

不過，佳代還沒有把這件事告訴大家，畢竟這氣氛實在沒辦法插嘴。

「別開玩笑了！現在道歉也太晚了吧！」

「沒錯，時效根本就過了啊！」

「那時候就是因為你什麼都不說，才沒能逮捕遠田。那傢伙可是趁機就逃走了耶！」

「反正你的目標就是那些金塊吧！」

「大家等等，」正當島民七嘴八舌怒罵江村，出聲制止大家的是三浦治，「總之先聽這傢伙要說些什麼吧。那時候到底發生了什麼事情、為什麼會變成那樣，我可是很想知道。」

雖然大家平常對三浦也是另眼相待，此時卻是連他的話也聽不進去。

「治先生您在說什麼傻話呢！哪有什麼需要知道的，這些傢伙就是打算撈錢才來到這島上的，就是想要錢而已，真相不過如此。」

沒錯，遠田政吉逃走了。距今約八年前，在警方發出遠田的通緝令以後，他便完全行蹤不明。

逃亡的並不只有遠田而已。他的部下，也就是藍橋的負責人小宮山洋人，在遠田銷聲匿跡的幾星期前就逃亡了，傳聞兩人都已逃到國外。

另一方面，這個江村汰一雖然沒有逃亡，但是也沒有被問罪。不，正確來說是無法問罪，因為完全沒有他占用款項的證據。

但這個男人總是和小宮山一起待在遠田的身邊，任誰看來他們三人就是一丘之貉肯定沒錯。

「那個──」此時有個年輕男性稍稍舉起手來，「或許這傢伙的確是搶了這島上的錢，但他和我們一起潛到海裡、幫我們找到遺體也是真的，對我來說他是這樣的人，是不是可以稍微──」

「怎麼，你要幫這傢伙說情？」

「不，也不是啦。只是人家都這樣低頭了……」

「頭怎麼低不都是低頭而已！光是那樣我們的傷口又不會消失！現在也不可能原諒他！」

「沒錯，雖然他沒有被問罪，但他和遠田一樣是垃圾！就算說他當時還是個小鬼也不成。居然還敢這樣悠哉悠哉地出現在我們面前……你們所做的事情可不是什麼趁火打劫而已啊！」

「沒錯，而且還有膽子來搶走金塊對吧！」

在這樣一片怒吼當中，突然有位女性往前一站，擋在了江村身旁，然後面向大家。

是椎名姬乃。

「不想聽他說的人現在離開不就得了？想聽的人再留下來。」

姬乃的聲音顫抖著，臉龐也是。

現場陷入一片沉寂，所有人都一頭霧水，感到難以理解。

佳代也是。因為她第一次看見姬乃採取這樣的態度與行動。

而且她看起來似乎眼中帶淚。

江村汰一默默抬起眼睛看著姬乃。

2 0 1 1

4 april

SUN.	MON.	TUE.	WED.	THU.	FRI.	SAT.
					1 椎名姬乃	2
3	4	5	6	7	8	9
10	11	12	13	14	15	16
17	18	19	20	21	22	23
24	25	26	27	28	29	30

7　二〇一一年四月一日　椎名姬乃

〈妳是說真的嗎？還是騙人的？到底是怎樣啊？〉

或許因為今天恰巧是愚人節，當姬乃告知自己正在東北離島做復興義工的時候，大學朋友和樹在電話另一頭居然是這種反應。

和樹是足球隊成員，姬乃則是社團經理，但社團主要活動說穿了幾乎都是聚餐喝酒罷了。

「誰會撒這種謊啊？地震之後我看到有人在募集義工，所以就報名了……」

姬乃大致上說明來龍去脈以後，他便立即表示：〈喔？真厲害〉，同時也感到無法理解，〈那妳為什麼會去？〉

「因為我想幫忙受災地啊。」

〈呃，妳是那種人嗎？〉

和樹心中有所謂「會進行慈善活動的人」跟「不會做慈善的人」，看來姬乃被他歸類為後者。雖然姬乃不在乎他這種想法，但也證明他經常掛在嘴邊說自己「興趣是觀察及洞察人類」一點也不可靠。

〈那妳哪時要回來啊？〉

「我不知道，但是打算再多待一些時間。」

〈再多待一些時間是多久？妳知道下週末在代代木有比賽吧？〉

「我怎麼會知道啊？就算有比賽，沒有經理也不會怎麼樣吧！」

〈妳幹嘛生氣啦。〉

姬乃仰頭看向那低矮的天花板，重重嘆了口氣：「抱歉，我有點累。」

實在是每天都累到渾身無力，自從來到這座島上，她沒有假日甚至也沒有休息過，無論何時都是被工作追著跑。

妳到底什麼時候才要回來——爸媽也好幾次這樣催促著姬乃，因此這幾天她盡可能不接電話。但也不能完全無視，所以偶爾還是會回個簡訊。

〈欸，姬乃，妳在那邊有好好吃飯嗎？洗澡跟睡覺要怎麼辦啊？〉

生活狀況已經好很多了，雖然還不是過得多奢侈，但送到島上的救援物資已經增加不少。除了食品以外，衛生紙、尿布等紙製品；繃帶和口罩等醫療用品；各種清潔劑、洗髮精、沐浴乳等等，這些日常用品都陸續送進來，天之島上的人終於逐漸恢復普通人的生活。

姬乃要洗澡可以使用受災者避難處的綜合體育館淋浴室，上星期終於有自來水和瓦斯了，這讓人完全深刻體會能夠沐浴在熱水當中是多麼幸福的一件事情，畢竟先前只能用冷水打濕的毛巾擦擦身體而已。

在那幾天之內，電力和通訊系統也恢復了，因此也能夠像這樣與遠方的人取得聯繫。

不過夜晚還是一樣只能包在睡袋裡度過。

島上棉被不足的情況非常嚴重，原因在於地震過後有許多人的房子都毀了，還能用的東西又先拿去給遺體或傷者使用。送來的救援物資中雖然也有棉被，不過船隻能夠運送的數量實在不多，而棉被當然是以高齡者為優先，像姬乃這樣的年輕人暫時還拿不到。

〈真的嗎！妳還真能忍啊。〉

「因為不是只有我這樣啊，大家都一樣。」

〈但他們都是住在那裡的人吧？除了妳以外，還有其他外來的人嗎？〉

「欸，其實也不少啊。」

當初一起來到島上的義工已經全都渡海回去了，但有十幾個後來才來到此處的人，管理他們的自然是遠田政吉。

遠田自己帶來的是江村和小宮山兩人，不過現在就連三浦等人的消防隊及青年隊，也就是復興這座島嶼的所有人，都在遠田的支配之下。

當然姬乃也是，她目前的職位是天之島復興支援隊總部的事務員。順帶一提這個復興支援隊就是原先地震對策室改名之後的組織。

姬乃昨天在遠田的命令下製作要提交給縣廳的報告，光這件事情就做到三更半夜，畢竟島上沒有什麼會用電腦的人。

〈話說回來妳有領薪水嗎？〉

「既然是義工，怎麼可能會有薪水。」

話雖如此，下個月開始好像能領錢，先前遠田就說過，他將正式負責天之島的復興支援，因此也已經確定復興支援金會交給他所統領的水人，聽說完全沒有島民反對。

〈那就是無薪工作啊，〉和樹嘆了口氣，〈我是不是也該去那裡工作一下啊？求職的時候履歷上有個

義工經歷應該挺不錯的。〉

「嗯，我覺得不錯啊，不過我想你應該會被分配到島的另一邊，跟我不同的區域吧，因為那邊的人手真的非常不足。」

〈……這樣啊。〉

「是啊，不過你想來的話就過來吧。那我得去工作囉，掰。」

姬乃沒等到回應便掛了電話。

她呼地吁一口氣。這樣是不是有點壞心眼呢？其實會分配到島上哪個區域，她是一點概念也沒有。

好一陣子之前她就已經發現和樹對自己抱有好感，每次比賽只要成功得分，他就會看著自己；每次聚餐的時候他總是會努力坐到自己旁邊。

其實姬乃並不覺得討厭，也曾想過要是他向自己告白，那麼跟他交往也行。

不過現在實在沒有閒暇時間去想那種事情，因為眼前的工作多到不行。

「跟朋友講電話？」

背後傳來的聲音嚇了姬乃一跳，她還以為自己是單獨在辦公室裡講電話。

聲音來自同為復興支援隊總部的事務員谷千草。

她的獨生子光明目前仍然下落不明，據說她的工作動機正是為了早日確定兒子的消息。千草心中有個非常奇妙的邏輯：只要沒有發現遺體，我的孩子就還沒有死。

現在天之島上的死亡人數為四百二十一名、行蹤不明者則有九十六名，而千草的兒子光明就是這九十六名其中之一。

「是呀，大學的朋友。」

「大家應該都很擔心妳吧?畢竟妳一直都沒回去。」

「欸，還好啦。」

「我覺得小姬妳真的很厲害呢，要是我的話，根本沒辦法在不熟悉的地方為了其他人這麼努力工作。」

姬乃略微尷尬地低下頭。

「問這種事情可能有點奇怪，不過妳不會想回家嗎?」

姬乃一時語塞。

當然不可能完全沒有想回家的心情。不，其實學校馬上就要開學了，應該得馬上回去才是。

但腦海中總是閃過當時遠田對自己說的話。

——請妳不要捨棄天之島。

自從那天以後，遠田三不五時就會對姬乃說類似的話，像是昨天還說什麼「要是姬乃不在的話，這座島嶼的復興可就要延遲許多囉」，真是非常誇張。

雖然姬乃當下當作笑話聽聽就算了，然而遠田的眼神卻非常認真，對姬乃來說已經足以使她感到萬分遲疑。

「小姬?」

或許是因為姬乃沉默不語，千草皺著眉頭探看她的表情。

姬乃只好趕緊換個話題：「抱歉。對了，物資的庫存情況如何？」

上午由救援物資管理組提交的庫存表實在過於隨便，傻眼的千草只好指示他們再次清點，同時她自己也前往救援物資管理處監管現場。

「真的有夠亂七八糟的！尤其是電池，數量居然誤差高達幾十個紙箱耶！」千草嘆了口氣，把庫存表往桌上一丟，「但是小宮山先生根本一點都不怕的樣子，居然悠哉地說什麼『肯定是誰直接拿走了，忘記向我報告而已啊』，我一個氣頭上，就威脅他說『我要向遠田隊長報告』，結果他還是笑著說什麼『哎呀饒了我吧』，實在有夠受不了他。」

小宮山現在已經不負責管理遺物了，他轉去擔任救援物資的管理負責人。

不過一大堆電池不見了，這件事情有點古怪，現在島上的電力已經恢復，應該不會像之前那樣需要這麼多電池，所以庫存數量有幾十箱對不上，這個問題就大了。

不久之前還有很多人需要電池，畢竟能夠用在手電筒和攜帶式收音機上，是非常珍貴的物資。

「遠田隊長也真是的，為什麼會任命這麼鬆懈的人負責管理東西啊？而且他們以前就有往來了，應該很清楚那個人根本不能交付管理責任吧！」

千草憤然地說。

雖然姬乃才和她一起工作了十天左右，但她的認真負責與正義感著實不容小覷。另一方面，她在任何事情上都會為了比較年輕的姬乃著想，實在非常親切。

正因如此，更加讓人覺得心痛。

到了下午四點，姬乃和陽子等人一起離開支援隊總部。他們將紙箱放在推車上，推下小小的坡道。紙箱裡是女人們捏好的大量飯糰，要拿去外頭給那些工作的男人們享用。

雖說名義上為事務員，但其實姬乃什麼工作都得做，反正這個時間辦公室裡只要有千草在就沒什麼問題了。

輕型卡車載著堆積如山的瓦礫，從姬乃等人身邊經過，揚起一陣沙塵，大家也只能用手遮住口鼻擋一擋。

雖然每天都在進行撤除工作，但島上依然到處散落著瓦礫和生活用品等東西，這些又並非全是垃圾。

「啊，等等！」

陽子停下腳步，撿起一本沾滿泥巴掉落在路邊的筆記本。她拍了拍封面的泥巴，「鈴木真苗——這是真苗的本子啊，是她的算術筆記本，得拿去給幸子太太才行。」

陽子一臉興奮地說，其他女人們則紛紛附和著「太好了」、「幸子太太一定會很高興的」，想必幸子是那筆記本主人的母親吧。

姬乃清楚記得那位叫鈴木早苗的少女，因為驗屍的時候姬乃就在一旁，雖然每天要面對許多遺體，但所有孩童的遺體都鮮明地記在腦海當中。

「啊，這裡有支手機。」

島民現在養成習慣，只要在外頭走動，就會撿起掉落在路邊的生活用品，就算乍看之下是垃圾，或許對某個人來說其實非常重要，也可能是遺留下來能當成紀念品的東西。前幾天姬乃也撿到一隻老舊的鋼筆，後來失主哭著感謝她，想來那是充滿回憶的東西吧。

「話說回來，之後得要好好辦手續，否則就連當事者本人都無法輕易拿走遺失的物品呢。」一個女人邊走邊說。

「手續？是指遺失物申報之類的嗎？」

「好像是。我家那口子說的，聽說是遠田隊長要求必須要這樣。」

「喔？不過想想也對啦，現在只要有人說那是自己的東西，我們就會交給對方。但也可能會發現錢包或者金庫這種的，搞不好會發生糾紛呢。」

「不過有很多人丟了一大堆東西，他們根本不知道該從何申請起啊，而且要證明那是自己的東西也不容易吧？」

「唉，是啊，不過那方面的規定，遠田隊長應該會想個好方法吧？」

現在島民之間，對遠田的信任就是這麼堅定，也因此在遠田身邊工作的男人都相當愛戴他，簡直整天高唱「遠田隊長的命令絕對要遵守」。

「話說回來，島上的復興支援金到底能拿到多少啊？」

「不知道呢。唉，雖然應該多少都不夠啦，要是能多一點就好囉。」

「欸，那些錢會分給我們嗎？」

「不不，好像不會呢。這次交付給遠田隊長的是用來復興島嶼的補助款項，我們個人的部分，好像國家會另外支付吧。」

「真的嗎？那就表示能拿到錢囉？是這樣沒錯嗎？」

「我也不是很清楚啊……不過國家應該會提供一些補償之類的吧？報紙上有寫，而且一朗也說『我想應該不至於什麼都沒有』呢。」

「這樣啊，如果是一朗說的那應該就沒問題了。」女人鬆了口氣，「我啊，覺得政府真是一點也不值得相信。像核電廠的事，他們不是也一直有不同的說法嗎？光是會逃避責任，根本就不好好面對問題。」

「嗯，一朗也很生氣，說什麼『政府所做的事情不過就是為了讓國民覺得他們有在做事，根本沒有即時應對』，我還是第一次看到一朗在人前發那麼大的脾氣呢，真是嚇了一跳。」

「這樣啊。無論如何應該至少能拿到錢吧？」

島民們最近聊天總是會提到錢的事，或許是因為地震已經過去三個星期，大家終於能把喪氣的頭給抬起來，放眼未來的事情吧，天之島總算開始前進了。

此時前方出現了一輛輕型轎車，在沒鋪水泥而凹凸不平的道路上搖搖晃晃前進著。駕駛座上手握方向盤的應該是遠田吧，身穿迷彩服且具備那種體格的也只有他了。

車子在姬乃等人身旁停下，駕駛座旁的窗戶向下打開。

「辛苦啦，是要給大家的飯糰嗎？」

遠田將太陽眼鏡推到額頭上，露出親切的笑容說道。

「是啊，遠田隊長要不要呢？」

「喔，太好啦，那我就不客氣囉。」

遠田接下女人拿出的飯糰塞入口中咀嚼，瞇著眼睛稱讚：「嗯，這鹽味真不錯。」

「遠田隊長，這車子是小島太太的吧？」一位女人問道。

「是啊。那位太太說她先生過世了，已經沒有人要開了，就叫我拿來用。」遠田咀嚼著飯糰回答，「哎呀幫了我一個大忙，雖然這車對我來說是小了點啦，還真擔心會爆胎呢哈哈。」

這種自嘲的口吻惹得大夥兒也笑了。

「遠田隊長得要瘦一些啊，你現在年輕是還好，以後可能會生病的呀。」

「知道是知道，但就是不會瘦呢，明明也沒吃什麼東西，真是沒道理對吧？」

「要是遠田隊長倒下了，我們可就麻煩啦，您得小心點呀。」

「絕對牢記在心啦！」遠田笑著搔搔頭，「好啦，還有大人物在等我，該走了。」

「大人物？啊，是跟復興支援金有關嗎？」

「對，國家派了公務人員前來視察，說是會確認每個受災地的災情之後，決定補助款項的預算。」

「這樣啊，那您可得好好跟他們交涉，能多一元是一元哪。」

「喔，交給我吧！不過實際上要負責交涉的還是村長和行政單位的人啦。我偷偷告訴你們，他們耳根子都比較軟，所以不太適合交涉就是了，這方面我是一定得好好協助他們的。復興可不是人家給的，是我們要贏來的呀。那我走啦。」

遠田發動車子，大家目送車子揚起塵埃逐漸遠去。

「這種人能到我們島上真是太好了。」一位女性認真地說。

「的確是呢。」

「村長真是英明，要決定把那麼重要的錢託付給他，不怎麼容易吧？一定是思考了很久很久，才覺得應該可以交給這個人吧。」

「咦？」此時陽子卻質疑，「等等，那不是村長拜託他的，是遠田隊長自己提出來的呀。」

「咦，是嗎？」

「是啊，我家那口子也在現場，親耳聽他們倆討論這件事情的。」

「怎麼，是這樣嗎？大家都聽說是村長低頭去拜託遠田隊長呢——對吧？」

女人向其他人尋求同意，大家都表示「我也是這樣聽說的」。

當然姬乃也是。因為她是聽遠田隊長本人說的。

那個時候他的確是說：「那兩人低聲下氣地跟我說：『遠田先生比我們更能確實有效活用那些錢，千萬拜託您了。』哎呀真是的。」

姬乃不知是否該將這件事情說出口，最後還是選擇沉默，畢竟最好不要說一些會造成他負面影響的事情。

「居然傳成那樣啊？實際上是遠田隊長自己提出『可以把那筆錢交給我嗎？我一定會讓天之島恢復原狀的』才對喔。」

「哼，不管怎麼說這樣做都是正確的、正確的啦。」

她們又走了一段路，來到從前曾經是聚落的地方，那些正在清除瓦礫的男人們即刻停下手，紛紛聚集了過來。大家都一樣灰頭土臉、滿身塵汙。

他們每天日出便出門，日落才回家，在各自負責的場所拚命奮鬥，雖然會提供早午餐，但對他們而言仍舊不夠。

「哪個是小姬捏的？我想吃那個。」

其中一名男人彷彿在評鑑飯糰，其他男人也紛紛附和「我也是、我也是」。

「啊呀太遺憾啦，這些全部都是我們做的啦！」

「搞什麼，那不就都一樣嗎。」

「真沒禮貌，那你別吃了。」

真的是直到這幾天，大家才有辦法這樣說些簡單的玩笑話。只要有人稍微講點無聊笑話，大家就會刻意笑得很誇張。想來是因為不這樣刻意開朗的話，根本無法繼續工作。

順帶一提，其實姬乃的確捏了一個飯糰混在其中，就是角落那個有著熊貓模樣的小小飯糰。

姬乃原本要加入捏飯糰的行列，不過大家已經要做完了，所以玩心一起而把鍋上沾黏的米粒收集起來捏了一個。做可愛角色的飯糰是姬乃唯一的特技。

但果然男人們對那種東西根本不感興趣，完全沒有人伸手拿那小小的熊貓。

姬乃在分發飯糰給男人們的時候，聽見了喀嚓喀嚓的快門聲。

那是將單眼相機朝向此處的新聞記者菊池一朗。

「啊，小姬，妳別動。」

對方喊完以後再次按下快門，姬乃第一次聽到一朗喊自己的名字。

她微微一愣，一朗則放下相機。

「抱歉，因為大家都叫妳小姬，所以我也跟著這麼叫了。」

「是沒有關係啦，那個……」

「我想要拍下這樣的情景。」一朗環視周遭，再次望向姬乃，「還有，如果妳方便的話，可以稍微讓我採訪一下嗎？」

「採訪？我嗎？」姬乃指著自己。

「當然。」

姬乃非常困惑，「所以說，這會刊登在報紙上嗎？」

「嗯，我想寫一篇關於在受災地工作的義工的新聞，希望能讓更多人知道像妳這樣的年輕女孩在受災地大為活躍的事。」

「活躍……哪有這麼誇張，而且還有很多其他義工啊。」

「這樣很好啊，妳就接受吧。」陽子在一旁插嘴，其他人也鼓勵她「像小姬這樣的年輕女孩才好看哪」、「沒錯，這是很有意義的」。

「那麼，如果您覺得這樣好的話，我沒有問題。」

姬乃答應後，一朗露出了溫柔的微笑。

兩人換了個地方，坐在瓦礫上，姬乃面對拿著原子筆和筆記本的一朗，他臉上的鬍子完全沒好好剃過，眼鏡的玻璃上還有小小的裂痕。

「在開始採訪以前，我想先向妳道謝，這不是我以記者身分說的話，而是以身為住在這座島上的人來說，真的非常感謝妳。」

一朗深深低下了頭，刻意不說這裡的方言，想必是為了配合姬乃吧。

「那麼，請妳告訴我，為什麼會來到這座島上呢？」

姬乃將先前發生的事情一一告知。

動機則是自己希望能夠稍微幫助因為地震而受災的人。

「小姬真是厲害，令人尊敬。」

「不不——」姬乃連忙用力揮手，感到萬分惶恐，「請不要說什麼尊敬啊。」

「不，我真的打從心底尊敬妳。」一朗直視著姬乃的眼睛再次強調：「我想這次地震之後，日本應該有很多人都像妳一樣，覺得自己應該要做點什麼，但實際上起身行動的人卻不多。我自己也是，要是這次的地震是發生在西日本，想想我是否會有什麼行動呢？同情是一定會有的，但我可能什麼都不會去做。雖然講起來好像很濫情，但我還是覺得妳為這座島帶來了愛與希望。」

愛、希望……

自己有給這座島嶼那麼偉大的東西嗎？

「但我想那種形容詞，應該不是指我，而是像遠田隊長那種人吧。」

「哦，遠田先生哪……」一朗苦笑著說：「我想，要立於他人之上的人，大概的確得是那種人吧。」

這種語帶保留的說話方式真令人在意。

「這是什麼意思？」

「該怎麼說呢，我覺得他是個非常浮誇的人，當初對他頗有疑慮，不過看島上的人都這麼仰慕他，最近才開始覺得或許要打動人心就得如此吧。」

雖然一朗說得非常抽象，姬乃還是能夠大概理解他的意思。

但不知為何總覺得有點不開心。

「回顧歷史，率領民眾的偉人們顯然也都是些非常擅於表現的人，為了打動人事物，或許需要某種程度的表演——」

「我認為遠田隊長應該不是那種會算計的人。」姬乃下意識脫口而出。

「咦？」

「我想遠田隊長並不是表現或者表演，而是打從心底關懷這座島嶼，在為他們說話、為他們行動的。」

為什我會這樣認真呢？姬乃自己也搞不太懂。

針對姬乃的反駁，一朗反倒有些困惑，「抱歉，是不是惹妳不開心了？」

「不，沒有。」

氣氛實在過於尷尬，姬乃站起身來，「抱歉，我差不多該回去工作了。」然後一溜煙彷彿逃跑般離開。

她能感覺到一朗的視線就在背後，卻不願回頭。

等到她和陽子等人會合以後，被問道：「怎麼，結束了嗎？有好好講完嗎？」姬乃曖昧地點了點頭。

她悄悄偷看一朗，確定對方仍在看著自己，卻還是裝作不知情。

接下來姬乃一行人前往漁港。

被挑選為遺體搜索組的年輕男性們聚集在這裡，每天揹著氧氣筒下海潛水進行搜索，他們在找那些遭遇海嘯而被沖進大海裡的遺體。

拉上來的遺體有許多早已不成人形，當中甚至還有悽慘到令人不得不別過眼的。這三個星期間，那些遺體一直在海中飄蕩，肉體的損壞情況非常嚴重。

他們來到漁港，看見一身黑色潛水服的男人們坐在岸邊抽煙。

陽子將推車推到他們身旁，向他們說：「辛苦啦，正在休息嗎？」

「不，今天到此為止，太陽快下山了。」叼著香菸的棕髮男子有氣無力地回答。

「這樣啊，有成果嗎？」

男人面面相覷，搖了搖頭，一瞬間大家都陷入沮喪。

先前每天至少都還能拉一具遺體上來，但從前天起已經連續三天兩手空空。雖然這也能證明漂流的遺體數量逐漸減少了，但行蹤不明者還是很多。

接下來還能找到遺體嗎？

還是說已經非常困難了呢？

雖然在那些家人行蹤不明的人面前，大家都不會多說什麼，但這幾天徹底放棄的感覺確實變得更加濃厚。

「老實說真的很難過。」一名男性凝視著手中的飯糰，表情嚴肅地說：「雖然遠田隊長說只要還有可能性就別放棄……但就算找到了，遺體也不是什麼還能看的狀態。先前拉上來的遺體被魚啃得亂七八糟，還沒有下半身，那種慘況就算還給遺屬，是不是也只會讓他們更難過呢？」

其他男人們多少也贊同他的話。

不過這些人裡也有人一口否定：「我不會那樣想。不管我老哥變得多慘，我還是希望他能回來，就算只有一根手指頭也一樣，畢竟他那麼照顧我，我想要好好祭拜他。」

眾人沉默幾秒，又有人發表自己的意見。

「欸，就跟他說的一樣，不管遺體的狀態如何，還是先放下這種事情吧，我們就好好做人家交代的工作，別想太多其他的啦。」

男人這麼說著的同時也站起身來。

「而且外地來的江村都那麼拚命在幫忙了，我們怎能先放棄呢。」

順著他下巴揚起的方向看去，距離岸邊約一百公尺處有一艘小船在海面上飄搖，船上有個凝視著海面的男性，但那身形看起來並不像是江村汰一。江村的個頭瘦小，遠遠看過去那個男人卻讓人感覺格外高大。

陽子問：「那是江村嗎？」

「不，那是阿政。江村還潛在海裡，應該快上來了。」

「那傢伙雖然瘦小，卻很有活力呢。」
「嗯，不過還真是奇怪的小鬼，不管對誰說話都一樣沒大沒小。」
「是啊，那傢伙怎麼就是不會好好講話。」
「我先前也提醒過他一次，說你和大家年紀差這麼多，講話還是要尊敬一些啊，結果他只回了句『知道了』，我看怎麼講都沒用吧。」
「唉，那種小事就算了吧，就算他是小鬼，也還是我們的隊長啊。」
聽說是江村指導這裡的男人們關於搜索遺體的技術，而教導江村那些技巧的，似乎正是遠田。
姬乃沒有看過遠田自己身穿潛水服的樣子，但這兒的男人似乎曾經見過一次他在海中的表現，都表示「真不愧是遠田隊長」。
沒多久太陽從西邊天空逐漸下沉，掛在遠方的水平線上，那橙色的光芒在海面上畫出瀲灩的軌道。
「江村那傢伙，到底要潛到什麼時候啊？」
正當男人們紛紛問起，便有人喊道：「啊，上來了！」姬乃也跟著凝視眩目的海面。
在一片橘色光芒當中，能看見一個小小的人影正要從海裡上船。
「嗯？那傢伙好像拿著什麼東西，是什麼啊……是手！是人手啊！」
原先坐在地上的男人們立刻全部起身，紛紛跑去迎接開始往岸邊移動的小船。
不多時那小船靠到岸邊，來到陸地上的小平頭江村的確拿著一隻人手。
儘管是放在透明的塑膠袋裡，還是一眼可見腐壞得非常嚴重，上頭的肌肉已經剝落了大半，甚至能看見一部分白骨。

但這種程度別說是大家了，就連姬乃都不會有所動搖，與其說是習慣了，更該說是早已麻痺。

「江村，幹得真好！」接過那手臂的男人興奮地說：「這是男人還是女人？」

「女人，有塗指甲油。」江村卸下氧氣桶隨口回應道。

「這樣啊，應該調查一下就知道是誰的手了吧。」

女人們慰勞著江村「您辛苦啦」、「辛苦囉」。

但江村只是點了點頭，並沒有開口回答。

他在大家面前直接脫去潛水服，剩下一條海灘褲。

江村的身材果然非常纖細，而且明明長時間待在室外，卻還是異常白皙，加上那一臉稚氣，讓他比十八歲的實際年齡看起來更加年幼。

姬乃眺望著江村的裸體，忍不住瞇起眼睛，仔細一看他身上有許多切割傷，就像是被刀砍傷的疤痕，爬滿了腹部及背後。

男人們可能早就看慣了，因此沒有特別顯出在意的樣子，但女人們都和姬乃一樣，皺著眉頭凝視江村的身體。

江村似乎毫不在意那些視線，落落大方地用毛巾擦拭身體。

姬乃拿著放滿飯糰的托盤，走到江村身邊，「要不要來一個呢？」周遭的男人們紛紛笑道：「小姬啊，現在拿過去，人家怎麼吃得下咧。」

但江村盯著托盤，然後拿起了一個。

那是姬乃做的熊貓飯糰。江村好好欣賞了一番，也沒將飯糰送入口中就默默從大家身邊離開。

「看吧，他是很奇怪的傢伙。」

一位男性望著他遠去的背影說。

「是沒錯啦，但那些傷是怎麼回事啊？」陽子皺著眉問。

「不知道呢。雖然問過了但他不肯說，也不能堅持打破砂鍋問到底吧。」男人張大嘴打著呵欠，「應該就是以前跟人家混，打架之類的吧？」

江村是不良少年嗎？但那麼稚氣的臉龐，應該也沒辦法耍帥吧。

無論如何，那位少年確實是謎團重重。

太陽完全西下後，姬乃回到復興支援隊總部，迎接她的是一臉不悅的千草。

當然讓千草心情不好的對象並不是姬乃，她是在生遠田的氣。

姬乃聽了事情經過，才知道將近一小時前遠田曾來辦公室露臉，千草向他報告關於救援物資管理負責人小宮山胡來的情況，並且建議最好將他調離該職務，但遠田完全聽不進去。

「遠田隊長一直說什麼『我會考慮』，然後臉色越來越難看，還說什麼『妳什麼時候負責起人事了』，我這個人或許是頑固了點，但有問題的應該是沒有好好工作的小宮山吧。」

姬乃一邊應聲，心中想的卻是小宮山畢竟也是來為這座島做事情的，犯了點錯應該不用這麼苛責他吧？

而且講遠田的壞話在她聽來就是很刺耳。剛才一朗採訪她的時候也是這樣，不過姬乃逐漸理解自己的心情了。

大概是因為遠田全面肯定自己，還說大家需要自己，所以我才不想聽到有人開他玩笑，甚至是否定他吧。

千草可能是察覺了姬乃內心的想法，因此又隨口添上一句：「當然我很感謝他們為這座島做事，不過今後大家都會拿到薪水，那就是正式的工作了，這樣一來不好好做事情就會造成大家的困擾，難道不是這樣嗎？」

姬乃沒有回答。也許千草說得沒錯，但她並不想有所同感。

「話說回來小姬啊，今天有打撈到遺體嗎？」

千草在等姬乃回答的時候，顯得非常僵硬，她就是為了確認這件事情而在此工作的。

姬乃告知她今天只找到一條女性的手臂，千草鬆了一口氣，露出安心的表情。

「那我差不多該回去了。」千草迅速整理了手邊的東西並起身離席。

「那個，千草小姐。」姬乃惶恐地從千草背後喊住了她。

「什麼？」千草回過身子。

「光明小朋友他——」

「他還活著唷。」

才提到她兒子的名字便被打斷。

「身為他的媽媽我很明白，光明還活在某個地方，因為那孩子根本沒有死去的理由。」

看著那高高在上不容否決的堅定眼神，姬乃不由得點了點頭。

隨後姬乃埋頭於文書工作當中，不知不覺就晚上十點了。她離開辦公室，前往受災者們聚集的一樓主場館，打算去幫忙還在那裡工作的陽子等人。

姬乃走下陰暗的樓梯，一邊思考接下來要做的事情。看來今天又要三更半夜才能去沖澡了，這樣一來能睡覺的時間大概剩下五個小時，早上因為要準備受災者們的早餐，所以得和太陽一同起床才行。

自從來到這座島上，姬乃還沒有一次睡超過六個小時的，但意外的倒也不會睡眠不足。當然疲勞還是會累積，絕對不是睡得多麼爽快，不過醒來的時候卻能感受到自己確實曾經熟睡。

仔細想想，以前在東京的時候，總是不管怎麼睡都還是覺得好累，就連沒有任何安排的假日都會一直賴在床上不肯起來。

家人都說她根本就是「懶惰鬼」，確實到了傍晚姬乃多少也會有點罪惡感，但還是會賴床。在溫暖的被窩裡沉浸於天馬行空的幻想，為不滿意的現實增添幾許色彩，就是姬乃最幸福的時間。

但那也只限於剛開始的想法，最後她還是會思考起自己究竟是什麼人、為何出生在這個世界上等人類根本的問題，結果陷入了沉重的思緒中。

當然，不管怎麼思考都沒有答案。

過去姬乃曾經向朋友們提出過「生命的意義」這個問題，結果被說是「徬徨公主」而一笑置之。

那時候姬乃所懷抱的情緒是無人能夠感同身受的孤獨感與自卑感。

朋友們不像她那樣會對生命抱持疑問，每天光明正大地開心生活，但實則不然，他或她們也有自己的煩惱，但至少不會像姬乃這樣完全否定自己。

我的容貌沒有特別秀麗，腦袋也沒有特別好，也沒有什麼比較特別的技能，是隨處可見的普通女人。

正因為我如此平凡，所以未來的規劃也是一清二楚。大學畢業以後在一間還可以的公司工作個幾年，和朋友介紹的男性之類的人結婚成家、生孩子，肯定就是這樣了。

當然姬乃也很清楚，那樣並沒有不好，甚至可以說應該能過得很幸福，若是得要非常特別，那人生可就難過了。

不過姬乃還是希望自己的生命能夠有點什麼意義，想要有一個活著的證據之類的東西。

想來我會來這裡，也是因為潛意識裡有這樣的想法吧？

姬乃腦中思考著這些事情，一面在走廊朝向主場館移動，外頭傳來了聲音，是一大群男人的聲音。

都這麼晚了，是怎麼回事呢？姬乃將腳步轉向聲音來處。

她穿過走廊越過大門到了外頭，皎潔的月光下，一大群男人聚集在操場上，人數約莫三十位左右。

他們前方是身形魁梧的遠田，他站在啤酒箱上，嚴肅的面孔正熱烈地說些什麼，江村和小宮山也站在他旁邊。

那是一幅奇妙的、令人感到不安的景象——要問為什麼的話，因為大多數男人們手上拿著鐵棒或球棒，宛若即將出征的士兵們，在出發前的起義聚會。
即使有段距離，姬乃還是能夠感受到他們散發出的緊張感。
她很自然地躲進了倉庫的陰影中，悄悄探出臉來細聽。
「——你們難道要原諒那種過分的行為嗎！難道就咬著手指默默看著嗎！」
遠田以近似怒吼的聲音發問，男人們則回應他：
「不行！不行！」
「絕對不讓他們那樣！」
「那麼，要守護這座島的財產的人是誰！」
遠田再次發問，男人們吼叫著：「是我們！」
「沒錯！是我們要保護這座島嶼！絕對不能放過那些傢伙！」遠田甩動頭髮，以更宏亮的聲音大喊：
「你們是天之島防衛隊！戰鬥吧！驅逐那些外人！」
男人們隨之高舉武器吶喊：「喔——！」
姬乃半張著嘴呆望他們。
這到底是什麼樣的儀式？究竟發生了什麼事情？
之後男人們隨著小宮山和江村的腳步重重踏出了場館用地。
現場只留下遠田一個人。
他從胸前的口袋拿出了香菸、點上火，吐出的煙隨風飄揚散去。遠田的嘴角看似微微上揚。

不，他的確在笑，因為他的肩膀在抖動。
不知為何，姬乃覺得看到了不該看的東西，因此打算不發出聲音，直接轉頭離去。
然而靠在倉庫牆壁上的鐵鍬卻倒了下來，發出巨大聲響，隨即遠田尖聲吼道：「是誰！」
姬乃無可奈何，只好從陰影中走了出來。
「怎麼，是阿姬啊，別嚇我哪。」遠田的表情瞬間輕鬆許多，「妳怎麼在這兒？」
「那個，真是抱歉。因為我聽到外頭有很多人的聲音，想說是怎麼了……我不是故意偷看的，只是覺得好像不該打擾你們……」
「不需要道歉啊，也不是什麼需要隱瞞的事情，只是因為在裡頭的話太吵，所以讓大家聚集在這裡。」
「那個，大家是要去哪裡？」
「防盜巡邏。」
姬乃疑惑地歪著頭。
「聽說昨天晚上有可疑的船隻靠近這座島。」
「可疑的船隻？」
「是啊，恐怕是中國的黑幫。」
——中國？
「正確來說是中國的犯罪組織。我想阿姬妳大概不知道，但是受災地經常會成為那些壞蛋的目標，畢竟就算不刻意侵入民宅，有價值的東西也是到處散落，現在警察也很忙，根本沒空去管那些壞人，但這個世界上就是會有那種趁著大家一片混亂的時候趁火打劫的傢伙，中國的那些傢伙就是這麼骯髒，一大群人來的話，連車子都會給你整台搬走哪。」

看姬乃愣愣地聽，遠田笑著說：「阿姬是好人所以不能理解吧，簡單來說……」遠田抬頭看著天空，緩緩吐出煙霧：「災害能賺錢。」

兩人之間沉寂了好一會兒。

遠田用鞋踩熄了香菸，伸了個懶腰。

「總之妳也多小心吧，絕對不可以一個人晚上到外頭溜達。尤其是像阿姬這種年輕女性，還有另一種危險，妳懂吧？」

姬乃忍不住倒抽一口氣。

「好啦，快進去，不然會感冒的，妳要是倒下了可就糟啦。」

姬乃與遠田並肩而行。

明明一樣同為人類，體格竟然可以相差這麼多，遠田的體重大概是自己的三倍吧？

要是這個人襲擊自己，恐怕會動彈不得。

姬乃不知道自己為何這樣想，馬上又搖搖頭試圖甩開念頭。

怎麼可以對著尊敬的人想這麼沒禮貌的事情呢？遠田可是掌握這座島復興關鍵的人啊。

而且這麼偉大的人物給我很高的評價、表示需要我，就算只是嘴上說說，他仍舊明白表示椎名姬乃是個有價值的人類，是必須存在的人。

還是先不動聲色吧，現在只要遵循遠田的指示就好。

而且就算現在回到東京，等待她的也只有原先的溫吞生活，既然這樣留在這裡還比較能夠為世人做事，同時也是為了自己，以長遠目光來看人生的話，肯定是這樣。

等過了十年、二十年以後，等到我成為老婆婆了，回想當年一定也還是會這麼想：正因為有過那段，才有現在的我。

「今晚天空真暗哪。」

遠田不經意說著，姬乃也跟著抬頭。

確實今天晚上完全看不見星星，夜空被詭異的雲層覆蓋著。

明天會下雨嗎？

2 0 2 1

- 8 -

3 march

SUN.	MON.	TUE.	WED.	THU.	FRI.	SAT.
	1	2	3	4	5	6
7	8	9	10	11	12	13
14	15 堤佳代	16	17	18	19	20
21	22	23	24	25	26	27
28	29	30	31			

8　二〇二一年三月十五日　堤佳代

打在屋頂上的雨聲始終沒有停歇。

外頭的氣溫雖然有些低，室內卻非常悶熱。當人類的體溫都聚集在一處的時候，就跟暖氣沒兩樣。雖然現在因為肺炎流行，應該避免聚在一起，這裡卻沒有一個人在意這件事情。

目前在彩虹之家的客廳裡有將近三十位島民以及一位闖入者。

江村汰一正坐在地板上，與他對峙的島民們隨意坐在地上面對著他。

佳代則坐在江村左手邊，也就是島民們的右手邊那張餐桌旁，雖然不是刻意的，但這個位置可以環視全場。

「那麼，你們果然是一開始就是要來這島上撈錢的對吧？你承認了是吧？」其中一位島民再次確認，江村汰一重重點了點頭。

根據他的說法，NPO法人水人在三一一之前就在全國各地執行業務，只要有災害，就會馬上前往當地，假裝成是義工潛入內部，在其他人尚未發現的時候便奪取金錢，同時在對方還沒有產生不信任感的時候就銷聲匿跡。

遠田所率領的水人已經好幾年都在幹這檔壞事。

不過在天之島還是第一次拿到復興支援負責人這種正式的職位，也是第一次和地方單位攜手合作，在那之前大概就是些偷偷摸摸的勾當罷了。

儘管如此，水人在受災地依然遭遇到各種麻煩。對他們來說，最頭大的不是警察也不是地方自治單位，而是同行。受災地總會有那種為了尋找貴重物品而在深夜到處徘徊的小偷，就像是聚集在食物旁的蒼蠅一樣，也因此他們好幾次與中國的黑幫等犯罪組織發生衝突，還曾經拿刀大打出手。

聽到這些事情，佳代才猛然回想起島民們說過，這男的身上有許多刀疤，八成是在這種情況下受的傷吧。

據說遠田還曾經對江村說，「你拿刀要有刺死對方的準備呀」、「就算對方死了，那也只是意外」等等。這之後江村也以平淡的口吻繼續敘述這類可怕的事情。這男人從以前就沒什麼表情，也讓人完全感受不到他的情緒。

讓人覺得簡直像在跟一台具有優秀人工智慧的機器人說話似的。

而且，他的說話方式一如既往不禮貌，當年他就被大家說是個「講話沒大沒小的傢伙」，佳代也跟他說過好幾次話，一直很在意他的說話方式。

「唉，我真的是不懂。」一位島民大幅搖頭嘆氣，「那是需要拚上自己性命的嗎？目的不過就是些小偷小搶吧？又不是真的要搶有金子的土地。」

「遠田無法忍受自己的東西被搶走，他的個性就是那樣。」

「說什麼呢！那不是他的東西，是別人的吧。」

「對遠田來說不是那樣，別人的東西就是他的東西。」

「真是瘋了。」男人傻眼地嘆了口氣，「不過這樣我就明白了，為什麼遠田那傢伙特別在意要我們去巡邏的事情啦，他可是每天晚上都激勵我們出去巡邏耶，結果一次也沒碰見那種奇怪的人就是了。」

眾人詢問江村對此事的意見，他推測應該是因為天之島的錢不多，所以沒有成為黑道的目標。

「還真敢說咧，不就是你們拿走的嗎？」

「或許是這樣沒錯。」

「話說回來，你們有幾個同夥啊？」

「基本上是遠田、我和小宮山而已。」

「那個關西人嗎？」男人皺起鼻子，「你們一向只有三個人嗎？」

「不，來到這座島之前還有更多人。」

以往一個現場通常會有七、八個人潛入，每次都是遠田不知道從哪召集來的人，在處理完當地事情以後會支付他們酬勞，然後他們就會離開，因此交情並不深，就算對方的工作成果還不錯，遠田也不會再次找那個人，他的理由是「只要變熟了，就一定會有人背叛」。

「也就是說，我們的島是個例外？除了你們三個人之外沒其他同夥啦？怎麼沒跟以前一樣增加人手？」

「我想是因為遠田打算在這裡待久一點。」

「什麼意思？」

「他應該是覺得人多的話會被拖累。而且這座島跟先前不同，他自己頗有分量，與其說是當小偷，不如說他更想做一筆大生意，所以只要有最低限度可動用的人員就夠了……」

「啊真是的，你等等。」有個男人忍不住打斷江村，「你也是犯罪集團的一員，而且是中心人物吧？」

江村歪著頭，不明白對方的意思。

「你嘴上說什麼很抱歉，但心裡根本不是這樣想的吧？」

江村雖然受到責難，卻絲毫沒有動搖，他只是平靜地看向瞪著他的男人表示：「不，我是真的覺得很抱歉。」但仍然面無表情。

佳代盯著江村的臉龐瞧。

這個男人肯定有哪裡不對勁，不是不擅於表現情感，而是原先就缺少了那部分……佳代忍不住懷疑。

在一片尷尬當中，姬乃打破沉默：「那麼十年前呢，那個時候你有覺得抱歉嗎？你心裡有罪惡感嗎？」

現場的眾人再次陷入困惑。

姬乃不曾站到這麼多人面前，像剛才的發言也是，至少佳乃從沒見過。

姬乃與江村過去發生過什麼事情嗎……？

隨即江村回答：「那時候沒有。」

「一點點都沒有？」

「嗯，沒有。」

江村過於果斷的回答讓人連氣都生不起來，其他人也一樣，所有人都無力地嘆息。

此時三浦的妻子陽子忽然起身，用手指撥開原先拉上的窗簾，從縫隙間偷看外頭。

「哎呀，媒體已經來了。」陽子說。

只有佳代回過神來，「咦，他們已經到了？」

「嗯，牆壁外頭有幾把傘。」

「唉，一大早的還真是辛苦他們了，還下著這麼大的雨呢。」佳代譏諷道，「話說你們不用工作嗎？總不可能大家都休假吧？」

「誰有心工作啊！」不知是誰這樣回了一句。

「這樣啊，那你們就看著辦吧，記得冷靜點，別鬧大了呀，孩子們可都在呢。」佳代說完話起身離席，孩子們的情況使她非常在意。

她到了走廊，發現前方海人的房門虛掩著，恐怕是孩子們從那裡窺探外面的情況。不知道是不是發現了佳代，房門砰的一聲關上。

佳代打開房門，旋即看見房間的主人海人，而穗花和葵則縮在角落，三個人看上去並不害怕，可臉上卻都浮現出不安的表情。

「嚇到你們了真抱歉，」佳代道歉，「我看應該快結束了，你們先乖乖待在這兒，要是來未醒來了，也叫她到這裡來。」

「可是奶奶，那個男人是誰？」穗花皺起眉頭問道。

「那個男人……」佳代說著猶豫了一下，但現在隱瞞也無濟於事，「是以前在島上的壞人的夥伴，他突然跑來說要為了當時的事情道歉。」

「壞人是指遠田政吉嗎？」

佳代驚訝，「妳記得那時候的事情？」
「只有一點點，但我不太記得那個人就是了。」
「人家完全不記得。」說這話的是小穗花一歲的葵。
當時穗花四歲，而葵三歲。
「我記得唷，那個人我也記得。」最年長的海人說，「因為他是找到我的人。」
「找到你是怎麼回事？」
「我小時候不是從村子裡的聚會偷偷跑走嗎？是那個人和姬乃小姐一起找到我的。」
佳代瞇起眼，回想遙遠的記憶。
她馬上就想起來了，那並非村子的聚會，而是地震三個月後復興支援隊舉辦的慰勞會。佳代帶著年幼的孩童們前往參加慰勞會，五歲的海人卻突然不見蹤影，雖然大家努力尋找，卻始終沒發現海人在哪裡，結果半夜江村和姬乃帶著他回來了。
「這麼說來的確有那回事呢。」
「我可沒想從大家身邊逃開，也不是迷路喔。」海人鼻子哼著氣，「那時候他還跟我說『你跟我一樣』呢。」
「一樣……是什麼意思？」
「不知道，但我對這句話印象深刻。」
佳代對這不明所以的話感到困惑，卻聽見外頭傳來了電鈴聲。

大概是一朗吧？剛才佳代打電話請他過來一趟，遇到事情的時候有一朗在還是比較放心。

「抱歉。奶奶要過去那邊了，你們乖乖待在這兒呀。」佳代告知他們，然後離開了房間。

站在大門外的果然是一朗，他穿著雨衣及白色長靴，應該是連忙趕來，有點上氣不接下氣。

「總之呢，現在大夥兒要聽江村從頭說起，人都在裡頭……」

佳代在門口跟他說明狀況，一朗只簡單應了一聲：「這樣啊，我知道了。」就脫下雨衣和長靴走向客廳，佳代緊跟在後。

就在踏進客廳時，一朗的腳步停下了，所有人的視線都集中在他身上。

佳代並沒有看漏，江村在發現來者是一朗的瞬間，雙目圓睜，那就是所謂的瞳孔放大吧。

一朗和江村互相瞪視著對方。

眾人靜靜看著他們背後似有什麼隱情的視線交會。

2 0 1 3

-9-

2 february

SUN.	MON.	TUE.	WED.	THU.	FRI.	SAT.
					1	2
3	4	5	6	7	8	9
10	11	12	13	14	15	16
17	18	19	20 菊池一朗	21	22	23
24	25	26	27	28		

9　二〇一三年二月二十日　菊池一朗

這天，位於天之島南邊的禮儀會館裡充滿沉重而悲憤的氣息。一身黑衣的島民們咬緊牙關膜拜故人、獻上誠摯的哀悼。

原先還在北海道的一朗昨晚聽聞村長自殺，一早便搭飛機奔回島上，直接前往參加喪禮。一朗換上妻子帶來的喪服，穿上這許久沒套上的服裝，才發現長褲的腰圍鬆了一圈，他想，自己已經好久沒站上體重計，過了這麼激烈的兩年，究竟瘦了多少呢？

「老公，你要留在這裡嗎？那我們就先回去囉。」

告別式結束以後，妻子智子問道。她牽著五歲兒子優一。

隔壁廳堂似乎已經準備好餐點，因此有許多島民陸續移動過去，他們肯定有事情要問一朗，而他也想和大家交換資訊。

「如果你要在家吃，我會準備的。」

「沒關係，我在這裡吃了再回去。」

「好，那就晚點見。」

「欸，人家想跟把拔一起啦。」

見到兒子拉著自己的褲管，一朗蹲下來摸摸他的頭，「抱歉了優一，我傍晚就會回家的。」

「不要不要，人家要跟把拔在一起。」

智子迅速抱起鬧著脾氣的優一離開，孩子的哭鬧聲響徹整個館內。

地震的時候，兩人就在漁港附近的一朗老家，也就是沿海受害最為嚴重之處。救了他們的正是一朗亡故的父母。地震一停下來，父親和母親便叫智子帶著優一立刻逃往高地，而他們自己則去救附近的人。兩人之後卻被洶湧波濤吞沒，踏上不歸路。

聽說父親最後說的話是：「告訴一朗，之後就交給他了。」那是隨口說出的話，還是已經有所覺悟而說的？一朗想恐怕是後者吧。

身為海上男兒的父親確實預料到會發生海嘯，他明知如此，還是前去拯救別人，而母親則選擇與那樣的父親在一起。

——之後就交給你了。

沒錯，他們交給我了。

父親和母親把自己深愛的天之島交給了我。

一朗目送妻兒的背影離去，俊藤在一旁悄悄搭話：「你兒子真可愛呢。」他也是為了憑弔村長而特地從東京趕過來的。

俊藤也認識村長，就在發現復興支援金遭到占用以後，他曾經訪問村長。

「是個不聽話的孩子，挺麻煩的呢。說是這樣說，我幾乎都交給老婆就是了。」一朗苦笑著，「說起來俊藤先生你的女兒也差不多快一歲了吧？」

「是啊，下個月。雖然定期會見面還是很不安，不知道她肯不肯叫我爸爸呢。」

俊藤先前就說過他已經離婚，女兒的撫養權在老婆那邊，兩人是在孩子生下來以前就離婚了，想來情況非常複雜，一朗當然不會過問這種事情。

「話說回來，讓我也參加餐會真的好嗎？」

「當然沒問題，我們走吧。」

用來當成餐會會場的大廳房裡沉澱著陰鬱的氣氛，聚集在此的除了公所的人員以外，還包含了與村長有關係的人。

看來大家都在等一朗，所以完全沒有動筷。

「喂，我說你啊！」一個男的瞇起眼凝視俊藤，並喊住他：「你是跑頭條的吧，怎麼會在這裡？你怎麼溜進來的！」

「他是報導記者俊藤律先生，是我的朋友，站在我們這邊的。」

島民們聽了一朗的說明紛紛表示了解，那位男性也向俊藤道了個歉。

不久，有人喊出「舉杯致意」，餐會才靜靜地開始。

許久都沒有人開口說話，不過就在有人終於忍不住開口說出「殺了村長的就是媒體」後，四下便傳出憤慨之聲。

大約四個月前，有人對水人侵占復興支援金產生質疑，媒體便一舉湧入天之島，當然，媒體嚴正指責水人的負責人遠田政吉，但也一併強烈批判天之島的自治單位。而站在靶子前的就是任命遠田為復興支援負責人，並將復興支援金交給他的村長。

當然這些決定都反映出島民的意見，村長也是實現大家的願望罷了，他卻沒拿這些當藉口，反而強烈譴責自己：「一切都是我的失誤，是我的責任。」村長沒有從任何一家媒體面前逃走或躲起來。

然後為了擔負責任而死。

一朗不認為他的自殺有多麼高潔，但也不覺得是逃避現實，只是感到非常同情他。

雖然這種話不好說出口，不過村長在這些騷動發生之前，看起來就有想死的念頭了，他在地震中失去了屋子，失去了家人，失去了一切的一切。

但即使陷入極端絕望，村長也沒有離職，正是因為眼前還有復興島嶼這個責任。

然而在他相信自己選擇了最好的道路後，卻發生了這樣慘重的二度傷害。

想必他早就精疲力盡了。

「害死村長的，真的是媒體嗎？」

俊藤在島民一片憤慨聲中倏地起身，向大家提出疑問。

「關於這起事件的所有新聞我都看過，裡面的確有一些隨意的猜測，還有不經意批判村長或者島民的報導，各位會憤怒也是理所當然的，我身為他們的同行也感到非常羞愧……我不是為了自保才這麼說的，但是，真正害死村長的兇手應該不是媒體，而是遠田政吉吧？」

現場鴉雀無聲。

然而，有個男人猛然起身，用力將手上的雜誌往榻榻米上一丟。

「你看看這個！」

男人指著腳邊的雜誌。

「上面說什麼村長收了遠田的賄賂啦，島民把遠田當教主崇拜啦，最後還寫什麼『他們至今依然堅信自己的神明是無辜的』這種鬼話。最惡劣的就是遠田沒錯，但我們就是不能原諒媒體！」

「沒錯，事實不就是外界都在嘲笑這座島嗎，本土那些傢伙還揶揄我們是天真島耶！」

「想笑就讓他們去笑。」俊藤語氣堅決地說，「村長是什麼樣的人，為了這座島辛苦奮鬥到什麼地步，許多人都明白，我也是其中之一。」

俊藤再次環視島民。

「各位，與其後悔過去發生的事情，對著周遭的雜音生氣，還不如放眼未來，做一些現在能做以及應該做的事情吧？」

一朗為了聲援俊藤也站了起來，「對啊，他說得沒錯，現在我們應該要做的事情，就是讓遠田政吉接受法律制裁。為此必須要盡可能揪出他所做的不法之事，我想諸位也有不少人曾在他身邊做事，還請各位回想一下先前發生過的事情，無論是多麼小的事，只要想起來就告訴我，現在我們希望盡可能多掌握一點證據和證言。」

一朗趁勢將先前獲得的資訊、遠田的過往，包括俊藤調查出來的，遠田在東京的足跡等都告訴島民們。

「遠田那傢伙，果然就不是什麼好東西啊。」

「居然在學生時期就搞詐騙，膽子也太大了。」

「話說回來那傢伙昨天有接受電視訪談呢，居然大言不慚地說什麼『一開始就知道錢不夠了，所以年度剛開始就有協調，希望能追加預算』。」

一朗在北海道的旅館裡也看了那段訪談。其實地方自治單位根本不可能在年度一開始就修正預算，遠田要求追加預算是在他宣告破產的幾個月前。

順帶一提遠田目前一個人住在外縣市的月租公寓裡，那個男人並不躲避媒體，反而積極接受採訪。他不斷表明自己的正當性，但社會大眾也理所當然地冷淡以對。

「欸，一朗，」一名女性來到一朗身旁搭話，「我聽說支援隊使用的車子和船要拿去拍賣耶，是真的嗎？」

這話可不能聽聽就算了。

「不，我還沒有聽說，妳從哪聽來的？」

「鄰居。他也說是從別人那兒聽來的，所以不是很肯定。」

「啊，那件事情我也有聽說。」桌子對面的男人插嘴，「幾天前好像有幾個相關業者到島上來審核價格，有個人雖然帶著毛線帽和口罩，但可能是小宮山的樣子。」

一朗摸了摸下巴，思緒運轉。恐怕這個傳聞是真的，雖然比預料中來得更快，但那些傢伙終於有了動靜。

小宮山是用來逃稅的公司藍橋的負責人，而這次占用事件當中，爭議最大的便是藍橋。

根據遠田僱用的律師大河原先生的說法，藍橋並沒有違反任何法規，他主張包含交通工具在內的所有物品都是藍橋的財產，因此不管是要賣還是要丟，全都看負責人小宮山的決定。

實在莫名其妙到令人生氣。

本來這兩間公司往來的經費就全都是天之島要用來復興的錢。

遠田前幾天在記者會上被追問，怎麼不把藍橋的資產賣掉，拿來支付員工的薪水時，他是這麼說的：

「我現在跟小宮山完全沒有關係，那傢伙知道水人就要沉船，馬上就跟我一刀兩斷了呢。」

關於這件事，一朗自然是打從一開始就不相信遠田的話，他認為小宮山目前還跟遠田有所連繫，是他忠實的僕人。

倘若小宮山打算將藍橋的資產拍賣掉，那必然是遠田的指示，這樣一來，賣掉的錢就會回到遠田手上。

務必要阻止這件事才行。

「但是我覺得好奇怪呀，為什麼警察不扣押那些交通工具呢？」

女人的疑問引起哄堂大笑。

「妳怎麼還在說這種傻話！」一名男性驚訝道，「那是藍橋的東西，當然不能動，所以大家才這麼煩惱啊！總部裡面也是，遠田先前那個司令室裡的冰箱、電視還有各種東西幾乎都是藍橋買的，現在也只能放著不管了啊。」

「喔？那乾脆帶我老公去把那些東西摸走好了。」

聽到這女人開的玩笑，另外一位男性則若有所思地開了口：「妳說的這個，我們青年隊也認真討論過，要不乾脆大家一起三更半夜潛入總部，把那些東西都拿出來，反正監視的警察只有白天站崗，晚上完全沒有人，感覺就很輕鬆耶。」

「那不錯啊，就這麼辦吧！」女人在一旁搧風點火，「這樣的話就不會被拿去賣掉了吧。」

「是這樣沒錯啦……」說這話的男人瞥了一朗一眼。

果然一朗出聲阻止他們：「別做那種傻事。」雖然他能理解大家的想法，但這到底是犯罪。

「是說一朗啊，真的能逮捕遠田嗎？」男人再次開口問道。

「應該可以，聽俊藤說目前警察已經在收集能派上用場的證據了。」

俊藤又接過他的話，說：「是的，最近應該就會發出通緝令了，問題是他會受到什麼樣的刑罰。遠田可是大發國難財、吞下復興基金的人，警察應該會徹底挖出證據，盡可能擊潰他才是，為此我們也需要大家的幫忙。」

「喔，明白啦，那另外再把曾經在遠田底下做事的人聚集起來開個會吧。」

之後眾人聊起故人生前的話題，大家都沉浸在回憶之中。

一朗聽到村長在學生時代和自己的父親是同學，曾經為了他母親大打出手而大為吃驚，就連兩個人是同學這件事情，一朗都還是現在才知道的。為什麼父母親和村長都沒跟自己說過呢？知道當時情況的島民邊笑邊說：「肯定是不想讓你知道自己年輕的時候為了戀愛鬧成那樣啦。」

一朗聽著島民們的聊天內容，同時心想，要是父親和母親在這裡，他們會想些什麼，又會聊些什麼呢？

——之後就交給你了。

啜飲著久未入喉的酒精，一朗下定了新的決心。

餐會結束後，島民們陸續踏上返家的路途。

一朗在禮儀會館後方的停車場，等待稍後才會過來的三浦夫妻，他們的車還停在這裡。

身旁的俊藤忽然開口：「剛才我太出風頭了，真抱歉。」

「不，真是幫了我大忙，幸好你有過來。」

俊藤露出了微笑，朝天伸了個大大的懶腰，「話說回來，今天的天氣還真是好哪。」

今天的天之島天氣晴朗，眼前是一片澄澈而寬闊的藍天。

「這裡空氣很棒，海又漂亮，魚也好吃到不行，我以前根本不曉得天之島是這麼棒的地方呢。」

一朗苦笑，「連天之島都沒聽過的大有人在，這裡好歹是東北首屈一指的有人島，作為一個觀光地，不在宣傳上加把勁可不行啊。」

「唉，提到島嶼，大家都會想去南邊嘛。啊，我記得三浦先生應該也是做觀光業的吧？」

「是啊。地震之後大概停業了一年左右，去年中好像又重新開始經營。他是說雖然島上還留有許多傷痕，不過希望觀光客也能看到那些東西。」

「這樣啊，」俊藤長吁了一口氣，「馬上就要兩年了呢。」

一朗望著遠方瞇起了眼睛，喃喃低語，「是啊……」同時眼角餘光也瞥見身穿喪服的三浦夫妻正並肩走來。三浦治注意到一朗他們，便一臉愧疚地停下腳步。

「治哥，不好意思啦，可以麻煩你開車送我們回家嗎？」一朗在大老遠就開口說話了。

剛才在餐會上，三浦身邊明明有個不喝酒的陽子在，他卻滴酒不沾，就算他不喝酒好了，但筷子動都沒動過，甚至沒有開口說任何一句話。

這就是一朗惦記的問題了。三浦先生在席上始終縮著身子、低垂著腦袋。

不用想也知道，帶遠田到天之島的人正是三浦，恐怕他現在覺得錢被占用、村長自殺，都是他害的吧。

陽子替毫無反應的三浦答應：「當然了，快上車吧。」

一朗和俊藤一起上了後座，一朗前面是坐在駕駛座上的三浦，而陽子則坐在一朗斜前方的副駕駛座。

「一朗，你那裡的報紙能找到小姬嗎？就說我們一直在等她聯絡。」

大概是考慮到丈夫一臉陰沉，在副駕駛座的陽子一直絮絮叨叨個不停。

當前的話題是幾星期前離開天之島的椎名姬乃。

『承蒙照顧，我回東京了。椎名姬乃。』

姬乃留給三浦夫妻的紙條就只寫了短短幾個字，她完全沒有事先告知便離開了這座島。

再後來，她就杳無音訊了，不管打幾通電話還是傳多少簡訊都沒有收到回音。

一朗也有點在意這件事。椎名姬乃是以義工的身分來到這座島，就這樣滯留了將近兩年的女性，她甚至辦了休學，為了天之島奉獻自己。

「可是您電話打得通，簡訊也傳了，這樣的話你們的意思應該也很明白了，不用再特地登報尋人吧？」

「是這樣沒錯啦，但為什麼要無視我們的訊息呢……」陽子垂頭喪氣地說，「我不是要把她叫回來，畢竟她本來就是東京人嘛，只是覺得這樣好寂寞啊，我想好好表達謝意，大家一起幫她送行……只是這樣而已。」

「……也是，可以的話我也想這樣做。」

「她是不是討厭我們了呢？」

「不會的，我想她一定是有自己的想法。」

陽子重重嘆了口氣，「我只要想到小姬，就覺得更加怨恨遠田。那孩子也是在遠田的手下被使喚來使喚去，結果卻變成這樣了。小姬那麼天真又纖細，我好擔心她是不是覺得自己成了壞人的幫手啊。」

一朗完全贊同陽子的擔心，因為他也覺得姬乃是個多愁善感的人，她說不定也和三浦一樣，陷入自責的念頭裡了。

「遠田怕是看透了她這種純真的性格，才會把她放在身邊吧。」

說這話的是俊藤，或許就像他說的，在遠田的眼中，姬乃就是個不明世事的小姑娘，正因為覺得她好操控，才會雇用她當事務員。

仔細想想，遠田最可怕的能力就是這一點。

也就是他的心理控制能力，或者該說是組織能力。

「最大的被害者或許是椎名姬乃小姐呢。」

「或許是這樣沒錯。」

「那這樣就更不能原諒遠田了！」陽子憤慨道，「我們沒有小孩，那孩子對我們來說就像女兒一樣，要是她手頭有困難，多少錢我們都會拿出來……雖然說也沒多少財產啦。」

陽子苦哈哈地自嘲，而她坐在駕駛座的丈夫依舊緊閉雙唇。

車子正開在小山坡上，一朗從車窗往外頭向下看。

眼下是一片熟悉的島嶼風景，藍色的海洋、綠色的山稜，以及點點散落其間的人煙，這景色是多麼悠閒而和平啊，但仍遠遠不及地震之前的樣貌，壓根兒稱不上是復原。不過這座島嶼確實慢慢、慢慢地試著恢復為原先的樣貌。

行駛一陣子後，便能遠遠看見一朗的住處兼通訊部那棟公寓了。由於位處高地，那裡並未受損，地震以前隔壁還有好幾間空房，現在全部住滿了人，這是因為那些居住在避難所和暫時住宅的人都過來此處了。這類以往就有很多空房的公寓，大多在地震後開放給失去房子的島民們，不過還有很多島民居住在暫時住宅當中。

過世的村長也是。他在失去家人和房子以後，長時間獨居在暫時住宅當中。他會在外頭自殺，也是為了大家著想，盡了最後一份心意吧。

沒多久車子來到公寓前方。

「治哥。」一朗下定決心，從後座對著三浦說話，「剛才說的小姬的事情啊，會變成這樣也不是你的錯喔，沒有人怪你的。」

三浦沒有回答，一朗也看不見他的表情，但從後頭隱約能看見那握著方向盤的手指微微發抖。他坐在副駕駛座的妻子則緊咬下唇盯著他看。

車內陷入漫長的沉默，只剩小小的機械聲音在車內迴響。

許久後三浦終於開口，沙啞的聲音說：「是我帶遠田來的，是我請他來這座島上的啊。」

「所以我說老公啊，就跟一朗說的一樣，沒有人會怪你……」

「該死的是我才對。」

車內再次陷入沉寂。

「島上重要的錢被搶走、還害死了村長，我沒有臉面對大家。」

聽見丈夫吐露心聲，陽子忍不住抓住他的手腕，平靜地說：「為什麼非得你死呢？你為了這座島嶼、為了救大家，覺得這樣比較好才做的不是嗎？你身為消防隊領隊，為了大家粉身碎骨一樣地在工作，不是嗎？」

「是啊，能做的事情都要做，我是這樣打算的，結果得到這種下場。」

「所以你才說要死嗎？」

「我沒打算死，只是如果應該要有人死，那不應該是村長，是我才對。」

「你為什麼要說這種話！」

陽子直起身子，用力拍打丈夫的肩膀，她用相當恐怖的眼神怒瞪丈夫。

「罹難的都是想活下去的人啊，沒有任何人是想死才死的。我覺得村長是個很偉大的人，但是，唯獨最後這件事我沒辦法原諒他，自殺這種事，是對死者的褻瀆啊！你不准再說什麼應該要有人死之類的事了！」

陽子流著淚說完這些話，三浦則垂下了頭。

此時向三浦搭話的是俊藤。

「三浦先生，如果你覺得自己有責任，那不就更應該要負責收拾善後嗎？」

「是呀，就跟他說的一樣。」陽子說，「你有看著這件事最後結束的義務吧？」

「我知道啦。」三浦大大嘆了口氣，「誰捅的婁子誰收拾，這點道理我還懂，只是現在實在提不起那個力氣哪。」

一朗自後頭將手放在三浦的雙肩上。

「為了把遠田逼到無路可逃，我需要治哥的幫忙，而且島上的復興也少不了你呀。兩年前我們不是約好了，一定要讓島嶼恢復原狀嗎？現在才走到一半呢。」

一朗在手上注入了沉甸甸的力道，將自己的心意傳達給三浦。

三浦的年紀比一朗大了一輪，他們認識的時間幾乎就是一朗的年紀，三浦打他有記憶起就在了，小時候還經常陪他一起玩，就連一朗被今日新聞錄取時，在祝賀會上第一個向他舉杯的也是三浦。一朗實在受到他太多照顧了。

雖然三浦並未開口，但一朗的心情應該能夠傳遞過去。

「謝謝你送我回來，我之後不在島上的時間還很多，大家就拜託你了。」

一朗說完，催促俊藤下車。

但車子一直沒有開走。

好一會兒，駕駛座的車窗打開了。

「一朗，抱歉讓你擔心啦。要是你老爸還活著，一定會痛罵我一個大男人怎麼如此扭扭捏捏的。」

「是啊，肯定會痛揍你吧。」

三浦的表情稍微放鬆了些，這才慢慢發動車子。

一朗目送車子遠去之時，旁邊的俊藤說：「抱歉我又多嘴了。該說是多管閒事嗎？但我實在沒辦法悶不吭聲。」

「這樣很好啊，是我們需要具備的能力。」

一郎微笑著瞟向俊藤。

俊藤這天住在菊池家，或許是因為俊藤很會聊天，妻子難得如此多話，也讓一朗留下深刻印象。

一朗回想起這兩年以來，自己根本沒有好好顧家，完全埋首於工作當中，甚至與妻子都沒能好好說上幾句話。

他想，等這次的事情告一段落，就帶妻子和兒子去旅行吧。

第二天下午，一朗和俊藤一起坐上快艇前往本土的矢貫町，然後搭計程車奔往沿海的某個工地。

就在不久前，他們才得到消息說有人在那個工地看到江村汰一。

原本一朗要前往北海道，而俊藤打算回東京，兩人都連忙變更行程。

江村汰一和小宮山洋人身為ＮＰＯ法人水人的員工，同時也是遠田政吉的心腹，在事情被揭發後沒多久便銷聲匿跡。正確來說，警察似乎掌握了他們的住處，也能和他們取得聯繫，但一朗等人卻無法把這些消息弄到手。

這次的占用事件中，江村和小宮山兩人與遠田不同，他們不是嫌疑人，而是重要證人。

如果能讓他們證明遠田占用公款的話，遠田的供詞等於不攻自破。當然他們的證言可能也會讓他們自己陷入毀滅，因此希望非常渺小。按那些和他們往來過的島民們的說法，要獲得小宮山的協助是不可能的。

更何況小宮山還是那個造成爭議的逃稅公司──藍橋的社長。雖然他在法律上或許沒有違法，但他肯定是和遠田共同進行不法行為的一丘之貉。

另一方面，江村汰一則給人一絲希望。

一朗和他幾乎沒有往來，只有去年曾經為了受災地工作者特輯，想要對他進行採訪的時候，被他以「不要」二字給拒絕了。

不過聽別人說，江村雖然是個很難掌握的人，倒也不是什麼十惡不赦的壞蛋，和他一起搜索遺體的男人們有好幾個人幫他說話，認為「江村啥都不知道，他只是乖乖聽遠田的命令而已」。

另外他也得知江村親口告訴警察，他什麼都不知道。

江村汰一是水人的正規員工、也是離遠田最近的人，儘管一朗認為他實在不可能完全不知情，但他現在才二十歲，到島上的時候都還未成年呢。

這樣一來也可能他真的不知道占用的事情，又或者還太過稚嫩而無法判斷善惡，所以才成了遠田的傀儡。這樣一來，他們就有可能拉攏他。

就算小宮山必定有罪，江村還是值得商榷。

「既然江村值得商榷，那他當初是怎麼進水人工作的？」

一起坐在計程車後座的俊藤詢問一朗。

「不知道。他看上去就是遠田的左右手沒錯，但他們兩個是什麼時候、在哪裡認識的，為什麼會一起行動，完全就是個謎了。」

關於江村汰一，大家就只知道他和遠田一樣是北海道人，就算和島民們一起工作，他也完全沒有提到自己的過去。

因此一朗認為應該也要探尋江村的過往，而打算再次飛往北海道。

「菊池先生您認為江村現在仍然和遠田有聯繫嗎？」

一朗頓了一秒回答：「恐怕是。在我看來，他們兩人之間似乎有著很特別的連繫，在他們身邊工作的員工也都這麼認為。」

「特別的連繫，是指他們的關係不僅僅是雇主和員工嗎？」

「沒錯，既不是父子也不是朋友，而是一種不可思議的連繫。但要說男同志也不恰當，這我很難說，他們兩個之間有種被奇妙的絲線綁在一起的感覺。」

俊藤對於這樣的說明實在無法理解，也只能含糊地點了點頭。

「對了，等一下要是能夠見到江村，你應該就會明白了，他本人是個非常奇妙的男人。」

「怎麼說？」

「講白一點他絕對不一般。他看上去是個少年，和同齡人比也很孩子氣，但不光是我，根本沒有半個人看過他笑。」

「不會笑的青年……嗎？」俊藤摸了摸下巴喃喃自語，「他和遠田的年紀差距也很大，年輕男性會選擇在NPO當義工這點更是令人在意……感覺就是有什麼內情。」

一朗在與俊藤談話的同時看向窗外。

由三輛車廂連結而成的紅色電車發出喀噠喀噠的聲音，在一片綠色中前進。因為走得很慢，所以他們的車子一下子就追過電車，又不禁覺得電車那模樣看上去格外堅強。

岩手縣三陸海岸沿岸的三陸鐵道雖然還沒能恢復全線通車，但現在已經有許多路線重新開始營業，看來距離全線恢復的日子應該不遠了吧。

另一方面，城鎮本身要恢復到原先的樣貌，恐怕還要好些時日，因為路上隨處可見半損毀的建築物和倒下的樹木，以及因為大自然的暴力而令人心疼的傷痕，並不是只有矢貫町這樣。

三陸沿岸幾乎都在東日本大地震中受到毀滅性的災害，即使地震過了兩年，也還有受災地區仍然維持當時的樣貌，因為受災區域實在太過廣大，根本沒有人手處理。

半晌後，一朗凝視著擋風玻璃的前方，說：「應該就是那裡吧。」有好幾台大型機具及卡車聚集在那裡。

「司機，麻煩放我們在那附近下車。」

下了計程車，一朗和俊藤站在一起，兩人眺望著滿是粉塵的拆卸作業現場。

起重機在吊鉤上掛了鐵球，不斷敲擊民宅；挖土機揮動著機械手臂破壞牆面；工程車輾過半毀的建築物；堆土機將化為碎片的瓦礫一口氣掃起來。

一朗眼見此情此景，一方面覺得空虛，另一方面又覺得羨慕。天之島的機械數量有限，大多工地都是以人力進行作業，要把機械渡海運到離島上終究不是易事。因此說老實話，天之島的復興比其他地區更加緩慢。

如果有橋的話——這件事一朗不知道想過了多少次，地震的時候，海嘯造成大多數船隻毀損，天之島被孤立在外，由於沒有其他交通方式，大部分受災戶都被困在島上，那個時候若是有橋，情況是否多少會有些不同呢？

「真是抱歉，方便打擾一下嗎？」

一朗喊住路過的中年工人，拿出江村汰一的照片，詢問他是否曾在這個工地見過這樣的人。這張照片是一朗為了記錄受災而在各個現場到處攝影的時候，角落剛好拍到江村。

「喔，這傢伙啊，有啊。」男人看了眼照片爽快答道，「我不知道他叫什麼來著，不過他在這裡工作一陣子了。你看，就在那邊。」男人指向遠方。

一朗瞇起眼，那頭是一群男人，推著堆滿瓦礫的單輪推車。一朗凝視其中一人。

雖然有一段距離導致他無法清楚確認那張臉，但從身影來看錯不了的。

絕對沒錯，是江村汰一。

他和周遭的人一樣戴著黃色安全帽、身穿工作服，但因為個頭瘦小，更像是一群大人當中混了個小孩進去。

這簡直順利過頭了，一朗不禁愣了愣。他還以為江村早就躲到大老遠去了，要接觸他是難上加難的事，但看來這就是所謂的遠在天邊、近在眼前哪。

「那小鬼做了什麼嗎？」男人問，「你們找他肯定是有什麼事吧？」

「欸，是啊。」聽一朗答得含含糊糊，男人若有所思地看著一朗，「喔？」

接著，他又用下巴指了指海的另一邊，說：「你們是島上的人嗎？」

「是的，我是。」一朗回答。

「你們那個小島可真鬧出了大事啊，你本來是不是也很仰慕那個長得像熊一樣的傢伙啊？」

這話肯定是指遠田。

「……以前是的。」

「唉……」男人用力搖搖頭，「我真是完全不能理解，怎麼會相信那種騙子啊，而且還大家一起！所以說島上的人就是……噢，抱歉。」

男人雖然道了個歉，卻還是繼續說：「居然被偷了好幾億？那可是稅金耶，也就是我們國民的錢哪！

你們也真是的。」

「……」

「連村長那個A級戰犯都拍拍屁股逃到另一個世界了，也太輕鬆了吧。」

一朗什麼都不打算回應，但俊藤卻無法默不作聲。

「您也是受災者嗎？」他直視著那個男人問道。

「是啊，我因為地震失去了房子跟工作，不然怎麼會在這裡？」

「那麼您不是應該明白嗎？」

「啊？」

「在那種混亂和絕望之中，誰又能冷靜地判斷眼前出現的人呢？失去一切的時候，人總是會想抓住點什麼。這不就是純粹不走運碰上了件糟糕的事情嗎？」

「俊藤先生，我們走吧。」

「你的意思是說，錯的是被騙的人嗎？明明是騙人的人不對吧。」

「怎麼啦年輕人，你是想跟我說教嗎？」男人瞪著俊藤，「你真的覺得只是運氣不好嗎？」

「是的，我打從心底這麼認為，至少我並不想嘲笑島上的人。」

「俊藤先生，真的夠了。」

男人哼了一聲，往地面吐了口口水離開。

俊藤仍怒氣沖沖，一朗催促他：「好啦，走吧。」

隨著步伐前進，江村汰一的輪廓也逐漸變得清晰。

就算在戶外工作，他也依然那樣白皙，相貌依舊天真無邪。然而，他也非常欠缺表情。這個青年渾身纏繞著虛無感。

兩人一擋住江村推的單輪推車的去路後，他便停下腳步，瞇起眼睛看著一朗。他不認識俊藤，但總認得一朗。

然而江村卻再次踏出腳步，無視一朗他們，就這樣走了過去……不，與其說是無視，不如說他似乎不太在意的樣子。

「江村。」

一朗從背後喊住了他，於是他停下單輪推車回頭。

「不好意思突然來找你，我有些事情想要問你，你有時間嗎？」

「我正在工作。」

「休息的時候，或者你工作結束以後都可以。」

聽聞此話，江村面無表情地問：「你是媒體的人嗎？」

「對，以前我不是跟你說過我是報紙記者嗎？我叫菊池一朗。」

也不知江村是想起來了沒有，他含糊地搖了搖頭，然後說：「現在幾點？」

「現在是……」一朗低頭看看手錶，「下午一點五分。」

「那你等一下，兩點的時候會休息。」

「我知道了，謝謝，時間到了再過來這裡就可以了吧？」

江村微微點了頭，又轉過身子，拉起單輪推車的把手，再次踏出腳步。周遭的人困惑地看了看江村、又看了看一朗。

「好啦，我們去找個地方消磨時間吧，剛才來的路上有間餐廳，我們去喝杯茶吧？」

「不是應該監視他比較好嗎？」俊藤凝視著江村的背影，「那個男人不會逃走嗎？」

「我想應該沒問題，他大概不會逃走也不會躲起來，否則就不會在距離天之島這麼近的地方了。」

「說得也是。」

兩人並肩而行，俊藤說：「他沒有拒絕呢。」

他們在來的車上曾經提到對方可能會拒絕採訪，應該說這種可能性還比較高。

「總之是先接觸到他了……」一朗瞇起眼睛看著刺眼的太陽，「但他會跟我們老實說到什麼程度呢？」

「是啊，他也會想保全自己吧，所以我們不能全盤接收他說的話。」

這正是必須特別注意的事情。

「話說回來，你剛才說的那件事情……我好像有點懂了，他真的非常奇怪，我完全無法感受到他的情緒，這樣說好像有點過分，但是……」

一朗邊走邊看著身旁的俊藤。

「他的眼睛簡直跟死魚沒兩樣。」

死魚的眼睛……

雖然這麼說對江村有點抱歉，不過這個形容還真適合他。他明明有著黑亮而圓潤的眼瞳，卻毫無生氣。

那個青年先前究竟度過了什麼樣的人生呢？

兩人在兩點前回到工地，等了沒幾分鐘，江村便依照約定前來，他果然不打算逃走的樣子。

他們帶著江村朝海岸的方向走去，聽說他在休息的時候總是一個人在沙灘上，想來跟這兒的所有人也都不親近吧。

中途俊藤拿出名片自我介紹，但江村一眼也沒看名片便收下塞進口袋。

越過堤防踏入沙灘時，俊藤自言自語地說：「啊，這裡的砂不會響。」雖然天之島就在眼前，但隔著海洋的這片沙子成分卻不一樣。

三個人隨意找了個地方坐下，兩人分別坐在江村兩側。雖然他們都稍微對著江村，但江村卻正面對著海洋，而前方正是天之島。

一朗率先開口：「首先……想請問你現在住在哪裡？」

江村回過頭，用下巴點了點某個方向，「那邊。」

仔細詢問才知道距離此處約一公里處，有個工地員工用的組合屋宿舍，男人們一起在那裡生活，工地裡除了矢貫町當地的人以外，也有許多其他地方前來工作賺錢的人，江村是在距今約兩個月前來到此處。

「為什麼住在這裡？」

於一朗而言，他想知道的是江村為何選擇此處，但江村卻告訴他：「島上的人叫我滾出去。」聽起來也不像是在鬧脾氣。

在發現水人占用公款後，江村和小宮山兩個人都被逐出島嶼。

「你後來還有和小宮山先生聯絡嗎？」

「沒有。」

「那麼遠田前負責人呢？」

「他有時候會打電話給我。」

一朗和另一邊的俊藤對看一眼。他們兩人果然還有聯繫。

「你們都說些什麼？」

「過得好嗎、有好好吃飯嗎之類的。」

「有見面嗎？」

江村搖搖頭。

「為什麼？」

「他說會給我添麻煩。」

此時江村從背後的背包裡拿出了便當盒，打開蓋子，裡頭裝的是形狀非常奇妙的飯糰，形狀歪七扭八，海苔則貼得坑坑巴巴。

難道說這是模仿某種動物的樣子嗎？仔細看看也有點像是眼睛、鼻子和耳朵之類的。

「這是你自己捏的嗎？」

「對。」

「是動物圖案嗎？」

「對，但我捏不好。」江村開始啃起了飯糰。

這個青年竟然有這種興趣，真令人意外。

「你每天都自己準備便當啊？」

「基本上是。」江村邊嚼邊回答。

「這種工地應該有販賣部吧？」

「販賣部很貴。」

「你先前都在水人工作，應該有正常的收入吧，你的錢呢？」

「沒了。」

「沒了是指你用掉了，所以手邊沒有錢嗎？」

「對。」

這實在令人感到疑惑，這個青年看起來不像那種大肆揮霍的人，他也不像遠田那樣會用出差當藉口離開島上。但實際上他的確在領日薪的工地裡工作，很可能是真的缺錢。

聊完這些後一朗繼續問了幾個無關緊要的問題，評估時候差不多了才切入重點。

「關於這次的占用事件，你覺得如何？」

江村用瓶裝茶配著嘴裡的東西灌入胃袋後才開口。

「是小宮山不好。」

一朗皺著眉，另一邊的俊藤則瞇起眼睛凝視江村。

「為什麼你這樣認為？」

「因為是那傢伙騙了遠田隊長。」

遠田隊長……現在恐怕只有江村會這樣叫他了吧。

「騙了他是什麼意思？」

「是他說要把錢匯到自己公司的。」

「你是指水人支付給藍橋的租賃費用嗎？」

「對。」

「真是搞不懂，說到底指示小宮山設立藍橋公司的，不就是遠田前負責人嗎？」

「不是，那是小宮山安排的。」

「他安排的？」

「對，那傢伙在背後牽的線。」

一朗對這個發展感到難以理解。

仔細一問才知道，天之島交付的僱用新創事業款項無法進行五十萬日幣以上的買賣，遠田對於不能自由調度這筆錢而感到苦惱，小宮山告訴他：「有個好法子唷。」具體來說就是：「隨便設立一間租賃公司，把錢以業務委託費的名目交給那間公司，讓那間公司去買東西就好了。當然這必須要是值得信任的公司才行，我會負起責任擔任那間公司的社長。」

「遠田隊長人很好，也相信小宮山，就照他說的做了。」

江村依然凝視著海洋遠方那端，平淡地說。

「你等等。」一朗忍不住打斷他，「你現在所說的和我們知道的差太多了，遠田前負責人明明是自己——」

好幾次前往岩手縣廳的僱用勞動組商量那件事情，所以才會知道可以經由租賃公司來解決這個問題的投機取巧方式，然後讓部下小宮山設立藍橋。

一朗沒打算隱瞞，表示這的確是自己親耳聽見遠田本人前幾天在記者會上的說法。

如此告知以後，江村依然面不改色一口咬定：「我不知道遠田隊長為什麼會那樣說，但我說的是真的。」

腦袋實在一片混亂。

真正的黑手並非遠田，而是小宮山嗎……？

不，不可能是那樣，一朗發自本能地想，最大的壞蛋一定是遠田政吉。

一朗清了清喉嚨：「退一百步來說，設立藍橋的原因是小宮山好了，為了購買必要的交通工具，所以先付款給藍橋也罷，但是為什麼水人之後每個月還要付租賃費用給藍橋呢？花錢租自己買的東西，怎麼想都很奇怪吧？」

聽聞此言，江村脫口說出：「存錢。」

「存錢？」

「對，這也是小宮山說的，他說這是為了留給將來用的存款。」

一朗歪著腦袋思考，完全不懂對方的意思。

「那傢伙是這樣跟遠田隊長說的……」

接下來還要繼續經營僱用新創事業的話，隨時都有可能需要一大筆錢。這樣的話就把藍橋當成銀行，把資金放在裡面比較好。而且這樣做的話，應該也能向行政單位要求追加預算。

「也就是說，水人的目的在於支付虛擬款項給藍橋，減少帳戶上的餘額以後，嘗試增加事業預算？」

江村點點頭。

「這樣完全是騙錢吧？」

江村聽完他說的話，仍然以平淡的語氣說：「錢要用來做好事，就不算騙錢。」

「這種事情跟你說大概也沒用，那都只是藉口而已，況且還不是造成水人撐不下去、搞到破產。」

「嗯，所以才說都是小宮山不好，要是那傢伙沒有背叛的話就不會這樣了。」

遠田發現追加預算的要求不被許可以後，就要求小宮山將錢還回來，也就是要解約存款的概念。但是小宮山卻拖拖拉拉地不肯接受，甚至說那是自己公司的錢。

遠田難以相信部下竟然背叛自己而感到驚愕，同樣也相當憤怒，最後則是哭著低頭，甚至下跪拜託對方把錢還回來。

「但是小宮山可能早就明白情況，還放話跟遠田隊長說你要是不高興就告我啊。」

一朗很自然地抱頭苦思。

聽了江村的說明，他越來越搞不懂事情狀況了。

真相到底在何處、究竟是什麼？感覺越來越迷糊。

一直在一旁靜靜觀察的俊藤無視了正陷入迷宮繞不出來的一朗，直言不諱道：「這全部都是謊言。」

他的雙眼裡寫著「交給我吧」。

「江村汰一先生。」俊藤看著江村的側臉，「你現在說的事情，全部都是遠田的指示吧？」

江村的表情依然沒有變化。

「我覺得很奇怪，為什麼你這麼率直地接受我們的採訪，現在終於明白了。你是因為要把這些話傳出去，所以才接受採訪的吧，當然這是遠田的命令，他告訴你若是有媒體找你的話，就這樣告訴他們。」

「沒有那回事。」

「那為什麼不一開始就這樣說？我聽說先前警察在問你口供的時候，你說自己什麼都不知道啊！」

「因為我不知道遠田隊長會怎麼說。」

「所以不想多說不必要的事情？這藉口也太過勉強了吧。」

俊藤湊近了江村，「真正的壞蛋並不是遠田，而是他的親信小宮山，他就是這次公款占用事件中最壞的傢伙——雖然感覺上也是滿有可能的，但現在根本說不通，因為除了藍橋以外，遠田在這兩年內可是幹了不少壞事。」

「那些也都是小宮山叫他做的。」

聽江村這樣說，俊藤便挪動了位置，坐到江村面前。

「那為什麼你到現在才說出這些事？我能想到的理由只有一個——就是遠田快要撐不下去了，他判斷繼續正面迎戰也逃不了，乾脆換了個作戰方式，要把所有的責任都推給小宮山，也就是斷尾逃生。」

「遠田隊長應該也是從一開始就主張小宮山背叛他。」

「對，是沒錯，前幾天記者會上遠田的確有這麼說，他說小宮山在這次水人被提出占用嫌疑以後就離開了。但他說的事情和你現在說的完全不一樣，那時候他承認一切都是自己的主意，最後卻遭到部下背叛，應該是這樣才對。」

俊藤雙目圓睜，語調更加快速，「那麼，為何遠田沒有從一開始就把責任推給小宮山呢？不用想也知道，因為他們本來就是一夥的。原先警察就不可能把手伸向並未犯法的小宮山，正因為他非常安全，所以遠田可以大肆批評小宮山。但如果設立藍橋是小宮山的提議，用租賃金額當存款，還有其他不法行事都是小宮山的意思，那情況就不一樣了。小宮山會被當成幕後黑手起訴，而在不知情的狀況下受到他操控的遠田則得以減輕量刑……我想這就是你們的目的吧。」

「……」

「也就是說，背叛者並不是小宮山，而是遠田。」

俊藤說完話以後過了十秒、二十秒。

江村和俊藤在極近的距離下瞪著彼此。不，眼神銳利的只有俊藤。

江村還是一樣一臉平靜，不對這個責備自己的成熟男性感到膽怯，只是默默地注視著對方。

光是看著這個場景，便能明白此青年絕非常人。這種事情，一般人可辦不到。

「那麼江村，有件事我想問你。你為什麼要為了遠田做到這個地步？你跟遠田到底是什麼關係？」

「普通的雇主和員工。」

「你們怎麼認識的？你和遠田是在哪裡結識的？」

「不想回答。」

「喔？忽然拒絕了，為什麼不能回答？」

「因為我不想回答。」

「原來如此，是他命令你不能說這件事情吧。」

「隨便你怎麼想。」江村說完迅速起身，「休息時間要結束了。」

「等等！」喊住江村的是一朗。

一朗也起身，將兩手搭在江村的肩膀上。

他凝視著眼前圓潤的雙眸，那是一雙有如小動物般的眼睛。

「我不知道你是怎麼認識遠田的，和他又有什麼關係，但那傢伙實在不是什麼好東西，是個大壞蛋啊！你難道還要繼續跟著那種男人嗎？現在應該要切斷和他的關係，讓人生重新來過不是嗎？你還很年輕啊。」

一朗盡可能表達出自己的誠意。

但是江村仍舊不為所動。

「不管你們怎麼想，遠田隊長都沒有罪。」

一朗全身脫力，收回放在江村肩膀上的兩隻手。

「我明白了，那就算了，如果你一定要站在遠田那邊，那我們就是敵人了。聽好了，你不要以為自己是安全的，警察不會因為你年輕就放過你，當然我們也是。除了遠田之外，我也會徹底調查你的事情，你最好明白這點。」

就算對他宣戰，江村依然不為所動，仍然用他那雙澄澈的眼睛看著一朗。

「你最後還想說點什麼嗎？」

一朗本以為他會說句沒有就算了，沒想到他竟然問：「那傢伙還好嗎？」

「那傢伙？」

「椎名姬乃。」

一朗從江村口中聽見這個名字嚇了一跳，不禁和身旁的俊藤對看了一眼。

「那傢伙還在島上嗎？」

江村瞇著眼睛眺望海洋的另一頭。

「她不久之前回東京了，聽說是突然離開的。」

一朗馬上發現江村聽見這句話的時候，眼睛飄移了一下。

他第一次看到這個彷彿戴了面具的青年，臉上出現了些許動搖的神色。

「她怎麼了嗎，你為什麼那麼在意她的事情？」

江村並未回答便轉身離開。

他的背影逐漸遠去。

「他和椎名姬乃非常親近嗎？」俊藤凝視著江村的背影問，「是情侶，又或者是他單戀對方呢？」

「不，我完全沒聽說過這種事情……看來有必要調查一下，總之我們也走吧。」

兩人並肩走在沙灘上。

「俊藤先生，還好有你在，我差點就要相信江村說的話了。」

「如果那是真的，他應該一開始就會那樣說，最重要的是遠田本人的說法。」

一朗點點頭，重重反省自己，想來自己心中肯定是過於輕視那位青年了。

江村竟然是腦筋動得這麼快的人，這著實讓一朗意外。雖然他不覺得江村的智商有問題，但心裡確實認為他比一般人來得愚鈍，因為和他一起工作的員工們都說過「他腦袋不好」。

但這完全是個錯誤。江村對他提出的問題會經過一番計算，在取捨過後才把回答說出口，無論是幾歲的人，這都不是容易辦到的事情。

另一方面，為何江村會這麼維護遠田，也是讓人費解，他們看起來也沒有金錢上的關係。

一朗將這個想法告訴俊藤，俊藤說：「我也有同感，感覺他們似乎有其他羈絆在，但是小宮山就沒有對吧？」

「畢竟那麼乾脆就拋棄他了嘛。剛才你說遠田可能是被逼急了所以改變做法是吧？」

「對，不曉得這是他自己的想法還是律師的提議，但這證明了遠田已經開始焦躁，至少他現在不像先前在記者會上看到的那樣從容。」

「但是遠田為什麼不親口這樣說呢？只要重新召開記者會，再次表示要說明真相就好啦。」

「我想應該是因為大眾不會接受吧。」

「不會接受？」

「是啊，與其由本人說出口，讓親近之人告發聽起來比較像真的。另外，遠田也會向警察翻供，告訴他們剛才江村說的那些話，而江村就是負責掩護他的角色。」

原來如此，這樣就能夠理解了，果然俊藤非常善於察言觀色。

「但我覺得很怪，把小宮山當成敵人，這就表示之後要在法院上和他起爭執，這樣一來最困擾的應該還是遠田自己。」

「是這樣沒錯。」

「那麼，為什麼遠田還要做出風險這麼大的行為呢？」

聽完一朗的問題，俊藤陷入沉思，隨即又開口說：「小宮山有絕對無法違逆遠田的理由，又或者是物理上無法為自己辯駁。」

「物理上無法辯駁是什麼情況？」

「也就是說——」

一朗轉頭看著俊藤，對方也正看著自己。

「死人不會說話。」

一朗停下腳步。

「不會吧？」

俊藤回頭後皮笑肉不笑地說：「我也不是真的這樣想的，但就像你說的，和小宮山敵對實在太過危險。一般來說，小宮山怎麼可能一個人躲在被窩裡哭，必然要出來跟遠田大打出手才對，但遠田還是採取了這種行動，那自然會朝著情況有變去猜想了。」

「也就是小宮山死了……這樣嗎？」

「我不知道，這只是我的猜測，你聽聽就算了。」

一朗與回轉東京的俊藤告別後，先回到天之島上，重新打包好行李前往花卷機場，搭乘那天最後一班飛機飛往北海道。

一朗在旭川機場下機的時候，才聽說小宮山洋人幾天前就失蹤了，警方目前正在追查他的下落。

2 0 2 1

- 10 -

3 march

SUN.	MON.	TUE.	WED.	THU.	FRI.	SAT.
	1	2	3	4	5	6
7	8	9	10	11	12	13
14	15 堤佳代	16	17	18	19	20
21	22	23	24	25	26	27
28	29	30	31			

10　二〇二一年三月十五日　堤佳代

「小宮山死了，是我殺的。」

當大家要求他說出小宮山洋人的下落時，江村汰一非常輕易地就回答了。

那語氣實在過於冷淡且平靜，就像是在報告一些無關緊要的小事。

或許是因為這樣，佳代花了幾秒鐘才理解江村說的話，現場所有人一定也都是這樣吧，因為在江村發言之後，又過了好些時間，廳內才充滿一種無聲的震撼。

先前大家都以為小宮山洋人是因為害怕被逮捕，所以早就逃亡了，除了島民外，當然外界甚至警察也都是這樣認為的。

「你說你殺了……」三浦治一臉愕然地說。

「小宮山是真的背叛遠田，那傢伙真的想要獨占所有錢。」

原本應該是等到騷動告一段落，遠田確定無罪以後，就要將藍橋所有資產上繳給遠田，而小宮山再從其中分得一部分……這是他們兩個人原先約定好的事情。

但是估計遠田可能遭到逮捕以後，小宮山就變得非常不安分，還帶著審核價格的業者回到天之島上。

「所以那並不是遠田的指示，而是小宮山獨自做的決定？」

「對，是他擅自行動。」

知道這件事情的遠田非常憤怒，逼問小宮山打算做什麼，小宮山雖然有辯解，但遠田並不相信。他終於明白這個僕人並不是刻意做給外界看的，而是真的背叛了自己的主子。

於是遠田對江村下達命令。

殺了小宮山。

「我是在這個人來採訪我的前兩天，也就是二月十九日下手的。」

說到「這個人」的時候，江村下巴朝向一朗抬了抬。

那天，江村約定好要從小宮山那裡拿回更替社長的證明文件，也就是變更登記申請書、辭職書副本等等。

遠田以小宮山曾背叛一次為理由，要將藍橋從小宮山身上拿走。

聽到這裡，大家想起了以前的事情，不約而同地點著頭。

島民已經是一段時間以後才聽說藍橋的社長突然就從小宮山變成了江村，當時所有人都感到相當驚訝。

「但是小宮山答應了吧？那又何必殺他呢？」

「如果小宮山不在，就不用分出他那份了，而且還能把占用的罪推到他身上，畢竟遠田還是非常憤怒。」

「話雖如此……這也太亂來了吧。」三浦嘆氣，「你是怎麼殺了小宮山的？」

「收下文件以後當場勒住他的脖子讓他窒息身亡。」

「遺體呢？」

「丟到海裡了。在肺部開了個洞，放些重一點的石頭就不會浮起來了。」
「丟在哪個海邊？」
「這附近。萬一被發現的話，也會被當成地震罹難者……」
佳代一邊聽江村娓娓道來，一邊感到一陣心疼。
明明都殺了人，為什麼這個男人還能淡然以對，滔滔不絕地將如此可怕的過去都說出口？
現場飄盪著一股難以形容的奇妙氛圍，到了這個地步，所有人都啞口無言，不知道應該要如何面對眼前的怪物。
此時佳代眼角的餘光卻瞧見了小小的身影正從走廊朝這裡靠近。
那是海人。他後頭還跟著手牽手的穗花和葵。
「你們不可以跑出來啊！快回房間。」
佳代慌慌張張地說。這些事情怎好讓孩子們聽呢。
海人說：「已經聽到了啦，讓我們也待在這裡吧。」
「說什麼話，你們還……」
海人伸手阻止佳代說下去：「也許我們是小孩，但我們也有聆聽的權利吧。我們也經歷過地震，大概知道後來島上發生了什麼事，但我們想要更明白前因後果。」
海人冷靜地主張，即便這樣佳代還是不肯應允。她身為這些孩子的家長，實在無法答應這種事情。
然而海人也不肯退讓。雖然他平常相當聽話又穩重，有時卻頑固到不行，就算是所長昭久和其他大人們一起試圖說服他，海人也依然堅持「我要在這裡聽」。

正當大家沒完沒了地勸告海人時，佳代忽然發現了江村的視線，他正瞇眼盯著海人瞧。

大約十年前，找到失蹤的海人的便是江村，他是否發現了眼前的海人就是那時候的孩子呢？

海人先前也說，江村發現他的時候，對他說了很奇怪的話。

——你跟我一樣。

到底是哪個部分一樣呢？海人當然沒有殺人，要是有那還得了。

海人是個貼心又溫柔的孩子，除了無法出海以外，沒有任何事情需要其他人費心。

他在地震的時候失去了爸媽，成為孤兒，但從不曾說過喪氣話。

甚至連眼淚都沒有流，那時的他才五歲啊。

現在雖然不需要擔心這種事情了，但佳代當時為此相當煩惱，儘管昭久他們由衷佩服他，「海人一定是覺得男孩子就得要堅強吧，真是不錯。」佳代卻有種不自然的感覺。

反觀穗花、葵還有其他孩子，每天晚上都哭喊著「媽媽、媽媽」呢。

當然昭久和佳代都是盡心盡力，對每個孩子灌注自己的愛，然而年幼的孩子一想到爸媽還是會哭，這是人之常情。

海人一定是把悲傷和寂寞這些心情，都封鎖在他小小的心中了吧。

因此他才會憎恨，並且害怕殺死爸媽的海洋。

2 0 1 1

5 may

SUN.	MON.	TUE.	WED.	THU.	FRI.	SAT.
1	2	3	4	5	6	7
8	9	10	11	12	13	14
15	16	17	18	19	20	21
22	23	24	25	26	27	28
29	30					

椎名姬乃

11　二〇一一年五月二十九日　椎名姬乃

「休學？妳說真的嗎？」

餐桌另一頭的陽子停下筷子，雙眼圓睜看著正在喝味噌湯的姬乃。

「這麼做當然是幫了我們大忙，實在萬分感激，但妳還特地去休學就有點……是吧？」

她的丈夫治先生發現陽子正徵求自己的同意，也一臉困惑地應著：「是、是啊。」

「話說回來，妳爸媽居然答應了哪——哎呀，妳該不會沒有告訴他們吧？」

「不，我有跟他們好好談過，取得他們同意喔。」

前幾天姬乃休假三天回去東京，向她就讀的大學提出休學申請。當初她告知爸媽這個決定時，母親相當反對，不過父親倒是很爽快地就允許了，因此在父親幫忙說服之下，母親最後還是原諒了女兒如此任性。

兩人會容許這樣的行為，想來新聞的影響也很大。

天之島的新聞記者菊池一朗將先前向姬乃採訪的內容寫成了報導，還附上姬乃的照片一起刊登在今日新聞上。年輕女性義工在那如山高的瓦礫堆前，將飯糰遞給渾身泥巴的男人——這樣的照片引發社會大眾強烈關心。

電視也報導了該篇文章，在SNS上一下就擴散開來。或許是照片拍得好，姬乃還得到了「降臨地獄的天使」這類讓她覺得有些害羞的稱號。

聽說父親的公司裡，知道這件事情的會長還把新聞用電子郵件傳給了所有員工，標題甚至誇張地寫上什麼「本公司榮耀」之類的句子。

當然母親也接到許多親戚聯絡，他們都大大讚賞姬乃的行為。

姬乃本人也沒完沒了地接到許多朋友的聯絡，大家都開心到像是自己的事情一樣，說：〈妳一下就變名人了呢。〉又或者拚命誇獎她，說：〈真自豪認識姬乃。〉

姬乃每次聽到有人這樣說，失去退路的煩躁感便與日俱增；與此同時，她又抱持著相反的心情，愈發覺得這裡果然需要自己，應該是這種自覺推動了休學的決定。

想想與其去上大學的無聊課程，還不如將手伸向眼前受傷的人們要來得有意義多了，反正要努力唸書的話，以後隨時都可以去唸。

「那要是小姬覺得行的話，就把這裡當成妳的第二個家吧。」

治凝視著姬乃，眼神真誠地說。

姬乃從上星期起就逗留在三浦夫妻的家裡，他們的住處是一幢有屋瓦的老舊獨棟房屋，海嘯的時候雖然水淹過了地板，但幸好沒有比這更嚴重的損害，所以屋子本身沒有大礙。姬乃原先看兩人都睡在那當成避難所的綜合體育館，還以為他們夫妻的屋子也已經損毀，但看來是因為自家和避難所有段距離，所以才沒回家的。

「沒錯，就這麼辦吧。」陽子也同意，「雖然有些地方還沒修好，不過有好幾間房間空著，而且總部就近在眼前，小姬也比較輕鬆吧。」

上個月下旬，天之島復興支援隊的總部從綜合體育館換到原先已經廢校的小學建築當中，距離他們家不過幾百公尺，據說這是在遠田強烈要求下移動的。

「哎呀，我覺得小姬實在是太可愛啦。」三浦啜飲著玻璃杯中的燒酒喃喃說道。

「你說這話可以算是性騷擾囉。」

「哪裡性騷擾了。」三浦瞪了妻子一眼，又看向手中的杯子，「畢竟東京的小姐跑來這種鄉下地方的離島耶，還為了幫助我們復興，這麼努力工作啊，連唸到一半的大學都休學了。就算人家說人類要互助，也很少做到這個地步啊。所以不管其他人說什麼，我還是要說小姬很可愛啦，實在可愛到不行啦。」

「抱歉了小姬，這個人太久沒喝酒了。」

姬乃苦笑著搖搖頭。

地震過了兩個半月，現在因為有許多救援物資抵達，已經不再有糧食不足的緊急情況，反而是酒和香菸這類非必需品供給過多，支援隊總部和避難所到處放滿這些東西。一起做事務員工作的谷千草表示：

「大概是覺得對漁夫之村來說，酒和香菸是必需品吧。」

另一方面，仍有許多人住在避難所裡。雖然人數有稍微減少一些，但仍舊有兩百多名受災者被迫過著呼吸困難的集體生活，也因此天之島目前正匆匆忙忙地打造暫時住宅。

「也不是明天或後天就能蓋好呀，先去本土那兒住也行哪。」陽子支著手低喃道。

不久前大家被告知可以經由抽選，讓要移動到本土那邊的暫時住宅的人過去，但結果幾乎沒有人想去。

「那些爺爺奶奶肯定以為要是離開這裡，就再也回不來島上啦。」

「才沒有那回事呢。」

「不，情況很難說哪，看這邊的狀況不一定能早早讓他們回來呀，這還真是說不準。」

陽子重重嘆了口氣，只好換個話題：「對了，那個什麼慰勞會的，是真的要辦嗎？」

「是啊，有那個預定。」

「這樣呀。」

見陽子表情沉了下來，三浦也尷尬地清了清喉嚨，「我也覺得時候尚早，試著阻止過了，不過遠田隊長說就是現在才要辦哪……而且大家都會私底下聚會喝酒了，所以就算了吧。」

地震的三個月後，也就是下週末六月十一日，預定從白天開始舉辦慰勞復興相關勞動者的大規模慰勞會，地點就在成了新的支援隊總部的前小學操場上。順帶一提，只要是島民就可以參加。

「但大部分的人都還在服喪呢。」

「可也已經過了四十九天啦，大家都沒休息、一直工作，還是會累的呀。遺體搜索組可是每天拚命打起精神潛到海裡呢，所以重新讓大家團結一致是非常重要的……欸，這些也都是遠田隊長說的啦。」

「我明白呀。雖然明白，但還是會有人覺得這樣太囂張了吧？說起來是打算花多少費用辦啊？這麼多人聚集的話，得花不少錢吧？」

「那應該是支援隊會負責吧。」

「也就是拿復興支援金來用？這也讓人覺得似乎不太好哪。」

「應該是花不了多少錢啦，還剩那麼多酒，飯也是大家帶去就好了，畢竟這慰勞會也當成慰靈儀式啊。」

聽丈夫說了這些，陽子仍然心有不服：「我先告訴你，別讓那些脫軌的傢伙大鬧呀，雖然叫大家都一臉虔誠好像也怪怪的。」

「這要求還真難啊，反正妳也不會參加吧？」

陽子搖搖頭喃喃道：「雖然不是很討厭，但還是覺得沒心情。」

大概是氣氛尷尬過頭，三浦拿起遙控器打開電視。

這場慰勞會的時間是過早，又或者剛好，姬乃無法判斷。恐怕這並沒有正確答案，只是一種選擇罷了。

電視播放著綜藝節目，年輕的藝人們拚了命將笑意傳達給每家每戶。

雖然大家還處在地震的災情中，但若只有悲慘的新聞報導節目又讓人不開心，偶爾還是需要這種娛樂節目。不過一定也會有人覺得，怎麼這種時間播這個……。

沒有正確答案的事情，是非常困難的。

「默哀。」

號令一下，四周完全失去聲音。

或許是因為眼睛與耳朵得以休息，姬乃可以強烈感受到海風的氣息，再次想起這裡是個被海洋包圍的地方。

三個月前，自己從東京搭著巴士千里迢迢來到東北，然後渡海來到天之島上。當初完全沒有料到，自己竟然會在這座島上滯留這麼久。

回顧這三個月來可以說是驚濤駭浪，又一片混沌，而且非常嚴苛。每天都清楚見到人體有多脆弱、人命有多麼虛無縹緲，總覺得只要稍微放鬆一下，腦袋就會變得很奇怪。

姬乃在黑暗中胡思亂想這些事情，卻聽見不知從何處傳來了啜泣聲，同時感受到那氛圍擴散開來感染了所有人。

一分鐘的短暫默哀結束後，眼睛再次納入光明。環視周遭，大家都在流淚，無論男女老幼，大家都在哭泣。

在萬里無雲的天空下，今天前來參加慰勞會的男女老幼大約有五百人，放眼望去，所有人的臉頰上都有淚水。

而手上拿著有線麥克風站在台上的遠田政吉也是，遠遠看過去也能明白他在哭泣。

島民們已經好幾次見過這名巨漢流淚的樣子，他大概就是所謂的淚腺脆弱的人。

「東日本大地震已經過了三個月。」遠田哽咽的聲音透過擴音器響徹操場，「有非常、非常多的生命在那天消逝了。」

遠田說完這句話，咬著嘴唇陷入沉默，然後又說：「我過去不曾來到這座島上，說起來完全是個外人，對大家來說是個陌生人。」

他又停頓了一些時間。

「但我現在人在此處，這難道是偶然嗎？不，這是神明的指引，是因為上天告知我，你有拯救這座島的使命，所以我才會來到此地。」

遠田瞇著眼睛望向天空，彷彿唸經一般蠕動雙唇，「我是個相當不中用的人，長得這麼大個頭但非常怕事，也常常驚慌失措。可以說遠田政吉實在是個非常沒用又糟糕的男人，但是——」

此時遠田將視線轉向聽眾們。

「就算我是這樣的男人，也還是能夠讓這座島嶼復活，唯有這點我能夠向大家保證。」

遠田睜大了眼睛奮力說著：「我相信復興才能夠慰藉那些在地震中犧牲的人，復興兩個字推動著我，還請各位繼續跟隨我這樣的男人！」

遠田深深一鞠躬，底下湧起一片掌聲。

過了好一會兒，遠田才抬起頭來伸出雙手制止大家繼續鼓掌，然後仔細環視台下所有的民眾。

「那麼各位，這些日子以來實在是辛苦了，我們復興支援隊準備了一點吃的和喝的給大家。今天讓疲憊的身心好好休息，明天再一起踏上復興的道路吧。」

慰勞會在遠田浮誇的致詞後開幕了，大家一開始還非常拘謹，不過一段時間後還是多少透出了笑意，雖然不是放聲大笑但總算能聽見笑聲。當然，有人相擁而泣，也有人把遺照立起來、對著遺照說話喝酒。

姬乃坐在操場一角的大輪胎上，遠遠地呆望此一場景。

她心想，遠田的判斷果然是正確的。

雖然也有些人像陽子那樣表示反對，但結果看來舉辦這場慰勞會還是好的吧？
島民們懷抱數不盡的憤怒與悲傷，好不容易才度過了這嚴苛的三個月，總該稍微放下。
正當姬乃以她略為僵硬的腦袋思考著這些事情時，一旁有人搭話問她：「妳沒事吧？」
姬乃轉過頭去，發現谷千草正一臉擔心地看著自己。
「小姬妳的臉好紅，是不是被灌酒了？」
姬乃努力扯起嘴角笑笑，自己的確喝得很醉。
她本來是不打算喝酒的，但是男人們卻說什麼「就陪我們一下嘛」而逼她拿了杯子、倒了日本酒給她。因為實在沒完沒了，她只好稍微離開人群。
「是不是很不舒服？」
「沒事的，我還能幫大家忙。」
「妳的眼神看起來就不像是沒事啊，沒關係的，陽子太太也說今天不要讓小姬工作，畢竟妳也是被慰勞的人。」
「但妳也是呀。」
「我沒關係啦，雖然喜歡酒，但現在不怎麼想喝。」
千草說著邊遞了個紙杯給姬乃，「來，這給妳。」姬乃接過杯子，裡頭的熱意透過紙杯傳到手上，看來裡面是茶。
「不過要是妳覺得開心就好了，我本來可是挺反對的呢。」

千草就是那個認為「這種時期怎麼好舉辦慰勞會」而強烈反對的人之一，因此姬乃原先以為她不會來參加，為什麼到頭來還是出現在會場了呢？

正感到疑惑的同時，姬乃忽然聽見了嬰兒的哭泣聲。往聲音來源一看，有一大群人聚集在同一個地方。人群中心是名五十多歲的女性，手上抱著用毛巾包裹起來的嬰兒，大家都面目和藹地看著那個嬰兒。

「那個嬰兒是在地震那天出生的。」

「咦！」

姬乃驚訝地轉過身子面對千草。

「孩子的母親叫做雅惠，是島上的人，不過雅惠和她丈夫都沒能活命，就只有嬰兒被佳代奶奶救出來了。」

「佳代奶奶？」

「就是那個抱著嬰兒的人，她是島上的助產士，就像是大家的媽媽一樣。」

姬乃再次凝視那頭的佳代和嬰兒，這是什麼樣的人間悲劇呢？在獲得生命的同時就失去了雙親。

而且那孩子以後要怎麼生活呢？

「聽說要以地震孤兒的身分養大，好像已經打算設立相關設施了，因為除了那孩子之外，還有好幾個失去爸媽的小孩。」

「該不會在那裡的孩子都是吧？」

佳代身邊還帶著好幾個幼小的孩童，每個孩子都因為大人摸摸他們的頭、向他們說話而感到相當不自在的樣子。

千草點點頭，「想到那些孩子就覺得心都要碎了，他們都還那麼小呀。」

姬乃也覺得這確實令人心痛，同時也推估出千草的想法，因為這名女性也失去了自己的兒子。

「光明也是佳代奶奶接生的呢。」千草望著遠方，「那孩子很調皮，最喜歡這種好像祭典一樣的地方，就連發燒都會吵著要去玩呢。以前還曾經趁我不注意就偷溜出門，去參加夏日祭典，兩手沾滿棉花糖黏答答地回家。」

千草微笑著說出這些話。

姬乃偷偷看著這樣的千草，該不會……

千草是期望光明可能會出現在這種地方，所以今天才來參加慰勞會的嗎？

「真是的，那個調皮的孩子現在不知道散步到哪裡去了呢。」

不知該如何回答，姬乃只能沉默以對，於是千草也換了個話題。

「對了，我們到底付了多少錢給那些外燴的廚師啊？」

這個慰勞會是由外燴廚師千里迢迢搭船來到島上，為島民們烹調豪華料理，而且他們總共有二十幾個人。

「雖然聽說是靠遠田隊長的面子請來的，但不可能完全都是義工吧？餐點也都是他們帶來的，我想應該需要不少費用，小姬妳有沒有聽說相關的事情呀？」

「……嗯，這個我也不知道。」

姬乃試著將頭搖得用力些，但其實她全部都知道。

說穿了，在網路上找到這些外燴廚師，然後聯絡他們過來的就是姬乃本人。當然這是依照遠田指示做的事情，但他千交代萬交代說絕對不能夠告訴其他人。

遠田是這樣說的：「要是島上的人知道了，一定會有人說怎麼把錢用在這種地方、這樣太奢侈了之類的，不過小姬啊，辦這種活動的時候可不能小氣。重要的典禮上，好喝的酒和好吃的飯是絕對不可少的，當然能省的地方是一定要省，但是該用的時候就不該遲疑。小姬妳非常優秀，應該能夠理解我說的事情。」

雖然姬乃也不是不能理解，但看到對方提出的預算時，還真是嚇破了膽。

「那個烤牛肉，是相當不錯的肉呢，辣炒蝦子的蝦子可是一尾就有這麼大呢！」

千草用手比出了個大圈圈。

「我想不管對方算得有多便宜，也不可能低於一百萬吧。」

不，才沒有那麼便宜呢，實際上花掉的錢是四倍以上，因為選了最高級的菜單。而且，廚師要從很遠的地方前來，當然也得支付他們的交通費。

不知道靠遠田面子這種消息是從哪來的，壓根兒沒這回事，他們是遠田第一次接洽的對象。

「不是說用錢不好，只是除了這件事情以外，總覺得支援隊花錢的方式好像哪裡怪怪的呢。這陣子不是還在我們不知道的時候，多了車子跟船隻和一些其他的東西嗎？當然工作上是需要啦，可是就覺得……」

姬乃一邊隨口回應千草，一邊凝視著遠方的遠田。慰勞會開始後，他就拿著一公升的大酒瓶在島民之間來回，為大家倒酒、與大家握手，在這狹小的操場上繞來繞去，簡直就像是進行選舉宣傳的政治家一樣。

「治先生在家裡有沒有提過類似的事情？」

「不，沒有呢。」

「是嗎？大概周遭的人都沒說的話，也不會特別覺得奇怪吧。」

如千草所說，復興支援隊的資產忽然增加了許多，前幾天姬乃等人在總部使用的電腦換成了最新的機種，辦公用具等也全都更新了。遠田是說「被寒酸的東西包圍的話，心靈也會變得寒酸」，但姬乃無法判別這樣是否太過奢侈。只能想著既然遠田都這麼說了，那應該沒錯吧。

「那我差不多該回去幫忙了，妳別喝太多唷。」

姬乃想說那我也去……卻說不出口，酒精完全麻痺了腦袋，況且她真的不太舒服。

而且即便是這種狀態了，只要有島民過來，就又會被灌酒，偏偏姬乃覺得不喝他們倒的酒實在很沒禮貌。

然而身體非常誠實，經過一段時間醞釀，姬乃有點想吐了。這樣不行，吐在這裡就糟了。

姬乃搖搖晃晃地離開，結果更加反胃，胃裡的東西全都湧上喉頭，她連忙掩住嘴巴跑了起來。

女生廁所想必大排長龍，姬乃只好繞過校舍，跑到後方沒有人的草叢當中。

姬乃雙手剛扶住樹幹，就吐了出來，剛才吃下喝下的東西隨著酸澀的胃液傾洩而出，喉嚨像是燃燒般灼熱。

因為實在站不住，姬乃只好避開自己的嘔吐物往旁邊跪倒。她勉強撐著雜草叢生的地面不斷咳嗽，這時胃部和喉嚨也閃過激烈的疼痛。

姬乃無奈地一個側翻躺了下來，抬起下巴確保氣管通暢，只能閉上眼睛大口喘氣。

好不容易呼吸才變得平順，卻覺得眼皮上一陣眩光，姬乃微微睜開了眼睛。

陽光從綠色的葉片縫隙之間射下。

姬乃愣愣地看著那道光線，發現視線邊緣的綠色在窸窸窣窣地扭動，這才驚訝地凝神細看。

結果那個扭動的東西並非樹葉而是人，半空中竟然有個人！正確來說是幾公尺上頭比較粗的樹枝上有某個人。

那是江村汰一。他身上總是穿著迷彩服，所以乍看之下就跟旁邊的樹葉同化了。

「江村，你在那裡做什麼？」

姬乃仍躺在地上開口問道，而江村往下看了一眼也只回答：「爬樹。」

「爬樹……那你什麼時候爬上去的？」

「好一陣子了。」

「你該不會看到了吧？」

「妳是指妳狂吐的樣子嗎。」

超慘的。

「欸，你為什麼要爬到樹上？」

「我喜歡樹上。」
「喔?你不去大家那裡嗎?」
「不去。」
「為什麼?」
「遠田隊長叫我離遠一點。」
「那又是為什麼?」
「他說我太不親切了,做生意的時候很礙事。」
「做生意?」
是指幫大家倒酒、到處握手那些事情嗎?
「欸,江村你為什麼……」
「妳一直問為什麼呢。」
「因為我很在意啊,畢竟你平常都不說話。」
說起來這還是姬乃第一次好好跟江村說話,平常就算在總部見到面,也不曾交談過。
「還有,你一直叫妳呀妳的,我再怎麼說年紀也比你大耶,你才十八歲吧?」
「嗯。」
「欸,我可以再問幾個問題嗎?」
「……」

「你為什麼要當義工？」

江村沒有回答。

「你本來就認識遠田隊長嗎？」

江村還是沒有回答，看來這男孩子會無視自己不想回答的問題呢。證據就是當姬乃改口問「那江村你有什麼煩惱嗎？」的時候，他馬上回答「沒有」。

接著江村倏地從樹枝上跳下來，落在姬乃身旁，身手輕巧得跟猴子沒兩樣。

「你要回大家那邊嗎？」

「不是，我渴了要去喝水。」

江村俐落地轉身就要離去，姬乃卻突然對著他的背影脫口而出：「欸，我也想去漱口。」

江村停下腳步回頭，「那妳站起來啊。」

這種講話方式真令人生氣。

「江村居然不會伸手幫助醉倒的女孩子呢。」

她這麼一說，江村就走到她身邊蹲下。不知他是怎麼想的，居然抓起姬乃的雙手，將她拉起身，直接把人背起來。他的身材這麼瘦小，力氣卻又大又粗魯，著實令人驚訝。

「欸等等，我沒有說要你背我啦。」

「那妳走得動嗎？」

「……還真的是走不動。」

「那就這樣吧。」

語畢，江村背著姬乃大步踏出。

這感覺真是奇怪，要不是醉了，肯定不會發生這種事情。

「欸，我會不會很重啊？」

江村一聽，毫不客氣地回答：「很重啊。」

「而且我很臭吧，因為剛剛才吐過。」

「是很臭。」

原本應該覺得很受傷，姬乃卻忍不住笑了出來。

「再走一小段路就放我下來吧，被別人看到的話我會很丟臉的。」

「我知道了。」

這小小的背讓人感受到生物的溫暖，姬乃默默地想著。這個少年充滿了謎團，是個奇怪的人，有點搞不清楚他到底在想什麼，但的確和我一樣是個活生生的人類呢。

「小時候我爸常這樣背我呢，江村你爸也背過你嗎？」

「我沒有爸爸。」

「……這樣啊，抱歉。」

「不會。」

「我可以問原因嗎？」

「我不知道原因，一開始就沒有了。」

「那媽媽呢？」

「本來有，現在沒有了。」

「那又是為什麼？」

「死了。」

看來這個男孩子有個極其悲傷的過去。

「那你會想見媽媽嗎？」

沒想到江村竟然回答了：「想啊，每天都想，我想再見一次媽媽。」

姬乃假裝冷靜地說：「這樣啊，說得也是。」

但其實她內心相當震撼。

江村果然是個非常奇妙的男孩子，完全無法掌握他的個性。

過了幾個小時，姬乃好不容易才感覺酒意稍退，就發生了大騷動。助產士佳代一直帶著的那些孩子當中，有一個人忽然行蹤不明。

「名字叫大原海人、五歲，穿著深藍色的運動服和淺藍色的短褲……」

擴音器正在播放失蹤兒童的相關訊息，是遠田的聲音。

操場中央聚集了一群人，姬乃也湊了過去。

「剛剛還在這兒的呀，我只是一個不留神，他就不見了，拜託、拜託大家一起找吧。」

人群中央的佳代大驚失色地向周遭的人拜託著，她的懷裡還抱著那個嬰兒，正哇哇哭嚎。

「佳代太太，妳冷靜點，不可能被人帶走了，馬上就會找到的，妳這麼慌張，嬰兒會嚇到的啊。」治先生以教訓人的口吻說道。

「但是海人、海人他……」

佳代相當慌張失措。

「我知道啦，我們一定會找到他的。」治先生說，「好啦，大家一起到處找找吧。」

接下來大家都去找大原海人了。

但整體上來說並沒有很緊張的感覺，畢竟在如此狹窄的小學校地裡有這麼多人一起找，大家都非常樂觀，認為肯定一下就找到了。

然而——始終沒能發現海人的蹤影。

大約三十分鐘後，終於連佳代以外的人都略顯焦慮。

「該不會是離開學校了吧？校舍和操場的每個角落都找過了也沒看到人，可能根本就不在這裡了吧。」

「但是五歲的孩子會一個人跑出去嗎？還是有人帶他出去了呢？」

「有人是誰啊？這個島上沒有人會做那種事啊。」

「但是參加者這麼多啊，搞不好有一兩個外人混進來也不一定。」

「別說那種話，孩子只是迷路了而已吧。」

在這一大群人七嘴八舌討論時，姬乃附近忽然有個女人問她：「欸小姬啊，我沒看見千草太太呢，妳知道她在哪裡嗎？」

另一個女人則回答：「噢，千草太太先回去囉，已經不在這裡。」

「這樣啊。」提出問題的女人抱胸沉思。

「喂，幹嘛突然提千草……」男人忽然停下口，臉色大變，「該不會……怎麼可能啊，別多嘴說些不可能的事情。」

「不，我也不是因為那樣才問的……」

大家都神色詭異地沉默了下來，姬乃這才聽懂他們想到的可能性。

千草帶走了海人，代替她的光明……

不，這太蠢了，根本不可能啊，千草是絕對不會做那種事情的。

就算千草帶走了海人，是能帶到哪裡去呢？

「我去千草家一趟吧，去看看而已。」

一個女人冷靜地說，完全沒有人反對。

「好，總之我們去外面找吧，再下去天就要黑了，要是跑到森林裡面就麻煩啦。」治先生凝視著遠方的林子。

那個方向有座俯瞰這所小學的深山。

姬乃以前也曾經為了摘採作為葬禮獻花的花草而進入那個森林，裡頭有許多陡坡，甚至還有斷崖峭壁，對於幼兒來說確實非常危險。

「對了，找個人去一趟警察那邊，拜託他廣播說島上有小孩迷路了吧。」

「遠田隊長已經去處理了。」

「喔，太好啦，那遠田隊長在哪裡？」

「帶著佳代太太去警察局了。」

「怎麼他還特地過去？」

「隊長好像想要自己廣播，說是因為要請所有島民幫忙。」

事情終於還是鬧大了。姬乃咬緊牙關。

「那我們就分頭……」

許多人在治的分配下紛紛離開校園，雖然大部分的人都喝了酒，腳步卻都相當穩定。

姬乃也是，醉意已經完全消失。

所有人都不想看到這個島上再有人死去或是消失在某處，因為已經有太多那樣的不幸了。

太陽逐漸接近地平線，西方天空有如火焰燃燒般鮮紅，天之島開始步入夜晚時刻。

但還沒找到海人。

〈若是找到大原海人小朋友，還請聯絡警局。請各位務必盡最大能力幫忙，他只是個五歲的孩子，將

要擔負這座島嶼的未來……〉

遠田那悲痛的廣播響徹這一帶，在他開口之前是佳代哽咽著請大家幫忙，兩個人的聲音透過擴音器傳遍整座島上，海人應該也聽到了。

既然他都五歲了，應該能明白意思，但為何始終不現身呢？能夠想到的情況無非是他雖然聽見了卻動彈不得，又或者他根本聽不到。聽不到——光是想像可能發生的狀況就令人渾身發寒。

佳代剛才透過擴音器告訴大家，海人在地震的時候與他的爸媽都在海上。由於地震引發海嘯，他們搭乘的船隻翻覆，三個人都被拋進海裡，只有海人奇蹟似地生還了。

佳代哭訴著，那孩子是一對父母用自己的性命換回來的呀，姬乃也這麼覺得，不能夠在此時失去這種奇蹟下存活的孩子。

話雖如此，姬乃也只能像無頭蒼蠅般到處亂走，雖然很焦急，但完全不知道海人會在哪裡。

「海人——海人——！」

到處都是和姬乃一樣喊著海人名字四下奔走的人，當中還有許多圍著圍裙的主婦，大概是聽到廣播就馬上從家裡衝出來的吧。

明明整座島上的人傾巢而出，靠著人海戰術在找人了，為什麼卻連個小孩子都找不到？就算海人真的遭遇什麼不幸而動彈不得，在這麼小的島上要完全找不到還更不可能吧。姬乃不禁認真地想，難道是被神明帶走了……

但她仍不斷努力挪動僵硬的雙腿、撥開草叢，蹲下去看車子底下。

天色逐漸深沉，姬乃心中也不禁更加絕望。或許是因為疲勞又焦躁，她不禁萌生放棄的念頭。

姬乃不知不覺間來到港口，停泊在岸邊的幾艘船以相同的節奏搖搖擺擺，因為現在有風。

這附近沒什麼人，大部分的人都在森林裡找人，實際上海人跑進離學校比較近的森林裡這個可能性很高，要到港口的話得走上不少路。

這時姬乃忽然發現有艘船上閃出細細的光線，而且還在左右晃動，看起來是有人拿著手電筒在船上。靠過去凝神一看，才發現那是江村汰一。

「江村。」

姬乃從岸邊叫他，光線便轉了過來，

「怎麼，是妳啊。」江村一臉無趣地說。

「什麼妳呀妳的，我叫姬乃。你在這裡做什麼？」姬乃因為眩目的光線而瞇起眼睛。

「當然是在找迷路的小孩。」

姬乃皺起眉頭，江村該不會是覺得海人躲在這些停泊中的船隻裡吧？

「我在附近的沙灘都找過了也沒看到他，那應該就在船上。」

江村一口斷定，但姬乃完全不了解他的根據何在。

「他爸媽是在這附近的海上死掉的吧，那應該就會在這附近。」

這聽起來更加難以理解了。

詢問江村理由，他只含糊地回答：「我就是知道。」

江村從船上咻地跳上了岸，來到姬乃身旁，這個少年的身手真的非常輕巧。

「這邊的都沒有，那應該會在那邊的某艘船上。」

姬乃朝江村指的方向看過去，另一邊還停著將近三十艘船，順帶一提這些船有半數都破破爛爛，有些可能根本就不能動了。

但姬乃不管怎麼想，都不覺得海人會在這種地方。

「我叫其他人來吧，分頭找比較快。」

姬乃半信半疑道，卻遭到一個「不」字拒絕。

「為什麼？」

「找到他的必須是我。」

「為什麼一定要是江村你找到？誰找到不都一樣嗎？」

「遠田隊長跟我說，你絕對要給我把人找回來。」

姬乃歪著頭思考，江村說的事情真是從頭到尾都聽不明白。是因為由他的部下找到人的話，也能為他本人加分嗎？但姬乃又覺得遠田的話並非那個意思。

接著江村開始仔細檢查每一條船。

姬乃只好留在岸上呼喚：「海人——」但是既然沒有聽到回應，他應該就不在這裡吧，為什麼江村不明白這一點呢？

然而沒多久就證明了江村的判斷是正確的，不知道在找到第幾艘船的時候，他說了聲「找到了」。

「不會吧！」姬乃不禁脫口而出，連忙跟上了船。

真的找到了，江村拿手電筒照著船頭，那裡有個抱著膝蓋靜靜坐著的年幼男孩的背影，那孩子一定就是大原海人。

「海人。」

姬乃喊了他的名字，跑到海人的身旁。

她繞到前方低頭看他的臉龐，不禁皺起了眉頭。

海人完全沒有看向自己，只是愣愣地凝望著眼前一片黑暗的海洋，彷彿被什麼東西給附身了一樣。

「你是大原海人對吧？」

姬乃蹲下來問他，但海人還是沒有反應。

等到姬乃把手放在他的肩膀上，海人才轉過頭來看向姬乃。

「他們說不行。」海人嘟囔著。

姬乃困惑地看著海人。

「爸爸媽媽叫我跟他們走，所以我才過來的，可是他們說我只能到這裡。」

姬乃不知該說些什麼，忍不住倒抽了一口氣，以求救般的表情抬頭望向站在一旁的江村，只見他瞇眼盯著海人瞧。

「欸，姐姐妳幫我問他們，為什麼不行嘛。」

「叫我幫忙問……但是海人你的爸爸和媽媽在哪裡呢？」

「妳看，就在那裡……咦？」將臉轉回海上的海人睜大了眼睛，「不見了。」

姬乃往海人視線前方看過去，只見一片黑茫茫的海洋，當然完全沒有人影，海面只反射著月亮搖曳的詭異光影。

「他們剛剛還在啊，真的就在那裡。」

姬乃正覺得有些寒意，江村便將她推到一邊，飛快地坐到海人身旁。

「——」

江村似乎向海人說了些什麼。

姬乃聽不見他說的話，風兒吹散了他細微的聲音。

之後江村斷斷續續地向海人說話，但姬乃一點都沒聽見內容。

姬乃就這樣愣愣地站在那裡看著兩人的背影，不知道過了多久。

為什麼沒辦法出聲喊他們呢？也無法移動腳步，明明應該趕快告訴大家說找到海人了呀。

不知何時，海人已經靠在江村的身上，看來是睡著了。

江村這才抱起海人下船，回到岸上。

直到此時姬乃才打電話給三浦，沒幾分鐘後，應該是三浦聯絡了警察局，整個島上都能聽見擴音器中傳出已經找到海人的訊息。聲音的主人是遠田，他特別強調了一下〈是我們隊上的江村找到的〉。

姬乃在月光下與江村並肩走在夜晚的道路，要回去復興支援隊的總部。

附近半個人影都沒有，大家應該在聽到廣播之後都回家了吧，這時候都已經超過晚上九點了。

江村懷裡的海人睡得非常熟，看著他那天真無邪的睡臉，更加令人覺得不捨。

同時姬乃又有很多問題想問江村。為什麼你會知道海人在船上？你剛才跟海人說了些什麼？

但姬乃卻沒能把話問出口，她只是默默地向前走，總覺得就算問了，他恐怕也不會回答吧。

走到一半，姬乃的肚子咕嚕嚕叫了起來，她忍不住摸摸腹部，說：「哎呀，肚子餓了。」難得吃了那麼多豪華料理，卻全部回歸大地了。

「江村你肚子不餓嗎？」

「很餓。」

「欸，你喜歡吃什麼啊？」

等了一會兒，江村沒有回答，看來對話就要在此打住。這男孩怎麼總是無視他人呢？又不是問了什麼很惹人厭的問題。

姬乃討厭沉默，只好試著改變話題：「對了江村，你記得先前有拿過一個熊貓的飯糰嗎？那個其實是我做的喔。」

結果江村轉過頭來看著姬乃，忽然緊追不捨地說：「除了熊貓之外妳還會做其他的嗎？」

「欸，我會做蠻多種的啦，還有貓狗之類的。」

「獅子呢？」

「我沒有做過獅子……。不過獅子要怎麼做啊？」

姬乃並沒有要問江村的意思，但他用格外認真的眼神開始說明：「首先把飯糰捏成圓的……」

用一層薄薄的蛋皮把圓形飯糰包起來，再把切成圓片的魚肉香腸蓋成一圈做成鬃毛的樣子，確實這樣的話，看起來應該會有點像獅子。

不過江村還真是難得這麼熱情地談論某些事情，果然這個男孩子很奇怪。

「還挺花功夫的呢，我下次挑戰看看好了。」

姬乃不是認真的，只是隨口說說。

但是，江村卻迫不及待地接過了話：「講好了。」

「什麼講好……」

「不行嗎？」

「也沒有不行啦。」

「那妳要做喔。」

「……是可以做啦。」

兩人剛訂下這奇妙的約定，遠遠地已經能看見小學校舍，想來有很多人正癡癡等著海人回來吧。

「所以說……那是幽靈嗎？」

姬乃向聚集在總部的人描述剛才發生的事情，果然大家都一臉困惑。

海人先被佳代開車帶回她家了，他一直在沉睡，等到他醒來，還會記得今天發生的事情嗎？

「我是相信有啦，那孩子一定是看見了。」

有個年輕女性邊思考邊說道。
她旁邊的男性也跟著表示：「阿克，你跟大家說說那件事情吧。」
被稱為阿克的是在酒商工作的青年克也，姬乃也認得他，因為他有時候會送酒來支援隊總部。
「大家可能不相信啦……」話題忽然轉到自己身上，克也有些遲疑，但還是娓娓道來，「那天地震前幾分鐘，我開小卡車在沿海道路上，後面忽然來了輛紅色的車子按我喇叭，硬是超了我的車，我開得又沒有很慢！總之我很不爽，就想說追上去罵他幾句好了。」
大家靜靜聆聽克也說的話。
「那輛紅色的車子一直往高處開，明明又破又舊，我那台小卡車居然怎麼樣都追不上……就在我拚命追的時候，不知道為什麼突然感覺那車有點眼熟，好像在哪裡看過呢，然後就發生了地震！唔，該怎麼說呢，結果就是我被那輛車給救了吧，一想到要是我還在沿海地區就渾身發抖。」
周遭的人不禁發出感嘆聲。
「不過，那輛車到底是什麼？」
「我也一直很在意，所以最近試著調查車子的資料，我記得車牌，車子的特徵也烙印在腦海裡，但就算去問交通部，他們也不肯告訴我，結果前幾天我隨口跟叔叔說起這件事情，他竟然說『那是我哥的車啊』……那是我爸的車耶！我老爸在我小的時候早就死啦，怎麼說都不可能吧，但是車款和車牌都是他的沒錯。」
「喂喂，這也太誇張了吧。」

「大家可能不相信，但這是真的。我覺得是老爸在引導我『別去那邊，過來這邊』啦，所以我想那孩子的爸媽大概也是有什麼事情想告訴他，才會出現的。」

由於克也起了這個頭，紛紛有人表示「其實我也……」、「我也是……」等，連續好幾個人說出自己的靈異經驗。

目前在這裡的島民大約有五十人，大家幾乎各自都遇到過不可思議的事情。

姬乃對此相當驚訝，卻又覺得好像可以理解。

上星期隨手拿起的雜誌當中，確實也有類似的報導。

那本雜誌的內容是受災地發生的各種靈異事件，實在令人感到興味盎然。

聽說東北某個地區的計程車司機經常載到幽靈乘客。

『大家都習慣了也不害怕啦，還有些人一開始就知道那不是人，卻還是停下車子。畢竟對方也是要到某個地方辦事，或是想見某個人，所以他們才會叫計程車呀，這樣我們當然也得讓他們坐囉，雖然收不到車資，但連這點小事都做不到的話，反而會遭天譴吧。』

報導中有許多人傾訴這類經驗。

姬乃仔細想想，自己其實也有個類似的體驗。

那是還在遺體安置處工作的時候，有一次運了個老爺爺的遺體進來，他的右手握著拐杖，但因為死後僵硬，拐杖無法從手中拿出來。

姬乃為了收好所有遺物，因此格外慎重地將老爺爺的手指一根一根慢慢拉離拐杖，結果在那瞬間，老爺爺輕輕握住了姬乃的手指。

很奇妙的是姬乃並不覺得害怕，因為那應該早已冰冷的手竟然傳出一些暖意。現在想想，那大概是老爺爺在對最後關照自己的姬乃表達感謝吧。

所以島民們的話一定都是真的，海人一定也見到了爸媽，幽靈一定是存在的。

「都聊這麼多了，乾脆重新喝過吧。」

不知是誰說出這句話，於是很快就變成慰勞會續攤，半途遠田和小宮山也加入了，但果然還是不見江村的身影。

略顯醉意的遠田開始比手畫腳說起他年輕時候的事，他說得生動無比，完全掌控了大家的笑聲。這個人總是很自然地就成為人群中心，肯定生來就是這種命運吧。

姬乃當然沒有再伸手拿酒，就算別人勸酒也都慎重拒絕了，畢竟她可不想一天之內連吐兩次。

她一邊啜飲著茶水，愣愣地思考著她和江村的約定。

3 march

SUN.	MON.	TUE.	WED.	THU.	FRI.	SAT.
					1	2
3	4	5	6	7	8 菊池一朗	9
10	11	12	13	14	15	16
17	18	19	20	21	22	23
24	25	26	27	28		

12　二〇一三年三月八日　菊池一朗

窗框將外頭射進來的陽光切割為方形，照耀在空蕩蕩的教室地板上，遠方不斷傳來兒童們嬉鬧的聲音。這裡和天之島的小學不同，光是一個學年就有四個班級。

「是的，我當然記得江村同學的事情。我當老師很久了，自然是有很多孩子都不記得了，但他的事情我都記得一清二楚。」

小小的課桌椅另一頭，有賀老師那柔和的表情滲出了些許憂愁。

有賀來到這間小學第三年了，是位五十來歲的女老師，目前擔任訓導主任，一朗剛才請她先自我介紹。

另外，她說自己同時兼任兒童心理照護的校方諮詢老師。一朗問得越多，她的眼神便流露出更多和藹之情，讓人感受到她本人就是理性與智慧的化身。

一朗好不容易才走到這一步。為了調查江村汰一的過去，他前前後後來了北海道好幾趟。

他是從一個意外的人物口中得知了江村的過去——那個人就是遠田政吉的前妻保下敦美。

先前接觸她的時候兩人就交換了聯絡方式，上週一朗試著打電話給她，一方面是想確認遠田近日有沒有與她取得聯繫，但沒想到他剛提起江村，敦美便語帶驚訝地說：〈咦！那孩子還跟著遠田嗎？〉

敦美過去還住在旭川的公寓時，也曾經和江村同住了一個月左右。那是距今約九年前，也就是江村十一歲的時候。

遠田某天忽然帶了個敦美沒見過的少年回到公寓，一問之下才知道少年上個月唯一的親人，也就是母親過世了，所以被送到親戚那裡過日子。

「他們把他丟在院子裡跟些垃圾在一起耶，看起來也沒讓他好好吃飯，妳看看，他都瘦成這樣也太可憐了吧。」

敦美一看這少年的身體，簡直就跟飢餓的難民沒兩樣，一看就知道八成是營養失調。

「欸妳也看到了，他就是這麼不可愛的小鬼，他的親戚大概也沒想疼愛他吧，不過這樣實在是太過分了，對吧？」

遠田跟敦美說，他是因為看這個少年這麼可憐，才帶走他的，甚至告訴敦美「我們要暫時收留他」。那個少年明明是個陌生人，遠田卻親切相待，這當然是有原因的。他們並非完全不相識。

大約一個月前，遠田救了這個少年的性命。

「對，沒錯，江村同學和他的母親在河裡溺水……很遺憾母親沒能得救，但是在附近釣魚的年輕男性救了江村同學，我不記得對方的名字，但他是個身形頗為魁梧的青年，我也有跟他打過招呼。」

聽聞此言，一朗不禁愣住。看來有賀老師並沒有發現那名魁梧青年，就是現在把這社會搞得紛紛擾擾的傢伙。雖然這也沒什麼理由好隱瞞的，但為了問出老師當時對他的印象，他只好將這件事情暫且放在一邊。

「有賀老師，您是在那場意外之後與那名青年見面的嗎？」

「是的，是在江村同學母親的葬禮上，他也前來弔唁了，所以我向他表達感謝，說都是因為你的勇氣才救了孩子重要的性命。」

「青年那時候怎麼說？」

有賀老師微微蹙眉思考，「嗯……我記得他是說這是理所當然的事情，看到有人溺水的話大家都會伸手幫忙的。但實際上要伸出援手並不是件簡單的事，他的確是跳入河裡救了溺水的江村同學，我想那青年現在應該也是個了不起的人吧。」

一朗曖昧地隨口應和，更加深入問道：「您還與那位青年談過什麼嗎？要是有什麼印象比較深刻的事情，希望您能告訴我。」

這次老師的臉上浮現出困惑的表情，大概是無法理解這名新聞記者為何那麼在意那個救了江村的青年吧。

「抱歉，我認為這個意外對江村同學的人生造成很大的影響，所以想盡可能知道詳細一點。」

有賀老師看上去對他的說辭無法認同，不過還是眺望著遠方娓娓道來。

「他非常後悔自己沒能拯救江村同學的母親，所以我告訴他，江村同學的母親一定非常感謝你先救她兒子，她在天國也會感謝你的，因為母親就是這樣的呀。但他還是一直很自責，說要是自己的能力更強，就能夠拯救母親了。我真的印象深刻，他毫不顧忌他人目光就在那兒哭泣，而且還是放聲大哭。」

一朗很容易就能想像出那副模樣，遠田一定很陶醉於自己的所作所為吧。

他心中的情境想必是英雄沐浴在稱讚當中，悔恨自己無法多拯救一條性命，心情激昂之下馬上就投入那個角色的演出。

與其說遠田是在計算後做出這種戲劇化的表現，還不如說這就是他的個性。說起來遠田政吉就是想要站在鎂光燈下的惡人，所以個性才會這麼糟。

在遠田的心中，他極端地愛著自己且自我陶醉，又希望獲得他人認可，也因此他內心打造出來的理想自我樣貌，無論在任何時候都優先於其他人，所以他毫不在意從事任何違法行為。因為他的內心總是認為，自己無論做什麼都是應該被原諒的。

最明顯的證據就是他以受災地活動義工團體的負責人姿態，取得社會上的立場及信用，卻在背地裡做壞事、貪求利益。

「不過，菊池先生您是來問江村同學的事情沒錯吧？」

有賀以再次確認的口吻詢問，一朗點頭表示：「沒有錯。」

「我和菊池先生您一樣，覺得那孩子不可能和占用公款那種事有關，不過人總是會改變的，這真的讓人很難過，我當了三十年的老師，偶爾也會聽說過去教導過的孩子因為犯罪而被捕。人是好是壞都有可能改變，也不知道會改變到什麼程度。」有賀的語氣似乎有些看開了。

順帶一提她會說「和菊池先生您一樣」，是因為一朗在要求採訪的時候，告知自己是為了找出證據，確定那被掛上嫌疑之名的青年無罪，所以才想調查他的過去。雖然這不完全是說謊，但一朗其實是想知道江村與占用事件究竟牽扯到什麼程度。

為此，他必須要解開那包覆江村汰一與遠田政吉兩人之間關係的謎團。

「有賀老師您說的沒錯，不過目前還無法確定江村同學與占用事件有關，他現在還不算是嫌犯，只是重要參考人而已。」

「是啊，我也希望他是無罪的。」有賀朝一朗深深低下了頭。

「有賀老師您當了三年江村同學的導師，當時他是個什麼樣的孩子呢？」

「正確來說是兩年半，江村因為那場意外失去了母親，在五年級下學期的時候被親戚接走，所以就轉校了。當時的江村呢，唔……該從哪裡說好呢？」

有賀說著便陷入沉默。

大約十幾秒後她再次開口：「菊池先生您聽過述情障礙嗎？」

這從沒聽過的詞彙讓一朗皺起眉頭，搖著頭表示：「沒有。」

「簡單來說就是不會表現感情，這種特質會造成一個人無法認知和表現情緒，聽說全世界有不少人有這種症狀。」

「……江村同學就是有述情障礙的人嗎？」

有賀點點頭，稍稍深呼吸：「有述情障礙傾向的人，他的感情認知以及連結到語彙和表現的能力都非常低。舉個例子，問他怎麼樣會覺得高興、怎麼樣會難過，他們也沒有辦法表現在臉上或用話語來形容，而且他們特別不擅長辨認周遭人的情緒，基本上十分缺乏想像力，更傾向去做預先決定好的事情，或遵從別人交待他們的指令。但其實他們並非真的沒有喜怒哀樂，他們還是會感受到的，只是無法表現出來。江村同學本來就有很強烈的述情障礙傾向，他過世的母親一直很擔心這件事，帶他去了專門的醫院好幾次……」

一朗聽著有賀的話，終於恍然大悟，這才明白先前在江村身上感受到的異樣，以及他身上那股虛無感。

不會表現出情緒、依循他人交待的指令，江村汰一確實就是如此。

「說老實話，我會明白述情障礙這種特質，也是江村同學的母親在他四年級的時候告訴我的。先前我只有聽說過名稱，所以還以為是ＡＳＤ*或ＡＤＨＤ*的一種，仔細學習了以後才知道完全不一樣。」

「原來如此，那麼江村同學在學校是怎麼過的呢？」

聽了一朗的問題，有賀瞇起眼睛回想，「基本上沒有引發過任何問題，成績也不算差，畢竟不是智能上有問題，不過我記得他一個朋友都沒有。」

「是因為他被霸凌之類的嗎？」

「不，應該是沒有發生那種事，但也沒有人要理他就是了。其他的孩子是說江村都沒有反應，跟他在一起不開心，所以江村總是一個人孤零零的，午休的時候也是一個人爬到學校的樹上去。我每次看到都跟他說，你要不要鼓起勇氣加入大家呢？而且也一而再、再而三地勸他，後來我覺得自己實在太輕率了，很後悔。」

「當您說那種話的時候，他有什麼反應呢？」

ＡＳＤ (Autism Spectrum Disorders)　自閉症類群障礙、亞斯伯格症候群。

ＡＤＨＤ (Attention Deficit Hyperactivity Disorder)　注意力不足過動症、注意力缺失症。

「我不知道他是不是說真心話，但是江村同學說：『我不需要朋友，我有媽媽所以不寂寞。』」

「因為有媽媽……」

「對，畢竟是單親家庭，他無疑是媽媽的寶貝，所以失去母親以後，我身為他的導師真的相當心痛，不知道他將來要依靠誰呢……？雖然他連母親的葬禮上也沒流半滴淚，表情依舊沒什麼變化，看起來非常冷靜。我也是那個時候才重新體認到，喔，這就是述情障礙啊。」

有賀重重地嘆了口氣，這種情緒也傳染給一朗。

他在失去母親的時候，心裡想些什麼呢？

就算無法表現出來，內心是否仍流著淚？

「江村同學在意外發生後是被親戚接走了對吧，有賀老師您知道那位親戚的聯絡方式嗎？方便的話希望您能告訴我。」

有賀對於一朗的要求遲疑了一會兒，但最後還是告訴他「我回家查查看」。在江村轉校後，她似乎還聯絡了那位親戚幾次，詢問江村的近況。

「您是什麼時候聯絡那位親戚的呢？」

「這件事很久了，我記得不是很清楚，但一開始應該是他轉學的一星期之後吧。」

「最後一次呢？」

「最後……唔，應該是三個月後左右吧我想，對方說他們過得很好，不需要擔心。」

真奇怪，根據敦美的說法，江村應該一個月後就離開親戚家了。

後續一朗又問了幾個問題，差不多該結束的同時，鈴聲也響徹校園。

一朗決定到此打住，和有賀一起離開了教室。

兩人一起經過走廊的時候，那些終於得以下課的孩童們有如風一般從一朗和老師身旁奔過。有賀斥責：「你們！不准用跑的！」孩子們總是瞬間慢了下來又馬上跑走，看來對於這些孩子們來說，有賀並不是可怕的老師。

「無論何時，孩子們就是會跑來跑去呢。」

聽一朗這麼說，有賀便問：「菊池先生有孩子嗎？」

「有個五歲的兒子。」

「哎呀，那個年紀的孩子長得可快了呢。」

「是啊，我每天都好驚訝。」

兩人閒聊著也走到了訪客用大門，一朗穿上皮鞋，再次面向有賀。

「我不知道江村同學後來是怎麼成長的，但如果他無罪，我也很擔心他是不是能好好替自己辯解。有述情障礙的人不會自己發出求救訊號，就算他覺得很困擾，周遭的人也不會發現，他也沒辦法接受他人的援助。菊池先生，到時候還請您多多幫忙了。」

一朗愣了愣，還是點了點頭。

江村汰一有著令人同情的過往以及先天性障礙，但這次占用事件當中，若他是在完全了解狀況下遵循遠田的指示，那麼就是共犯了。雖然現況他還是重要參考人，但依證據也可能被列為嫌犯或被告，極有可能被判有罪。

但一朗並不想告訴她這件事情。

一朗再次向有賀表達感謝，轉身離開校園。他走到外頭能看見太陽，但北國的寒風仍舊刺骨。

一朗縮了縮身子，他租的車停在校舍後方的停車場，於是往後頭走去，但卻聽見背後有人喊著：「菊池先生！」回過頭才發現是剛剛道別的有賀追了過來。

她的腳下還踩著室內拖鞋。

有賀氣喘吁吁地朝一朗吐著白霧，一邊說：「真抱歉，我忽然想起一件江村同學的事情。剛才我說其他同學都不理他，但其實不完全是那樣，有個時間班上同學的注意力會全部在他身上。」

那是中午吃飯的時間。孩子們都會從家裡帶便當到學校，就只有那個時候，江村會被班上同學包圍。

理由是，他的便當實在太過變化多端而有趣了。

江村的便當裡有做成動物圖案的飯糰、五彩繽紛的小菜，因此班上同學總是分外羨慕地望著他的便當。

聽了這件事情，一朗腦海中忽然浮現出採訪時看到的那個江村自己做的飯糰。

「江村的媽媽似乎每次都做得很辛苦，但她說兒子好像很高興，所以無論如何都想做下去。對了，江村同學最喜歡的是獅子的飯糰……」

這麼說來，一朗上星期好像聽見三浦的妻子陽子太太說，椎名姫乃有時候會偷偷在廚房做飯糰，姫乃是說「只是我的興趣」，但她說不定是為了江村而做的。

看一朗陷入沉思，有賀連忙說：「哎呀，真是抱歉，為了這點小事叫住你，只是忽然想起來就覺得還是應該說一下。」

「不，您能告訴我真是太好了，謝謝您還特地跑出來，要是您還有想起其他事情，不管是什麼都行，還請務必聯絡我。」

江村汰一與椎名姬乃，這兩個人恐怕有著島民們無人知曉的特別關係，至少對江村來說，姬乃和其他人有著決定性的差異。

前幾天，一朗告訴江村她離開天之島回到東京的事，江村顯然有些動搖，那可是個無法表達感情的人顯露出了情緒。

因此一朗無論如何都希望能接觸到姬乃，問出她和江村的關係，但是……

〈不行，完全拒人於門外。〉電話那頭的俊藤重重嘆著氣。

一朗坐在租來的車上停在路邊，也只能垂頭喪氣地回答：「這樣啊。」

他拜託位於東京的俊藤，試著前去接觸椎名姬乃。俊藤先去拜訪她的住處，馬上被趕走，於是趁她出門的時候喊住了她，結果她只表示「我什麼都不想說」就跑了。

〈她看起來精神上受了很大的傷害，這樣下去別說是採訪了，甚至有可能拒絕在法院站上證人席。〉

但誰又能夠因此而責備她呢？這次的事件當中，就算說她是最大的受害者也不為過。

姬乃在遠田的手下以復興支援隊總部事務員的身分工作，那段時間遠田給了她各式各樣的命令，而她也確實遵守了。她以為那都是為了天之島的復興、為了島民。

和他們一起工作的島民曾經說過，遠田從某個時期開始，就只對姬乃下達命令，那些肯定都是不想讓其他人知道，打算秘密進行的事情。

姬乃不懂得懷疑，對於遠田來說是最容易操控、也相當容易欺騙的對象。

從這方面看來，姬乃是遭到遠田支配了。

〈是因為遭受深信之人背叛而大受打擊，或是覺得自己竟然成了壞人的幫手而感到挫敗呢？〉

「我想兩者皆有吧，大家都說她是個天真又有強烈責任感的孩子。」

〈你覺得如何，我要再繼續緊追她嗎？〉

一朗看著眼前的擋風玻璃思索，「不，還是先讓她冷靜一下好了，我想她還需要一點時間。」

〈我明白了。〉俊藤在電話另一頭鬆了口氣，〈你那邊有進展嗎？〉

「有，我見到江村小學時候的班導師了。」

一朗簡單向俊藤敘述了從有賀那裡聽來的事情。

〈述情障礙啊，這我還真的完全不知道。〉俊藤感嘆地說，〈所以江村才會給人那種感覺嗎。〉

「是啊，我也覺得原來如此。」

〈這下總算弄明白為什麼江村會跟著遠田了，畢竟對他來說，遠田可是救命恩人。〉

一朗稍微沉默了一下表示：「確實是那樣沒錯，但我總覺得沒有那麼單純。」

〈怎麼說？〉

「要怎麼表達呢……首先，對江村來說，與遠田的相遇應該是和母親的死亡重疊在一起了。當然這是我的想像，但我想他幼小的心靈在那時是不是毀掉了呢？換句話說就是變成一片空白了吧，而那個時候恐怕遠田就開始灌輸他各種事情的善惡和價值觀，所以，這該怎麼說……」

〈被洗掉的畫板又重新上色嗎？〉

「沒錯，而且還塗上了黑色，或許他只是覺得對方救了自己的命，對自己有恩，但我感覺兩個人的關係並沒有那麼單純。」

對於江村來說，在母親死後，遠田就是他最親近的人了，這件事情必然有巨大的影響。

光看椎名姬乃的例子就能明白，遠田十分擅長洗腦、支配他人，更何況江村本身還是一個非常容易被染色的人。

「極端點說，若是遠田的命令，說不定江村可以連自己的命都不要。」

俊藤邊嘆氣邊說：〈就像是某個國家的少年士兵呢。但是，這樣一來恐怕就只能放棄拉攏江村了吧？我想他應該會維護遠田到最後一刻，就算遠田命令他背上所有罪名，他大概也不會有任何反對意見。〉

俊藤說得沒錯，根植於江村內心那對遠田的忠誠心，不是一朝一夕就能夠打破的，從江村的角度來說，遠田就是絕對的君王。

〈但我真搞不懂，遠田為什麼要帶走年幼的江村？就算江村的親戚對他不好，讓他處在令人同情的環境，也很難想像遠田會因為大發慈悲之心而伸出援手。〉

「關於這點我也很在意，不能確定是遠田也有情深意重的一面，或者是他原先就打算將來要利用江村。」

〈但當時江村也太年幼了吧？要等到他能獨立自主，也是要花上不少錢。〉

一朗沉吟，「會不會是跟親戚拿養育費，作為幫他們養育江村的回報？」

〈這很有可能，不過把金錢跟養育別人的孩子需要耗費的勞力放在天秤上比一比，你不覺得還是有點牽強嗎？至少我是挺懷疑的。〉

一朗也有同感。

遠田究竟是打著什麼主意，而把江村帶在身邊的呢？

〈能夠接觸到那個親戚嗎？〉

「嗯，有賀老師那邊之後應該會給我聯絡方式。遠田總不可能綁架小孩，我想調查一下他是什麼情況下開始養育江村的。」

〈拜託你了，乍看之下沒什麼關係，但我總覺得解開兩人的關係之謎，就能把遠田逼到死路。〉

「我也這麼認為。可以麻煩您繼續追查小宮山那邊的相關人士嗎？」

〈當然，那我們繼續保持聯絡。〉

一朗掛了電話，重重靠在後傾的椅背上。

他凝視著低矮的車頂開始思索。

遠田的另一個部下小宮山洋人已經失蹤了兩個多星期，警方當然是不眠不休地追查他的行蹤，但根據俊藤目前為止得到的消息指出，警方也還沒有掌握他的蹤跡。

目前知道的是小宮山在離開天之島以後，就回到他的故鄉大阪生活。另外，他在失蹤的前一天晚上，告訴女性友人說「我去去北邊就回來」，同時還預約了梅田一間餐飲店那週末星期五的位子。

也就是說小宮山原本打算回大阪。

警察似乎單純地認為小宮山就是失蹤了。

理由在於這次占用事件當中，警方已經掌握到一些小宮山深入事件的證據，並且一朗也得知小宮山有兩次前科，要是再被逮捕，肯定免不了從重量刑。這麼一來，他可能是慌慌張張地逃亡了……

雖然這是相當合理的推測，但一朗總覺得哪裡不對勁。

他認為小宮山可能被捲入某種麻煩，或者如俊藤所說，遭到滅口的可能性很大。若是後者，那肯定是遠田下的指令，而接收指令的則是……

一朗直起身子發動引擎，乾燥的空氣中迴響著引擎聲。

車子在公路上配合周遭車輛的速度前進，一朗覺得路開起來變輕鬆了，或許是已經開始融雪的關係吧，道路一旁的積雪高度降低了不少。春天即將來臨。

再過三天就是三月十一日，距離那場惡夢就要兩年。

一朗一點都不覺得已經過去兩年。

3 march

SUN.	MON.	TUE.	WED.	THU.	FRI.	SAT.
	1	2	3	4	5	6
7	8	9	10	11	12	13
14	15 堤佳代	16	17	18	19	20
21	22	23	24	25	26	27
28	29	30	31			

13　二〇二一年三月十五日　堤佳代

「我不知道。」

江村汰一面無表情地說。

這是他對於「你有後悔殺了人嗎？」這個問題的回覆。

佳代覺得更難理解了，為什麼他連「很後悔」這種話都說不出口？就算只是嘴上說說也好呀。

「江村啊，」三浦邊嘆氣邊問：「我們已經知道你小時候被遠田救了一命，但也不至於他叫你殺人，你就遵從這種莫名其妙的命令吧？遠田是那麼值得你尊敬的人嗎？」

然而，面對這個問題，江村一樣回答「我不知道」。

「你說不知道、不知道，這樣怎麼談下去呢！」到這個地步連治先生都不禁換上一副教訓的口吻，「仔細想想你還是個小鬼的時候就跟著遠田了，那傢伙說的話對你來說就是一切這也沒辦法，我多少有點同情你，可是……」

佳代萬分擔憂地看了看孩子們，雖然他們硬是加入聽眾的行列，但她終究不想讓他們聽這些事情。

不過看他們三個，倒是沒有特別害怕眼前這個男人的樣子，想來是因為就算他說自己殺了人，還是很缺乏現實感，佳代亦是如此，恐怕這裡的其他人也都一樣吧。因為江村的口吻過於平淡，大家雖然對他說的話感到驚訝，卻沒能感受到恐懼。

佳代瞥了一眼牆上的時鐘，暫時離開座位，她非常在意來未的情況，就算再怎麼愛睡，也該起床了吧？

都已經快九點半了。

不管來未說什麼，佳代都不打算讓她加入這個場合，海人他們上了國中也罷，來未還只是個十歲的小學生哪，就只有這個孩子，佳代希望她不要聽到那些恐怖的事情。

佳代經過走廊來到來未的房門前，盡可能不發出聲響，打開了門往裡頭瞧。

來未還在睡覺，嘴巴開開、發出平穩的呼吸聲。要是平常，佳代肯定得掀開棉被把她叫起來，但今天還是讓她繼續睡下去比較好。

佳代單手推著門，愣愣地看著躺在床上的來未。

那睡臉是多麼天真無邪，就像她母親雅惠睡著的樣子，她們母女真的非常相像。

來未前幾天十歲了，也就是說雅惠過世已有十年。

佳代簡直無法相信……不，她根本不想相信。

就算能夠明白來未已經活了十年，佳代也還是無法接受雅惠已經死了十年。

如果這個世界上有神存在，真想問問祂，為什麼要讓那麼大的災害降臨在這個小小的島國上呢？

事到如今只要回想起那天，佳代依舊憤恨不已，而且不是只有她如此。

對於所有受災者來說，三一一是永遠無法諒解的黑暗之日。

——**我可是不看過去、也不在意過往的呢。**

佳代記得雅惠不知何時曾經說過這種話。不，其實她經常說類似的台詞。

或許是唸歷史的時候，又或者是談到過去的戀愛經歷等等，雖然有許多次是半開玩笑帶過去的，但雅惠真的就是那麼爽快。對她來說，事情既然發生了，那也沒辦法。

來未似乎繼承了母親的個性，這孩子不管是好是壞都不會反省，所以也不會有什麼煩惱或遲疑。要是惡作劇被人發現，就吐吐舌頭想辦法在大人面前混過去，那副臉孔就跟雅惠沒兩樣。

這肯定就是所謂的有其母必有其女吧，畢竟來未完全不認識雅惠。

刺眼的光芒閃進窗簾縫隙，一瞬間，整個房裡泛起一片白色光霧，隨即彩虹之家裡轟隆作響，客廳也傳來「哇喔！」的驚嘆聲。

是打雷，聲音聽起來應該不遠。

雖然看不見外面，但感覺得出來雨勢應該更大了，天氣預報並沒有說會有這麼誇張的豪雨，這到底是怎麼回事呢？

今天從一大早就發生怪事。不，也不是只有今天，從四天前的三月十一日起就有些奇怪。天之島上怎麼會這麼躁動？這座島嶼到底想告訴我們什麼呢？

佳代再次看向來未。明明有這麼大的雷打在附近，這女孩卻面不改色地繼續睡，就像是陷入深沉睡眠的白雪公主一樣。

「別多話了，你們回房間！」

客廳傳來所長昭久的聲音，那略為強硬的口吻讓佳代有些驚訝。

她連忙關好門，朝客廳走去。

昭久一個人緊皺眉頭，站在客廳的人群中心瞪著海人。

「哎呀，怎麼啦？」佳代詢問昭久。

「還是不行，這種話不能讓孩子們聽，讓他們回房間。」

聽昭久口氣如此堅決，佳代有些訝異。雖然剛才她試圖阻止孩子們，但昭久可是比較傾向讓他們留下來的呢。

海人連忙說：「不要，我們要留在這裡。我們想知道所有事情。」

「對呀，不要把我們當小孩。」穗花和葵也如此應聲。

「什麼把你們當小孩，你們本來就是小孩。」

「說什麼都沒用，我們還是會留在這裡的。」

「海人，你是怎麼了，你不是這麼不聽話的孩子呀……」

剛才的唇槍舌戰又再次展開了，不過這次佳代反倒被晾在一旁。其他大人們也加入昭久那邊，開始努力說服海人：「你們的心情我們也懂啦，可是……」

佳代向三浦治招招手，靠過去問：「欸，發生什麼事啊？」

三浦皺起了臉，含糊地說：「該怎麼說……剛剛說著說著就提到那個秘密房間，結果江村好像要說一些比較糟糕的事情，就……」

「秘密房間是什麼？」

「哎呀，就是支援隊總部那個啊，遠田打造的住宿房間。」

「噢！」佳代這才想起來。

支援隊使用已經廢校的小學作為總部，當中有個遠田特地打造的秘密房間，除了佳代以外，甚至就連當時在支援隊工作的人們也有人不知道那個房間的存在，完全是在背地裡進行裝潢的。

那個時期有許多業者出入支援隊總部，卡車和大型機具在校園裡停放了好幾個星期，上頭寫著的都是不認識的公司名稱，一定有很多人以為那是用在復興工作上，實則不然。

順帶一提佳代在事件爆發後，曾經偷看過一次房間裡面。這就是所謂的鋪張無度啊……裡頭豪華的程度令人驚訝到忘了生氣。

「那秘密房間又怎麼了？」

「呃就是……」

聽到三浦接下來說的話，佳代開始覺得不舒服了。

2011

- 14 -

12 december

SUN.	MON.	TUE.	WED.	THU.	FRI.	SAT.
1	2	3	4	5	6	7
8	9	10	11	12	13	14
15	16	17	18	19	20 椎名姬乃	21
22	23	24	25	26	27	28
29	30					

14　二〇一一年十二月二十日　椎名姬乃

姬乃為了幫辦公室通風而打開窗戶，彷彿雪女的氣息般冰冷的寒風隨即吹向她毫無防備的頸項，讓她打了個冷顫。

姬乃第一次在天之島上體會到真正的冬天，每天都對如此嚴苛的寒冷感到驚愕不已。但聽島民們說「現在這樣還好呢」，下個月的嚴冬時分可是「連耳朵都會凍掉的啊」。而且這座島上的風遠比雪或雨還可怕，畢竟是三百六十度被海洋包圍的離島，四面八方都會有海風吹來。

昨天姬乃難得和東京的女性朋友講了很久的電話，再過幾天，平安夜她就要和男朋友候選人去約會了，她很認真地煩惱著〈我該穿裙子還是褲子去呀？〉這在姬乃耳中聽來簡直就是另一個世界的事情。

姬乃現在每天穿著兩條很厚的緊身褲，這讓她的下半身顯得很胖，而且最近根本沒有好好化妝，來到這座島上之後，連看鏡子的時間都減少了。

姬乃在天之島上前前後後已經住了十個月。

「唉唷，又來了。」

坐在姬乃對面的谷千草臉上浮現煩悶的神色，用力按壓著太陽穴。

「這聲音就不能想想辦法嗎？」

附近似乎在使用電鋸一類的東西，遠遠地傳來滋滋聲，這個聲音從離辦公室有點距離的二樓空教室傳來，姬乃並不是很在意，不過看樣子千草很受不了那個聲音。

「從上星期就開始了耶，根本不需要特地打造什麼住宿房間啊，妳不覺得嗎？」

姬乃不知該如何回答，只能苦笑。

現在業者正在裝潢的房間，是要給前來視察天之島復興狀況的島外之人住宿的地方。姬乃無法判斷到底是否需要這種東西，不過從遠田那裡聽說的時候，的確也是挺驚訝的。雖然這裡是廢校，但把小學教室裝修成那種房間真的好嗎？即使工程是有獲得許可才進行的。

「島上有很多民宿啊，而且根本不會有客人想要住在這裡吧，說實話我覺得根本不需要。」

「哎呀，這幾天就會完成的樣子，再忍耐一下吧。」

姬乃盡可能開朗地回應，千草卻無視姬乃的開朗，依然忿忿地說：「除了這件事情以外，支援隊用錢的方式怎麼想都很奇怪呀。」

啊——今天又來啦，她每天都會提到這件事情。

「總部裡越來越多不知道是怎麼來的東西，而且都很高級耶！島上其他人看到一定會嚇死的。」

大約三個月前開始，島民要出入復興支援隊總部就需要事前申請，更具體一點說，就是必須有確實要辦的事情，並且獲得許可，才能夠踏入總部用地。而許可權限當然是握在遠田手上。

先前島民經常會順路過來喝個茶什麼的，他們的休息場所也就這樣消失了。

關於這點，消防隊隊長兼任支援隊觀光復興領隊的三浦治也曾向遠田表達「應該不用那麼嚴格吧……」，卻被遠田以「這裡是帶領天之島邁向復興的戰士們的基地，不是公民會館」一言駁回。當時姬乃正好也在場，完全能體會到氣氛有多尷尬。

「真抱歉，讓妳每天這樣聽老阿姨的抱怨。」

「不，沒有那回事。」姬乃搖搖頭，「不過千草太太您如果覺得奇怪的話，要不要直接去問遠田隊長呢？」姬乃試著客氣點提出建議。

其實她心裡的確覺得千草的抱怨讓人煩躁。

「不行不行，他才不是那種會聆聽小小員工話語的人，再說遠田隊長很討厭我啊，跟妳不一樣的。」

「沒有那回……」

「有啦，一看就知道啦。他對我的態度跟對待妳的時候完全不一樣呢，證據就是他只會把工作交待給妳。」

這就讓姬乃無話可說了，前幾天遠田才說過這種話：「我只會把事情交給會做事的人。」

一陣沉默後，千草緩緩嘆了口氣，像是要說服自己一般地說：「不過我是不是該去問問呢？就跟妳說的一樣，覺得有疑問就直接去問或許比較好吧。」

接下來姬乃就開始裝成工作忙到沒有辦法聊天，畢竟要躲過聽千草的抱怨，也只能這樣了。

她打開電子郵件，正好看見遠田一如既往傳了命令過來，還真是說人人到。

郵件主旨只寫了「大後天傍晚收到」，內容也只貼上了一條購物網站的網址。

當然姬乃已經習慣了所以不會感到遲疑，這個命令意思是說叫她去買那個東西。

點開網址以後發現是萬寶龍的鋼筆，金額為日幣六萬二千元。

姬乃毫不猶豫地按下購入按鈕，並且依照命令將希望收到的時間訂在大後天的傍晚。

幾個月前，姬乃就開始使用私人的購物網站帳號來購買各式各樣的消耗品。

關於這件事情，遠田是這樣說明的：「我手上的錢是緊急僱用新創事業的預算，這是要用在島民身上的錢，但因為小姬妳不是島民，所以很難支付給妳相同的報酬。所以雖然這樣說好像有點奇怪，不過用這種方法買東西的話，就能讓妳收到購物網站上的紅利點數了。」

也就是說這是遠田小小的心意，對於這點，姬乃只覺得非常開心。如果自己的酬勞比別人低，那就不用太客氣了。

雖然其他人到底拿了多少薪水，姬乃是一點也不清楚，因為復興支援隊的會計是由小宮山負責的。

沒過多久，外頭響起了正午的鈴聲，這個鈴聲是公所那邊播放的，會透過擴音器傳到整個島上。

姬乃起身披上了夾克，千草隨即以惡作劇的眼神看向姬乃，說：「喔，今天是幫男朋友做便當的日子。」

「真是的，千草太太，我說過很多次了，江村不是我的男朋友。」

「呵呵，真的嗎？會有人幫不是男朋友的人做便當嗎？」

「所以說這是有原因……」

姬乃想辯解些什麼，旋即想想又算了，說到底也沒有什麼真正的理由。

「那我出去一下。」

姬乃說完後離開了辦公室。

從樓梯去到外面，馬上有陣強烈的冷風迎面襲來，校地內的樹木被風搧動，劇烈地左右搖擺。除了強風以外，今天的太陽也躲了起來，從一大早起就是陰天。真想跟老天爺抱怨，為什麼會有這種天氣啊？

姬乃縮著身子繞到校舍後方，角落有個沒人使用的古老置物間，她總是在那偷偷把便當交給江村。之所以這麼神秘不讓人看見，當然是有原因的，是江村拜託她要保密。

原先以為是江村覺得害羞，但看來並非如此，江村說「遠田隊長不會接受這種事情的」，姬乃覺得實在難以理解。

為什麼不能接受這種小事？儘管姬乃完全聽不懂，但江村的表情非常嚴肅，她也只好答應了。順帶一提千草會知道這兩人的秘密關係，是因為幾個月前她湊巧看到了姬乃將便當交給江村。不過姬乃拜託她千萬不能說出去，所以其他人並不知道，姬乃連三浦夫妻都瞞著。

撥開那高至腰間的草叢繞到置物小屋後頭，風也轉小了些。這間置物小屋著實是個不錯的擋風處。

江村早在那裡等著姬乃了。

「久等了。」姬乃吐出白色的霧氣打招呼，「咦？那是什麼。」

江村的手上握著一支不鏽鋼棒子，頂端像叉子一樣分成三叉，看起來應該是在水裡用來刺魚用的魚叉。

「魚叉。」

「一看就知道了，我是問你怎麼拿著那種東西？」

聽了姬乃的問題，江村便打開他腳邊的釣箱。

裡頭有一尾圓滾滾的肥魚，全身布滿褐色斑紋，看起來挺詭異的，那魚似乎還是活的，身體略略抽動著。

據說這是彼岸河豚，江村他們在海中工作時會看到很多種類的魚，當中也有許多高級魚類游來游去，而彼岸河豚的價格就挺高的。

也就是江村趁工作順便賺點外快吧。而且除了他之外，其他人好像也會這麼幹。最近實在很難打撈到遺骨了，因此遺體搜索組近日來都只是把沉在海底的東西拿上來，做一些打撈工作。

「所以是在水裡用力這樣刺過去嗎？」

姬乃邊問邊把手往前伸。

「不，只要按這個按鈕。」

江村說著便高舉魚叉，朝向天空按下按鈕，霎時間前端的三叉頭咻地猛力飛出去。

「好恐怖！」

「不會啊。」

「很恐怖，而且很危險耶。」

「為什麼？」

「就是很危險啊，你不知道嗎？幾年前……」

姬乃曾經在電視上看過新聞報導，說有人不小心拿魚叉刺死了人，那是個悲慘的意外，一對年輕兄弟的弟弟要把魚叉交給哥哥卻誤觸開關，結果刺進了哥哥的頭部。

「但我又不會朝著人。」

「當然啊！反正你要小心點。」

姬乃像個老師一樣諄諄教誨，然後從手提袋中拿出便當。

「來，給你，我今天很努力做囉，應該可以讓你驚訝吧。」

姬乃說著，將便當遞給江村，然後從略低的地方窺視著與自己身高差不多的江村的臉龐。他的雙眼閃閃發光。

姬乃真的很喜歡看他這樣的眼睛，江村在打開便當盒的瞬間，就會顯露出彷彿拆開禮物包裝紙的天真孩童那樣的眼睛。

姬乃想，我大概就是想看江村這樣的眼睛，才會一直做便當給他吧。

江村將蓋子拿起來，認真地看著裡頭。

「看得出來是什麼嗎？」

「恐龍。」

「答對了！是哪種恐龍呢？」

江村瞇起了眼睛。

「三角龍。」

姬乃不禁鼓掌，因為江村猜對了，也因為自己的努力有了代價。這次做得比平常都還要好，姬乃自己也覺得很滿意。

在白米鋪成的畫布上用絞肉畫出身體和尾巴的形狀，脖子周圍的荷葉邊則用粉紅色魚鬆來表現；頭上兩隻大大的角和鼻子上的小角則用牛蒡切出形狀，這可是費盡功夫的麻煩作業。此外，她還用紅蘿蔔切成小小心形當成眼睛放上去，讓三角龍的臉看起來更加可愛，剩下的空白處則灑滿蛋絲。

與其說是做角色圖案便當，對姬乃來說這還比較像是在畫畫。

她也覺得做起來相當愉快，原先她就是美術社的社員，頗為擅長這類工作。

「可是三角龍沒有粉紅色的部位。」

……讓人免費幫忙做便當就算了，竟然還毫不客氣地發表意見。

「變化一下嘛，這樣不是比較可愛嗎？」

「是嗎？」

「對啦，再抱怨的話以後不做給你囉。」

姬乃話聲剛落，便看見江村靜靜地瞪著自己。

對了，這個人完全聽不懂笑話呀。

「騙你的啦，以後有時間我還是會好好做給你的。」

結果江村小小聲地說了「謝謝」。

江村是什麼時候開始會這樣道謝的呢？

他還是很不愛說話，但和剛開始相比已經好很多了，姬乃問的問題，他大多會回答，有時候也會問姬乃事情。

在多次接觸之下，姬乃終於開始了解江村汰一這個人，其實他只是不太擅長溝通而已，除此之外這個少年和普通人沒有兩樣。

而且他有著比一般人還要純真好幾倍的心靈。

「下次要做什麼呢？你想要什麼？」

「獅子。」

「真是的，老是要那個，獅子都做了幾次啦？我都做煩了呢。」

「那就隨便，妳想吧。」

「了解，不過不要再妳呀妳的……」

「姬乃。」

「很好。」姬乃豎起食指，「那我差不多要回去囉。」

江村聽到這話便靜靜地看著姬乃。

雖然他的表情和剛才一樣，但情緒卻是不同的。這個瞬間他感到非常寂寞，就連姬乃都能感受得出來。

「對了，江村你二十四日中午左右有事嗎？星期六應該沒有工作吧？」

「沒有要幹嘛。」

「那要不要跟我一起去幫忙？島上的孩子們好像要去高地上的教會辦聖誕派對。」

前幾天陽子邀姬乃一起去參加，派對的主辦人是負責照顧地震孤兒的昭久和佳代，所以這個企劃也是為了那些失去爸媽的孩子辦的活動。

聽說他們向大家募捐舉辦的費用，沒想到一下子就超過了一百萬，因為實在太多了，本來想把錢還給大家，但原先根本沒有記帳，根本不知道誰捐了多少錢，所以他們也非常困擾。

這就表示大家非常同情他們，要是他們來向自己募款的話，姬乃肯定也會把自己的口袋掏空。

但江村卻一口回絕：「不行。」

「為什麼？因為沒有遠田隊長的命令？」

他沒有回答，看來正是如此。

「不用擔心，沒問題啦，那天起的三天，遠田隊長要去東京出差啊。」

姬乃幾乎知道遠田所有的預定事項，大概沒有人比她更清楚了，不知何時起，姬乃也負責做起了遠田的秘書。

「還是不行。」

「沒關係啦，如果很在意遠田隊長的話，那就跟他說你要去幫忙，請他同意就好啦。我想他不會拒絕的啦！啊，還是我去拜託遠田隊長好了？」

「不行，不要。」

姬乃嘆了口氣，遠田和江村到底是什麼關係啊？就只有這個問題問了很多次，江村都不願意回答。

「我知道了，那就算了。」

「抱歉，」江村開始道歉，「對不起。」
雖然聽起來只是隨口說說，但他恐怕是真心覺得相當抱歉。
「嗯，我知道了啦，那我走囉，掰掰。」
姬乃說完，江村只抬起一手回應。
他絕對不會開口說出「再見」或者「掰掰」這類話語，姬乃先前問過理由，他說「再見是道別的話語所以我不想說」。江村是個在奇怪的地方有所堅持的人類。
江村留在原地，姬乃則離開了置物小屋。
強風再次迎面而來，姬乃不禁想，到底為什麼我會做這種事情呢？
雖然一個月只有幾次，但幫不是男朋友的男人做便當，想想還真的是挺奇怪的。
說實話姬乃對江村不抱任何戀愛情感，也不認為自己會對他心動。
但不知道為什麼就是放不下他。
大概是因為自己內心的母性吧。
而且江村也感受到了姬乃內心的母性。
證據就是江村曾經三次脫口叫姬乃「媽媽」，那肯定是他在非常鬆懈的時候一個不小心說錯的，就像有些小學生會不小心對著老師喊「媽咪」是一樣的。
姬乃上個月才聽說他的母親溺死在河裡。
那時候姬乃心中有兩個謎題得到解答。

一個就是為何他能夠發現迷路的海人，在母親過世以後，他必定和海人採取了一樣的行動吧。過往年幼的江村，也曾一個人抱著膝蓋坐在河邊、凝視著河面。

另一個問題就是，他為何會做這份工作，想來是對母親的死亡感到非常懊悔，所以才學習水難救援的技術。雖然這件事情他本人徹底否定，表示「並不是那樣」。

無論如何，對江村來說，母親是無可取代的存在，而姬乃在他心中稍微與母親重疊在一起了。畢竟他們才差兩歲，因此姬乃心情也有點複雜，但她覺得還是不要想太多好了。反正自己也不可能成為他的母親，而且也沒打算這麼做。

姬乃只是對現在的關係並不討厭，單純感到開心，這樣就好了吧。

「真的不用啦。」

這是姬乃第三次拒絕這件事情，但三浦治仍然堅持：「不不，至少得讓我們好好見一次面打聲招呼啊。」

稍早陽子詢問姬乃年假期間的行程，一聽姬乃說打算回一趟東京的老家，三浦馬上就說「那我們也一起去吧」，他們夫妻倆是想向姬乃的爸媽打聲招呼。

「但要讓你們特地跑一趟東京，實在過意不去啊。」

「別在意，我們受了小姬這麼多照顧，要是沒去跟妳爸媽打聲招呼，反而失了禮數，這樣我們很難做人哪。」

「沒那回事，是我受到你們的照顧呀！我沒付房租，還每天吃你們的飯呢！」

「這是應該的，妳幫我們島上工作，怎麼能跟妳拿那點錢呢！對吧，陽子！」

聽見話鋒轉往自己，陽子連忙大大點頭，灌一口茶，把食物嚥下，拍著胸脯說：「就是呀，有小姬在，不知道幫了我們多少忙呢！所以拜託妳啦！」

「可是……先前講電話的時候不是已經道過謝了嗎？」

大約半年前，姬乃與母親通電話時，陽子表示希望也能夠說幾句，所以姬乃便將電話轉交給陽子。明明只是講個電話，陽子卻誇張地表達感謝，還大力稱讚姬乃，讓姬乃害羞到無地自容。陽子甚至連什麼「您怎麼有辦法養出這麼好的女兒」之類的話都說出口。

「哎呀，只有講電話怎麼行呢？得要見個面好好答謝啊，我們去打個招呼馬上就會回來啦！妳儘管放心，我們不會說什麼要住在妳家的。」

「不是那個問題啦……」

姬乃真不想讓三浦夫妻和爸媽見面，父親也就算了，感覺母親不會開口說什麼好話。

雖然她勉強接受姬乃休學，但或許是女兒不在家裡就非常寂寞，每次打電話她都會問：〈妳什麼時候回來？〉

姬乃目前還不打算回東京，她想在這島上多留一段時間。

周遭的人都對自己格外親切，遠田還是一樣老把「阿姬不在的話天之島就無法復興了」這種誇張的話掛在嘴邊。

老實說姬乃很感謝也非常開心，當然還沒有到想著要永遠住在這裡，不過最近偶爾會認為那樣似乎也不錯。

況且天之島非常需要自己，東京則不然。

「所以小姬啊，這個就是一個做人的……」

三浦夫妻還是拚命想說服姬乃，但姬乃始終保持沉默，最後兩人也只好放棄，「好吧，那就算了。」

「但是妳想帶什麼伴手禮都儘管帶回去啊，我會讓漁協的人準備好新鮮的海膽和牡蠣之類的，至少得讓我們送這點東西吧。」

「你啊，抱著那些東西要怎麼搭新幹線？要直接送到小姬家裡啦。」

「哎呀是了，那我們會寄到妳東京的家裡，這樣妳家過年就可以一起吃頓好的啦。」

真是的，這些人也太好了吧。

姬乃再次想著，我真的很喜歡這座島上的人。

而且也非常喜歡這座天之島。

十二月二十九日是今年最後的上班日，明天早上姬乃就會搭船回到本土，然後坐新幹線回到老家去。

雖然很久沒回家，但姬乃並不覺得特別興奮。既沒有特別想要見誰，也沒有特別想去哪個地方，因為她是在東京出生長大的，事到如今也沒了想享受都會氣氛的心情。

過年那三天，即使不餓也得解決年節料理，然後有一眼沒一眼地看著箱根馬拉松轉播或綜藝節目，大概就是這般毫無新意的過法吧。

姬乃不禁覺得，這樣的話根本就不用特地回家。

這天傍晚，姬乃一個人在辦公室工作的時候，電話響了。

「您好，這裡是天之島復興支援隊總部，我是事務員椎名，有什麼需要幫忙的呢？」

拿起聽筒，姬乃順口說出對應的話語，這種話她現在也能輕鬆地說出口了，一開始還真的是挺害羞的。

電話那頭是隔壁鎮的小學校長，那間小學現在仍有開課，對方目前還是老師。不過姬乃不認識對方，先前也不曾講過電話。

那位校長要找谷千草，但千草正好離開座位。

〈她多久會回來呢？〉

「我想應該就快了……」

千草正在和遠田面談，她先前似乎就一直要求和遠田好好坐下來談談，但總是遭到各種拖延，方才終於逮到剛出差回來的遠田逼他面對自己，還說：「說好是今年內要談的對吧？」

因此兩人目前正在面談，都過了一個多小時，姬乃不免有些擔心，希望情況不要變得太糟糕。

「但無法告知您確切的時間。」

〈這樣啊。〉

校長在電話另一端很明顯地嘆氣，從聲音聽來應該頗有年紀了。

「如果您有什麼事情要轉告她，還請告訴我。」

姬乃說完，校長沉吟了一會兒，〈嗯……〉接著問道：〈對了，妳就是小姬嗎？〉

「咦？是的，我叫做姬乃。」

〈喔，果然是妳，妳說話的口音不太一樣，我就想說會不會是妳呢？這樣啊，妳就是傳說中的小姬啊……那篇『降臨地獄的天使』的報導我也有看呢。〉

那是指以前菊池一朗寫的新聞，不過那麼令人害羞的標題當然是社會大眾自己加上去的。由於那篇報導，姬乃也曾短暫成為名人。

「呃……」

〈像妳這樣可愛的公主，怎麼會跑來這種鄉下地方的島嶼做復興工作呢？〉

「也沒有……很自然就變成這樣了。」

〈喔？不過妳真的是公主呢。〉

「那個，我只是名字叫做姬乃，您見到我一定會大感失望的。」

〈哈哈，妳太謙虛啦，島上的男人們可都是為妳瘋狂喔。〉

校長開夠了姬乃的玩笑，又問：〈那麼我有件事情想問問姬小姐，不知道妳方便嗎？〉

「好的，您請說。」

〈是關於谷太太的事，她在工作的地方是什麼情況呢？〉

對方問得如此抽象，姬乃也不知該如何回答。

正當姬乃感到遲疑，校長再次開口：〈哎呀就是，谷太太失去兒子以後，精神上多半是大為受挫吧？我在想這會不會對她的工作造成影響之類的。〉

「不，那倒是沒有，我認為她工作做得很好，不過這話由我來說好像太僭越了。」

〈這樣啊，工作上沒有問題啊……喔，我是谷太太她兒子光明小朋友原先學校的校長，從他入學以來這四年我都看著他……〉

果然是這樣，姬乃稍早也想或許是這種情況，小學老師找千草有事情，那應該就是她兒子的事情了吧。

〈光明小朋友真是個淘氣的少爺，卻又是非常惹人憐愛的男孩，笑起來會露出虎牙呢。〉

姬乃每天都會看到光明的照片，因為千草就把兒子的照片立在辦公桌上。

照片裡的光明坐在足球上，兩手都比著 V 字滿臉笑容。那模樣讓人感到窩心，同時也讓姬乃覺得萬分哀傷。

「包含光明小朋友在內，我們學校裡過世的同學總共有四個人，全校總共也才不到三十個人哪，這座島的大海怎麼會奪走那麼多幼小孩子的性命呢……孩子死去比大人還要令人難過啊。」

「那個，校長先生，」姬乃惶恐地打斷校長，「谷太太還沒……」

〈唔，問題就出在這裡啊！〉校長的聲音相當消沉，〈她在妳面前也不承認這件事情嗎？〉

「……對。」

電話的另一端傳來深深的嘆息。

〈我非常能夠理解她的心情，為人父母都不會想承認自己的孩子死了，寧可相信他還活在某個地方。但是光明小朋友已經走了十個月啦，任誰都能看得出來那孩子怎麼了。〉

姬乃很自然地點點頭。

〈但她就是堅持不接受兒子已經死去，不管是我還是其他人說什麼她都不聽，老實說我覺得這實在很糟糕，一開始只會覺得這位母親需要比較多的時間，所以她說光明還活著，我也只是聽聽就算了，但如今不得不懷疑她的精神是不是已經有點……〉

說得沒錯，她雖然有時候挺愛抱怨的，但基本上是個好人，思考也非常正派。但是在堅決不承認兒子死去這件事情上，多少有些令人畏懼。

她不正常的地方只與兒子相關，真的只有這件事有問題，某方面而言，要是整個心靈都壞了還比較容易理解。

〈話說我打電話到她工作的地方，是因為大後天除夕那晚，我們要舉辦過世孩童的追悼活動……〉孩童、監護人、教職員都會前來，預定要去海邊放水燈。原本放水燈是中元的活動，但因為今年的夏季祭典和煙火大會都中止了，所以也沒有放水燈的活動。

不過到了年底，教職員們表示，還是應該要在今年內憑弔那些死去的孩童，還要再過一個年頭實在太可憐了，所以臨時打算舉辦一個學校相關人士的小規模水燈放流活動。

〈問題在於光明小朋友……我們到底可不可以做寫了他名字的燈籠呢？其實谷太太先前拒絕過了，不過只少了光明的燈籠的話，和他親近的朋友還有照顧他的老師們也都無法接受，總是會有些遺憾，為什麼

光明小朋友自己不浮上來呢？所以我希望谷太太再好好想想……〉

校長的話語略顯激動，姬乃只能默默聽下去。

〈還有啊，我也希望透過這種活動，讓千草能夠在心中畫下一個句點，這樣比較……〉校長說著頓了頓，〈抱歉，不應該對妳說這些話的。〉

「不，沒那回事，我能理解您的心情。」

〈是啊，可以的話，妳也試著幫忙說服她吧——〉

此時辦公室的門喀啦喀啦地拉開了，說人人到，出現在門邊的正是千草。

「啊，校長先生，谷太太回來了，我換她來聽。」

姬乃用手遮著通話口，將話筒交給了千草。

「是光明的小學校長打來的電話。」

千草一聽到，眼睛睜得斗大，她將姬乃手上的話筒搶過來，把話筒重重摔回去。

碰！一聲巨響響徹整間辦公室。

姬乃不禁愣住。

但千草沒有理會姬乃，開始收拾東西。

千草到底是怎麼了？

姬乃無法出聲喊她，只能眼睜睜看千草快速地收拾東西，卻又感到不太對勁。

千草把辦公桌上的那些文具、椅子上放的椅墊等全部硬塞進包包裡，那些是她自己的東西。

「那個，千草太太，是怎麼了……」

「我被開除了。」

「咦！」

「所以今天是我最後一天工作。小姬，先前多謝妳照顧了。」

姬乃半張著嘴發愣，完全不知道該回些什麼。

終於，千草披上夾克、圍好圍巾，最後伸手拿起桌上放的光明的照片，看著照片脫口說出：「他說我礙事……居然說對支援隊抱持疑問的人會妨礙復興。」

千草說完後，就將相框收進夾克的內袋，靜靜地走出辦公室。

姬乃用手扶著額頭，維持著這個姿勢……不，她根本就動彈不得。

但是過了約莫一分鐘，姬乃從座位上跳起來奔到窗邊，嘩地拉開窗簾，隔著玻璃窗凝視外頭。

在黑暗的夜晚中，可以看到正往校門方向移動的千草的背影，姬乃打開窗戶，大喊了一聲：「千草太太！」

她停下腳步一秒，卻沒有回頭。

姬乃瞥了一眼牆上的時鐘，不知道嘆了第幾十次的氣，眼前的文書工作絲毫沒有減少。

因為一直想著千草的事情，因此完全無法集中精神。

她大概三小時前就離開了，但姬乃一直煩惱自己是否該採取任何行動。

雖然想去找遠田，問他究竟和千草談了些什麼，聽他親口詳細說明，但這可不容易辦到。遠田很可能會因此心情不好，又或者斥責姬乃多管閒事。

要不要打個電話給三浦商量這件事呢？他在遠田面前比較容易開口，也不會被說多管閒事吧？

姬乃拿出電話，在來電號碼中尋找三浦的號碼。

她才剛按下文字，又切斷了通訊。

總覺得這種時候才依賴三浦似乎卑鄙了些。

和千草一起工作的人畢竟是她，這陣子她和千草變得比較熟稔，不知是否因為兒子的事情，其他人都對千草敬而遠之。

姬乃再次盯著牆壁上的時鐘，這樣苦思也沒辦法好好工作，搞不好要弄到明天呢。

「好吧。」

姬乃出聲這麼說道，然後站了起來。

她離開辦公室，獨自走在寧靜的走廊上。由於時間晚了，學校裡應該沒有其他人了。

還留在總部的恐怕只有遠田、小宮山和江村，畢竟他們一直都留宿於此。

姬乃先去了司令室，那是原先的校長室，遠田通常都在這裡。

司令室的電燈還亮著，姬乃敲了兩次門，說了聲「打擾了，我是椎名姬乃」，裡頭有人回答「請進」。

但那不是遠田，而是小宮山的聲音。姬乃打開門後環視了室內一圈，沒見到遠田，只有小宮山在房間裡。

「喔，是公主啊。」

坐在沙發上的小宮山略微抬起夾著菸的手，房間裡煙霧瀰漫，滿是奇怪的味道。會說奇怪，是因為那和一般的香菸味道似乎不太一樣，總覺得帶著一股巧克力的甜膩香氣。

「都這麼晚了，辛苦啦，要回去了嗎？」小宮山的眼神渙散，表情也相當鬆懈。

「不，我還有些工作要做，那個……遠田隊長呢？」

「妳也看到啦，他不在。」

「他去哪兒了？」

聽見姬乃的問題，小宮山臉上浮現出低級的笑容，「哎呀，我們偉大的復興支援負責大人究竟去了哪做什麼呢？」

這種說話方式簡直就像是把問題又變成題目丟了回來。

姬乃實在沒辦法和這個男人變得親近，講白一點是討厭他，尤其是每次遠田不在，他就會刻意親暱地靠近自己。

「對了，公主妳新年要回老家吧？妳在那邊有這個嗎？」

小宮山豎起了拇指。

他就是這種地方特別令人討厭。

「不，沒有。」

「這樣不行哪，妳年紀輕輕的耶，應該要適當去玩樂呀。」

姬乃點了點頭，對他說了句「打擾了」便又離開了司令室。

接下來她往二樓的ＶＩＰ房前進，那個先前還在裝潢的房間，前幾天終於完工了。

姬乃覺得遠田如果不在司令室的話，應該就在那裡了吧。

不過ＶＩＰ房其實是千草的稱呼，那間房間沒有正式的名稱。聽說是要讓來到天之島視察復興狀況的大人物可以住宿，所以姬乃覺得就叫做ＶＩＰ房也好。

上了樓梯，姬乃卻發現二樓的走廊一片黑暗。

而且ＶＩＰ房靠走廊這側沒裝窗戶，就算房間裡開了燈，在走廊上也看不到，所以根本無法判斷裡面是否有人。

不過走廊這麼黑，姬乃一個人還是挺害怕的。

姬乃因為太害怕，幾乎就要轉身走人的同時，忽然聽見了細小的聲響。

那聲音是從走廊盡頭傳來的，仔細一聽是斷斷續續的嘎吱聲。

看來應該是從ＶＩＰ房傳出來的吧，遠田果然在那裡。

姬乃把手機的手電筒打開，照亮腳下前進，越往前走，那嘎吱聲也越發清晰。

來到ＶＩＰ房前，姬乃很確定那聲音是從ＶＩＰ房傳出來的。

她用手電筒照射那扇看起來非常堅固的大門，更加覺得哪裡不對勁。這門就像高級飯店會有的那種房門，連牆壁都像全新的畫布一樣潔白，其他教室都維持著原樣，牆壁也帶些髒污，所以更突顯出這間房很特別吧？

況且幾天前姬乃還看過裡面，那時候可是什麼都沒有、空蕩蕩的地方呢。
姬乃舉起右手打算敲門，那瞬間，她聽見一聲「唔！」的呻吟聲，伴隨著嘎吱的聲響，從裡頭傳來。
那是什麼？聽起來好像是男性的聲音。
姬乃忍不住把耳朵貼在門上。
結果，她隱約能聽到裡頭的確傳來了「唔！」或者「啊！」這類相當掙扎的呻吟聲。
裡面到底在做什麼？姬乃總覺得那是江村的聲音，會不會是想太多了？
總之姬乃試著敲了敲門，結果裡面的聲響和呻吟嘎然而止。
「我是椎名姬乃，請問遠田隊長在這裡嗎？」
姬乃的聲音響遍整條走廊，要是不大聲點的話，她覺得裡面可能聽不到。
幾秒鐘後，有人回答「妳等等」，是遠田的聲音。
姬乃等了一分鐘左右，門被打開幾十公分，遠田露了個臉出來。
「怎麼啦阿姬？找我有什麼事情？」
遠田瞇起眼俯視姬乃，額頭上不知為何滿是汗珠。
「啊，有些事情想要詢問您……」
「什麼事。」
「是關於千草太太的事情。」
「噢，那件事情啊，我明白了，在辦公室談吧，妳先過去。」

遠田簡短交代後立刻又關上門，姬乃總覺得自己是被趕走的。

「我可沒有說要開除她啊，我只是告訴她，妳現在需要的不是工作，而是靜養心靈。」

姬乃回到辦公室大約十分鐘後，遠田終於現身，不待姬乃發問他便自顧自地解釋起來。

「但是，千草太太說你說她礙事、妨礙復興。」

姬乃惶恐地向坐在正對面的遠田問道，對方聽了後嘆口氣搖搖頭。

「我說阿姬啊，千萬不可以只聽片面之詞來看待事物的表面，所有事情都必須從各種角度去觀看，才能夠掌握其本質。」

姬乃被責備了，只好低下頭說：「是的，非常抱歉。」

遠田哼了一聲，說：「那個拿給我，把筆抽起來。」

他指的東西是姬乃辦公桌上一個木紋風格的骰子筆座，數字的部分開了洞，讓人可以拿來插筆。

「呃，這個嗎？」

「對。」

姬乃照遠田交代的，將筆拿起來，把筆座交給遠田。

遠田用手指捏起那筆座，「阿姬妳那邊看到的數字是多少？」

「呃……是一三五。」

「對吧？而我這邊看到的是二四六，也就是說從一面去看的話，就只能看見三個數字。換句話說，要掌握所有的數字，就必須繞到另一邊看，這妳懂吧？」

「是的。」

遠田見姬乃點點頭，也重重地點了頭。

「如果一直在這裡工作，谷太太就始終無法放下她的兒子，對吧？目前還沒找到她兒子的遺骨，每次一有相關的訊息她都反應很大，妳說呢，每次那種情況妳應該都在她身邊看到了吧？」

的確，姬乃見過千草那樣子好幾次。

千草原先就是為了確認兒子是否還活著，所以才來支援隊工作。但姬乃實在無法理解她那個「只要沒有打撈到遺體，光明就沒有死」的邏輯。

「所以囉，我一直很擔心這樣對她的精神狀況是不是不太好呢？正好有這個機會，就告訴她了，說我很擔心她的精神狀況。但她卻說我多管閒事，不要把話題帶開，我當下就覺得，哎呀原來如此，難怪她周遭的人都離開了呢。我就實話實說好了，大家都覺得她這樣很恐怖吧。」

姬乃無法否定。

「況且谷太太似乎不太喜歡支援隊用錢的方式，就算我詳細說明因為諸如此類的理由所以需要一台HIACE啦，她還是無法接受，講到最後甚至要求一定要看帳本，我也很困擾啊。這好像是在懷疑以復興為目標一同努力的夥伴們，會很難一起工作……」

想來千草……不，大概雙方都非常激動吧，姬乃很容易想像出那種狀況。

「說到底她是真的生病了，心病哪。畢竟對部下說嚴厲話，這也是領隊的職責、也是一種愛，我認為谷太太留在這裡，對她和支援隊都沒有好處，所以我希望她能離開……阿姬，妳能夠理解了嗎？」

「是的，我明白了。」

聽見姬乃的回答，遠田臉上浮現滿意的微笑，「不愧是阿姬。」

說老實話，姬乃並沒有完全被他說服。

因為她並不認為開除千草，就能夠拯救她，而且千草被趕出去以後，將來要怎麼過活呢？

說起來會成立這個天之島復興支援隊，就是緊急僱用新創事業的一環，是提供那些因為受災而失去工作的人一個工作場所的組織，換句話說，也是島民的救濟團體。

明明是這樣，趕走千草真的好嗎？

或許遠田從姬乃的表情中感受到這個部下並沒有真的接受這件事情，他從下方窺視著姬乃的臉龐，說了句「阿姬真溫柔」。

「妳真的非常在意谷太太的事情是吧？」

「……」

「唉，別擔心了，她之後的事我也深思熟慮過了，我打算再找別人談談，幫她介紹個工作，不會就這樣丟下她不管啦，我說到做到。」

什麼嘛，遠田已經考慮到那一步了嗎？

姬乃聽見他這麼說，總算放下心來。

仔細想想這個領導者怎麼可能因為自己憤怒就嫌別人麻煩而趕走對方，遠田的考量可是比自己來得深遠呢。

「好啦，可以接受了就趕快回去吧，都要過年了，別工作到這麼晚哪。」

「不，還有些工作，我做完就會回去的。」

遠田開心地瞇起眼睛，輕輕拍了拍姬乃的頭說：「真是好孩子。」隨即離開辦公室。

姬乃把手邊的工作一氣呵成處理完，或許是因為不再煩惱，她也相當訝異原來精神能夠如此集中。

不過看一眼時鐘，早已過了12點，三浦他們在家裡一定非常擔心。

姬乃迅速收拾手邊的東西，鎖上辦公室後走向穿堂，中途到司令室露了個臉，「我明天會回老家，新年快樂。」她向遠田和小宮山打聲招呼，還被開了玩笑：「要是妳沒回來的話，會帶著繩子去東京把妳綁回來唷。」

姬乃在鞋櫃前換上防寒靴，然後向外走去，因為寒意而渾身發抖，儘管沒有風，但溫度早就低於零度。

不過江村不在司令室裡，姬乃本來希望走之前能見他一面的。

姬乃邊想著這些事邊走出校門，就在此時江村從陰影中一閃而出。

「真是的，你別嚇我啦。」姬乃用手按著心頭，「怎麼了啊？話說你怎麼穿這樣？」

江村身上的衣服薄到簡直是想凍死，T恤加上短褲，底下只穿了拖鞋，就算是年輕男性，只穿這樣也太少了吧。

「因為我很匆忙跑出來。」果然是冷過頭了，江村的聲音都在發抖。

「為什麼啊？」

「為了見妳所以偷溜出來。」
意思是說趁遠田不注意嗎？
但是話說回來，「我的名字什麼時候又變成妳了？」姬乃瞪著江村說。
「不是，姬乃。」
「對，那找我有什麼事情啊？」
「姬乃明天就不在了對吧？」
「什麼不在，我只是要回老家而已。」
「會回來嗎？」
「一月四日啊，之前不是說過了嗎？」
「是沒錯，我只是想再問一次。」
「喔？那該不會找我就為了這件事情吧？」
江村聽了搖搖頭，伸出手來攤開手掌，「這個。」
他手上有個長方形的紅色物體。
「這是什麼？」姬乃凝神細看，「啊，瑞士刀？」
「不太一樣，這是文具用品，裡面有剪刀、釘書機、捲尺之類的，可以用來做辦公室工作。」
「喔，好像很方便耶，所以這個要給我嗎？」
江村點點頭，將東西交給姬乃。

姬乃秤了秤，這刀具頗有重量，應該不是什麼便宜貨。但看上去又覺得用了很久，有許多地方的顏色已經剝落。

姬乃馬上想到，「這該不會是江村你母親以前使用的東西吧？」

「嗯。」

「這樣我不能收呀，這是很重要的遺物吧。」

「沒關係，我想給姬乃。」

「可是……」

「不需要嗎？」

「不是那樣啦……」姬乃呼了口氣，「我知道了，那我收下，我會滿懷感激地用它。」

「嗯，那就這樣。」

江村非常爽快地準備離開，姬乃卻叫住了他：「等等，剛才你是不是跟遠田隊長一起待在ＶＩＰ房？啊，就是那間新做好的住宿房間。」

江村沒有回答姬乃的問題，他以那副面具般的臉孔，凝視著身高與他差不多的姬乃。

「你們在幹嘛啊，總該不會是被體罰吧？」

會這麼說是因為姬乃覺得房間裡傳出的聲音是呻吟聲，雖然她認為自己可能想太多了。

但江村依然無視這個問題，拔腿就朝校舍跑回去。

姬乃全身無力地重重嘆了口氣，眼前升起一大片白霧。

這個少年也真是的，雖然也習慣了啦。

「回來之後我會再做便當給你的——新年快樂唷！」

姬乃朝向逐漸遠去的小小背影喊道。

2 0 1 3

- 15 -

3 march

SUN.	MON.	TUE.	WED.	THU.	FRI.	SAT.
					1	2
3	4	5	6	7	8	9 菊池一朗
10	11	12	13	14	15	16
17	18	19	20	21	22	23
24	25	26	27	28		

15　二〇一三年三月九日　菊池一朗

一朗眺望著夜空中翩翩飛舞的潔白雪花，不由得心想，這每一片都像是人類那虛無縹緲的人生，一股空虛感油然而生。

運氣好，落在積雪上的雪花還能維持潔白的樣貌，要是掉到路面上就只能被玷汙、踐踏；若是掉在像這樣開著暖氣的車上，一瞬間就會失去形影。

一朗打開駕駛座旁的窗戶，伸出右手接住一片雪花。

「我覺得這樣對那孩子比較幸福，才決定將他交給遠田先生的。」

江村汰一的舅舅坦承了他讓外甥離開的理由，然而自始自終他都無法正眼看著一朗。

母親死後，江村汰一被親戚接到家裡，昨天深夜時分有賀老師告訴一朗那家人的地址，他今天中午便去了一趟，但事前並沒有和對方約好。這都是因為今天是星期六，他想對方應該會在家。

一朗在門口告知來意，江村汰一的舅舅驚慌失措，立刻帶他到附近的咖啡店，顯然非常不希望談到外甥的事情。

江村的舅舅坐在一朗對面，一開始還不太願意開口，但知道一朗對江村的過去已經相當了解後，總算認命，將當年發生的事情娓娓道來。

江村的母親，也就是這位舅舅的姊姊死後，他對要將這孩子接到家裡扶養感到相當困擾。別說是心靈封閉了，這外甥根本就不會好好說話，光從表情上又無法確認他的情緒，弄得一家人簡直束手無策。

「總覺得接了個長著男孩模樣的機器人回來似的。」

舅舅雖然在姊姊生前就聽她說過外甥的個性比較特殊，卻沒有想到是這樣和普通人完全不同的情況，自己根本一點辦法也沒有。

而且，妻子和女兒們的精神都被逼到了極限。女兒們對外甥感到噁心所以絕對不靠近他；妻子則是不知打何時起用對待畜生的方式在對待他。

然而，那孩子不管承受了多少惡行或者惡言惡語，臉色都不曾有過變化，這讓舅舅自己也覺得心寒。

「就算我腦子裡很清楚這孩子比較特殊，但還是覺得太難理解了，心靈上拒絕接受這件事情。」

在這種情況下，遠田政吉來家裡看那孩子的狀況，他們一家人當然知道他就是救了外甥性命的人。

「可以把汰一小朋友交給我啊。」

雖然不知道他為什麼會說出這種話，但這對江村的舅舅來說確實是再好不過。

當然他也不是一口就答應了。將姊姊留下來的獨生子交給別人，說到底未免太過冷漠，江村的舅舅受到自我厭惡和罪惡感的苛責。

然而，拒絕對方的要求，自己家裡也應該無法把外甥好好養大成人，他只要一想到這輩子都得照顧他，眼前就一片黑暗。再怎麼說，這個家都已經快要解體了。

結果江村的舅舅還是向遠田低下了頭。

遠田說他會好好教育江村，一直照顧他到義務教育結束。

同時他還要求每個月給他十萬日幣的養育費，這點江村的舅舅倒沒有拒絕。畢竟還有姊姊的保險賠償金，這點金額絕對付得出來。

「不可以給遠田先生添麻煩，要好好生活喔。」

離別之際，江村的舅舅這樣告訴外甥，而對方依然一言不發。

他的外甥被遠田牽著手，背影逐漸遠去。

那就是舅舅最後一次見到江村汰一。

一朗回過神來，手上的雪花早已消失無蹤。指尖凍到幾乎失去感覺，他縮回手，關上車窗。

就在此時，有人咚咚地敲了副駕駛座的窗戶兩下，車窗外頂著紅通通的臉龐的，正是一朗等候許久的保下敦美。這天她完全沒有化妝，眉毛稀疏到幾乎看不見。

「抱歉來晚了，孩子就是不肯睡。」

她搓著手坐進車子裡，才剛坐下便打開包包的拉鍊。

「啊，這是租來的車？」

「對。」

「那就不能吸菸了？」

「這不是吸菸車，希望您能忍忍。」

聽一朗這樣說，她一副陷入沉思的樣子，然後提議：「會講很久嗎？還是我們到某間店坐下？」

看她的樣子並非餓了，應該只是想找個能吸菸的地方吧。
一朗表示了解，然後發動車子，朝敦美指示的那間位於大馬路上的家庭餐廳駛去。
「對了，律師先生說我不會被關起來的，可以安心。」
「這樣啊，那就太好了。」
其實一朗相當清楚這件事情，她聘請的律師就是一朗介紹的，而且是一朗的高中同學，那位律師朋友也告訴一朗：「考量到她的生活環境，確實可以酌量輕判，當然不會完全沒有責罰，但應該可以避免牢獄之災。」
坦白說一朗心情很複雜，因為不管出於什麼狀況，這個女人不當收取了一部分的天之島復興支援金也是事實。
沒過幾分鐘車子便抵達那間家庭餐廳，兩個人進了店裡，要求吸菸座位，被店員帶到窗邊的六人座。除了他們以外，客人只有一組年輕情侶。
「妳隨便點吧。」一朗說。
「那我就不客氣了。」敦美點了杯啤酒，讓一朗有些驚訝。
沒等多久啤酒就送到敦美眼前，一朗等她稍微潤潤喉以後再次開口。
「真的很抱歉這麼晚了還找您談話，我盡可能不要占用您太多時間。」
「我是沒關係啦，會這麼晚也是因為我自己的問題，不過我真的已經沒什麼好說的，都跟你說過了啊。」

「是的，但是您就是不肯告訴我決定和遠田政吉離婚的理由。」

「所以我說那是──」敦美臉上浮現出煩躁的表情，「我說過很多次了，那跟這次的事件沒有關係吧。」

上個月初一朗和敦美見面的時候，她始終不願意回答兩個人是怎麼走到離婚這一步的，後來一朗雖然又電話聯絡了好幾次，每次都會把同樣的問題再拋出來，但每次她都拒絕回答。

敦美叼著菸，拿出打火機點了火，朝天花板吐出煙霧。

「和那件事有關的我都會老實說出來，但我不想說沒有關係的事情。」

「有沒有關係這點我會判斷。」

一朗以稍微施壓的語氣說道。敦美圓睜著眼睛，嚥下口水。可以的話一朗並不想用這種手法，但面對她看來還是得採取較為高壓的態度。

「為什麼我非得跟你說這種私事啊？你只是個新聞記者吧？」

敦美說得沒錯，但一朗不打算讓步。

「妳以為是誰給妳介紹律師的？」

「不要講得好像在賣我恩情嘛！」

「反正妳上了法院，也會被問到這個問題的。」

「問我為什麼會離婚嗎？」

「對，法官應該會對妳和遠田的關係打破砂鍋問到底，當中一定會問到離婚的理由。」

敦美陷入沉默。

那是很長很長的沉默，她手上的菸灰幾乎就要掉落下來，一朗將菸灰缸推到她面前。

「離婚的原因，該不會是江村汰一吧？」

她咚咚咚彈落菸灰的指尖嘎然而止。

「果然是吧？」

「……不是的。」

「那是為什麼？」

「因為遠田不工作，又會使用暴力，我討厭繼續那樣下去。」

「但是妳明明忍受了很長一段時間，而且先前妳自己也否定過那個理由，說不是因為那些事情。」

「……」

「保下小姐，拜託您了。」

一朗雙手撐在桌面上，頭磕往桌面。

但敦美再次陷入沉默。一朗不肯移開視線，持續對她施加壓力。

沒多久，店裡那對年輕的情侶離開座位，去櫃檯結了帳，走出餐廳。

敦美目送他們離去，將香菸捻熄在菸灰缸內，「首先，我最不高興的就是他擅自帶那個男孩子回家。」

敦美用虛弱的聲音娓娓道來。

「這是人之常情吧？的確，那個孩子是很可憐，但我也才剛生完孩子呀，家裡有個剛出生的嬰兒耶！

就算拿了他養育費，怎麼可能還有精力去養別人家的孩子啊！」

一朗應了兩三聲，催促敦美繼續說下去。

「遠田他啊，真的非常溺愛那個孩子，說什麼這孩子先前實在受了太多苦啊，應該要給他更多愛才是，自己的孩子都該換尿布了，他正眼瞧都不瞧一眼，卻每天和那孩子一起洗澡耶。我覺得好空虛，自己到底是生了誰的孩子啊？」

或許是回想起當時的情緒，敦美的眼中微微浮出淚光。

「所以保下小姐您才會決定要和他離婚嗎？」

「對。」

想來這是真心話，但一朗總覺得還沒觸碰到核心。如果理由只是這樣，那麼她應該會更早說出來才對。

應該還有什麼問題，某種決定性的關鍵。

一朗馬上想到某種可能性。

遠田帶走幼小的江村汰一，而且現在仍把他留在身邊的理由——

「你知道遠田為什麼那麼疼那個孩子嗎？」

敦美嘴邊掛著自虐式的微笑反問道。

一朗正想該怎麼回答她的時候，敦美自己又把話接下去了。

「遠田上了他喔，那孩子。」

一朗閉上眼、仰起了頭。那種不好的預感完全中標了。

「自從那孩子到我們家之後，遠田一次都沒跟我要過，我就覺得很奇怪了，那個人可是連我懷孕的時候都還一直要求行房呢。」

一朗覺得胸口好苦悶，江村的境遇實在太過悲慘了。

「我發現的時候，打擊真的很大。畢竟我一直想著那個人是愛我的，就算他不工作，就算他對我施加暴力，我也都能夠忍受……你能懂我那時候的心情嗎，這比他出軌找其他女人還要丟臉啊！為什麼對象是那種小孩，而且還是個男孩子！」

一朗眼前浮現出江村那毫無生氣感的面容，且雙眼流著血淚。

「簡單來說，遠田的對象根本不分男女老幼……」

他無法表現情緒，原因或許不只有原先的疾病，而是因為他不得不扼殺自己的感情，才有辦法忍受現實。

「我馬上就帶著兒子逃走了。我不想跟那麼噁心的男人在一起，萬一兒子長大了，我擔心他也會慘遭毒手。」

話說到此，敦美一口氣喝乾了剩下的啤酒，然後咚地把杯子敲在桌面上。

「我拜託你了，別再叫我說這種事情，我真的不想說。一想到兒子身上流著遠田的血，我就覺得好消沉，我一點都不想承認那個人是我兒子的父親啊。」

一朗將敦美送到她住的公寓樓下後，就回到自己下榻的商務旅館。

他坐在狹窄的房間，那張堅硬的單人床上，愣愣地發了好一陣子呆，什麼事情都不想做。

想來俊藤一定還在等自己的電話。

但一想到要告訴他這種事情，一朗頓時心情沉重。

他拿著手機，卻始終無法按下撥號鍵，就在此時俊藤自己打來了。

一朗嘆了口氣接起電話。

他把所有的事情說完，俊藤在電話另一頭也啞口無言。

一朗對沉默的俊藤表達了自己的想像。

「我想他大概只能肯定遠田吧，不要拒絕眼前這個成年男人、想辦法接受他，只有這樣他才能在這麼小的年紀勉強維持精神正常。我覺得應該是這樣，會是我想太多嗎？」

俊藤好一會兒才語重心長道：〈這也很難說。不過很可能就跟你說的一樣，江村內心下意識有防衛本能運作著，崇敬遠田、服從他，然後將那種惡夢般的行為和自己身為慰藉對象的事情都當成正當的事情，這實在是太悲劇了。〉接著俊藤又說，〈我想他可能永遠都無法擺脫遠田的詛咒了。〉

俊藤的聲音充滿失望。

越是明白江村的過去，內心就只會更加同情他。

但他們卻必須將這個人逼到死角。

〈還有，遠田除了要拿到養育名義的錢之外，也是為了滿足他自己的戀童癖，所以才接走江村的

吧？〉俊藤以確認的口吻敘述，又在短暫的沉默後稍微補充論點：〈還有一點，他也可能是要滿足精神上的需求。〉

「那又是指？」

〈根據菊池先生你先前從認識遠田的人，和他的前妻那裡獲得的訊息，我們可以知道他長期受到社會冷眼相待，甚至一直都被周遭輕視對吧？我在想，恐怕他想要的是一個能夠療癒他受創的自尊心的存在。〉

「而江村正好就是頗為適合的人。」

〈對，當然我無法確定那個時候的遠田是不是因為發現了自己的癖好，才採取那種行動，但是他在那場意外之後接觸江村汰一好幾次，想必已經本能地從那個年幼的少年身上嗅到一種氣息，知道自己能夠讓他絕對服從。〉

一朗覺得這種可能性非常高。

江村汰一就這樣成了遠田自我中心發洩個人欲望的對象。

這實在是太過殘酷了。

〈另外，我這裡也有一件重要的事情要向你報告。〉

「什麼事？」

〈今天傍晚我和警方的相關人士見了個面，探探對方口風，從他的語氣聽來，我確定死線應該快到了，大概一個星期內就會正式逮捕遠田。〉

一朗反射性地從床上跳了起來。

「也就是說您之前講的，警察手上的證據已經齊全了嗎？」

〈不，很遺憾我想不是那樣。〉

「那麼又是為什麼？」

〈時限的問題。〉

「時限？」

〈要是再這麼拖下去，他們也承受不了社會大眾的壓力了——這才是警察的真心話。他們老是接到民眾抱怨，質問到底要放著那種吞掉復興金來滿足自己的大壞蛋到什麼時候。〉

其實這陣子以來，針對占用事件的新聞已經減少了許多，但看來社會大眾還是相當關心這件事情。這是理所當然的，身為日本國民，沒有人能夠原諒遠田。

「但是這樣一來，遠田不就只會被判處業務上占用公款而已嗎？」

雖然對著俊藤生氣也沒用，但一朗就是忍不住憤然質問。

〈警方應該也覺得非常失望，畢竟是這麼大規模的公款占用案件，再追查一段時間應該還能查到其他罪行，但很遺憾，目前為止仍然無法發現新的罪證。不管是詐欺也好恐嚇也罷，只要能夠挖到占用公款以外的罪行，就能夠合併在一起加重遠田的刑罰。警方原先也是這樣想的——〉

一朗緊握拳頭，聽俊藤說下去。

〈所以甚至還有搜查人員脫口說出什麼，要是遠田能殺個人就好了。〉

事實上遠田犯的罪說不定真的只有占用公款，這樣一來依照法律規範，也只能判處他適當的刑罰。

但一朗就是無法接受。

雖然這話不能說出口，但他其實希望遠田能夠以死謝罪。

〈所以接下來警察和檢方應該都會盡全力讓他的占用罪能判重一點。當然，最主要還是藍橋的問題，有爭議的部分在於水人透過藍橋購買交通工具、打造支援總部那個房間，還有校舍後面挖掘溫泉等，這些東西是不是真的有必要？順便告訴你，要是這些都被認定為不符規定的話，會對遠田求刑八年，實際上刑罰會判個五年左右，這都還是事情順利的前提之下。〉

「意思是最糟糕也可能判無罪嗎？」

俊藤沉默了一秒，〈雖然這種可能性非常低，但也並非完全不可能。〉他回答得很僵硬。

「……」

〈這是因為設立藍橋和藍橋的活動本身，不存在違法行為。而且負責人小宮山又失蹤了，目前為止都沒有他的下落，所以也沒辦法收押留在島上的交通工具，就只能先放著……〉

俊藤說話的聲音在一朗聽來好遙遠，在他的腦海裡，那些死去的家人和朋友的慟哭聲取而代之。

〈能夠確定的是，遠田出差的時候拿去遊樂的那些錢的確是不當支出。不過那些錢是何時花在哪裡、用途為何，調查起來又相當困難。〉

一朗閉上雙眼，遠田那低級的笑容自腦海中浮現。

——再、會、啦，一朗。

第一次開記者說明會那天，遠田帶著一臉的挑釁，自信滿滿地這麼對一朗說。

當時一朗就發誓，絕對要擊潰這個男人。

他對著自己死去的爸媽立下誓言。

這一晚，一朗輾轉無法入眠。

翌日清早，擺在枕頭邊的手機大聲叫了起來，一朗伸手拿起來，雙眼朦朧間看清了來電者是三浦治。

他才剛接起電話，對方就用火燒屁股的聲音大喊：〈一朗，不好啦!支援隊用的那些車子和卡車都被帶走啦!〉

一朗這才驚坐起身，一瞬間完全清醒了。

仔細一問，他才知道原先停放在支援隊總部的那些車子和卡車，還有水上摩托車以及船隻等，接二連三在三浦等人的眼前被幾個不知名的人士運走了。那些東西是藍橋的資產，無論是誰，甚至是警察都不能動啊。

不過他們在那群人當中看見了江村汰一。

三浦馬上逮住江村並要求他說明，他只展示了一張文件。

「讓渡證明書?」

〈對，上面寫了一大堆有的沒的東西，總之內容就是藍橋的資產全部都轉讓給江村。那些交通工具應該是送上貨船，要載到其他地方去。〉

「文件上有小宮山的簽名嗎？」

〈當然有啊！江村還貼心地帶了印鑑證明來呢！警方也來現場了，但他們也只能默默看著東西被拿走。而且那傢伙也有穿堂大門的鑰匙，大搖大擺走進建築物裡面呢。〉

一朗扶著額頭，仰望房裡並不高的天花板。

「治哥，你有看到遠田嗎？」

〈怎麼可能！那傢伙當然沒出現啊！〉

果然遠田還是很在意警方和周遭人的目光，不過這件事肯定是他下的命令。

〈不知道是不是要代替遠田，江村那傢伙帶了很奇怪的男人一起來。〉

「很奇怪的男人？」

〈對，看上去像日本人，但恐怕不是，他說的話感覺很僵硬。〉

一朗頓時明白了遠田的想法，他怕不是想把那些交通工具賣到國外，那個亞洲血統的男人應該是仲介，遠田委託他賣掉這些東西。

「治哥，江村還在那裡吧？請把電話交給他。」

〈就算是把電話拿給他……〉

「請務必逼他接電話。」

〈好啦我知道了！你等一下喔！〉

十幾秒後，一朗遠遠地聽到三浦說〈反正你給我接啦！〉才終於聽見江村回應：〈喂？〉

「這是遠田的命令吧。」

一朗壓低音量，一開口便這麼問。

「你們打算怎麼處理運走的車子和卡車？」

〈這是我的東西，要怎麼處理是我的自由。〉

「是打算賣到國外吧？我不會讓你這麼做的。」

〈你哪有權利阻止我。〉

「為什麼小宮山突然放棄了藍橋的資產，全部轉讓給你？你倒是說說看啊。」

〈我沒有告訴你的義務。〉

「江村，我已經很清楚你是怎麼認識遠田的，還有你們是什麼關係，也知道遠田和你有肉體關係。」

〈……〉

「你被遠田洗腦了，那個男人只是在利用你而已。」

〈……嘴……〉

「什麼？」

〈你閉嘴。〉

「江村——」

電話被猛然掛斷。

一朗即刻收拾東西，飛也似的離開飯店，目的地當然是旭川機場。他得盡快回去島上才行。

一朗在飛機上一直思考著江村的事情。

——你閉嘴。

他確實是這麼說的，那是一個人在非常煩躁的時候才會說的話。

這是江村第二次在一朗面前顯露出情緒。

恐怕要將遠田逼到盡頭的關鍵就掌握在江村汰一手上——不，應該說只可能是江村汰一了。

2 0 1 2

- 16 -

9 september

SUN.	MON.	TUE.	WED.	THU.	FRI.	SAT.
						1
2	3	4	5	6	7	8
9	10	11	12	13	14	15
16 椎名姫乃	17	18	19	20	21	22
23	24	25	26	27	28	29
30						

16　二〇一二年九月十六日　椎名姬乃

姬乃在藍天之下從坐墊上微微浮起上半身，嘎吱嘎吱地努力踩著腳踏車的踏板。要用這台破車爬坡實在非常辛苦。

不久之前雖然請三浦先生幫忙上了油，不過看來這車子也該到大限了，畢竟先前長時間泡在海水裡，這也沒辦法。

東日本大地震造成的海嘯，除了人以外，許多東西也被帶進了海裡。

這台腳踏車原先也沉到海底去了，是復興支援隊的遺體搜尋組拉上來的。「本來也沒有特別愛惜這輛車，但它回來了還是覺得挺高興的呢，所以還是捨不得丟啊。」原先的車主陽子太太苦笑地說著。

好不容易爬完坡道，接下來是長長的下坡，不過這一段就不需要踩踏板了。姬乃試著將短褲下的雙腿稍微伸展開，涼風徐徐吹在略微汗濕的腿上，那感覺真是舒服。

往遠方看去，那碧藍色的海面一望無際，上頭浮著大大小小的船隻，生活之處充滿了許多水真的很棒。

不過姬乃的心情其實不是那麼愉快，因為她正要前往谷千草的家。

前天千草聯絡姬乃時說的話，讓姬乃還以為自己聽錯了。

〈我要開光明的生日派對，小姬妳方便的話要不要來參加呢？〉

姬乃把手機貼在耳邊就這樣愣住，忍不住吞了吞口水。

究竟為什麼會演變成這種狀況呢？姬乃完全搞不懂千草的意思，但是看來在她的心中，兒子已經回來了。

不過老實說，姬乃心中也不禁想——果然還是走到這個地步了。

她已經很久沒聽見對方的聲音，自從去年底千草離開復興支援隊以後，兩個人見面的次數屈指可數，其中還有兩次是在附近的超市偶然遇到的。

說真的，姬乃並不想見千草。雖然不討厭她，但每次見面千草都會說遠田的壞話，這件事情遠比光明的問題還要令姬乃倍感痛苦。

姬乃希望，至少假日就讓她逃離遠田的壞話吧。

然而到頭來姬乃還是無法拒絕千草的邀請，所以現在只好騎著腳踏車前往。

回想起來自己因為這種性格而吃了不少虧，背地裡被人說是什麼交際花，其他人老是推她去做不喜歡的事情，要是不好好改過，恐怕一輩子都要如此了。自己早已年過二十，性格也差不多該固定下來了吧。

遠方隱隱約約可以看見民宅，姬乃先前也去過千草家好幾次，所以倒是不至於迷路。

她現在對天之島的整體地理狀況變得頗為熟悉了，畢竟再怎麼說在這裡也住了一年半了。

「哎呀小姬，妳要去哪兒？」

所有與她擦肩而過的人都會向她打招呼，並且提出這個問題，這時候姬乃就會撒謊：「幫忙做點事情。」

要是說什麼自己準備去千草家參加光明的生日派對，聽到的人八成都會大皺眉頭吧，搞不好還會有人阻止她。

大部分島民對千草敬而遠之，雖然大家非常同情她，但只要認真勸勸她，她馬上就會歇斯底里。

沒多久姬乃來到千草家門口，此處和三浦家一樣是間古老的日本平房，陽光照射在石瓦上反射出強烈的光線。

姬乃自己開了外門，將自行車停好，走過石板路後直接打開玄關大門，這種鄉下習慣的行為已經深植在姬乃的日常當中。

「午安！我是姬乃——」

姬乃朝著屋子裡面喊，穿著圍裙的千草隨即現身在走廊盡頭。

「歡迎啊，真謝謝妳特地過來。」

或許是因為略施脂粉，久未見面的千草看上去變得較為年輕，姬乃還和她在一起工作的時候，她臉上總覆蓋著一層陰霾，現在已經完全消失了。

「謝謝妳邀我過來。呃，這個是給光明的禮物。」

姬乃迅速遞出綁著藍色緞帶的小袋子。

她原先感到很迷惘，但又覺得空手前去實在不好，因此上午慌忙衝去文具店，買下一組永遠不會被使用的文具，心情十分複雜。

「真是謝謝妳，不過之後直接拿給他就可以啦。」

「……」

「那孩子現在因為害羞所以躲在房間裡呢，晚點就會出來了吧。」

姬乃盡可能擠出笑容，僵硬地點了點頭。

千草把姬乃帶到客廳去，那裡佈置得相當可愛，五彩繽紛的造型汽球、五花八門的國旗裝飾，還有紙圈緞帶圍繞著整個房間。

千草究竟是抱著什麼樣的心情裝飾這些東西的呢？

「好棒喔！」

姬乃嘴上說著違心之論，隨手拉開餐桌邊的椅子，餐桌上鋪了動畫角色的餐墊，還放好了筷子和湯匙等餐具，總共有三副。

雖然姬乃早就料到千草果然只有招待她一個人前來。

「真抱歉現在才問，小姬妳有沒有不能吃的東西？」

千草就在旁邊的廚房烹飪，背對著姬乃詢問，她正在製作的應該是焗烤通心粉或者焗飯之類的。

「沒有完全不能吃的呢，雖然不太喜歡紅蘿蔔就是了。」

「和光明一樣呀，不過做成偏甜口味的話他就肯吃了。」

「哎呀，我也是呢。」

「呵呵，小姬還是個孩子呢。」

千草笑到肩膀發抖，感覺心情真的非常好。

「唔，我是不是也該幫個忙？」

「不用啦、不用，妳是客人呀。」

要是沒帶禮物來的話，會更加尷尬呢。

姬乃無事可做，便很自然地望著千草的背影。

上帝為什麼要奪走這個女性最重要的東西呢？要是兒子還活著，她根本不可能崩毀到這種程度，她的人生應該會很幸福才對。

千草會有接受光明死去的那天嗎？

「小姬啊，妳還在幫那孩子做便當嗎？」

千草忽然冒出這句話，那孩子指的是江村。

「是啊，一個月做幾次而已啦。」

姬乃依然維持著替江村做便當的關係，雖然角色便當她已經做到有點厭煩了，但江村還是老樣子只想要那種便當。

順帶一提，姬乃最近才知道江村其實並不喜歡魚類料理，先前明明有好幾次她都用魚做了便當，他卻從來沒有把東西剩下來。

江村對這件事情的說法是，「媽媽說不可以因為討厭就不吃，要好好吃掉才行」。

江村和千草一樣，現在仍追尋著母親的幻影。

「喔？你們還沒變成情侶嗎？」

「沒有啦，以後也不會是。」

「哎呀，這樣會讓人焦急啊，對方應該是有所期待的吧？」

沒有那回事，因為江村並不是把姬乃當成一位女性，而是將姬乃的身影與他心中的母親重疊在一起。最近他已經不太會將姬乃口誤叫成「媽媽」了，但姬乃仍然能感受到那種氛圍，他在自己身上尋求的是母性。

感受到這點的時候，姬乃略有些感到悲傷。

「烤十二分鐘就好了。」

千草將灑了大量起司的容器放進烤箱，按下開關，爐子轟轟地開始運轉。

她朝爐子裡看了會兒，說了聲「好！」然後鬆開圍裙的繩結，拉開姬乃對面的椅子。

「真抱歉還要妳等，前置作業花了太多功夫。」

「不會，我今天沒有工作，接下來也沒有預定要去哪裡。」

「最近支援隊的情況如何？還是一樣很忙嗎？」

「和真正忙碌的時候比起來還好，畢竟還能取得休假呢。」

「說的也是，島上也逐漸修復了呢。」

天之島的復興順利進行中，雖然還有許多地方無法處理，仍然殘留當時悽慘的受災樣貌，但與姬乃剛抵達此地時的慘況相比，幾乎可說是面目一新。

這是許多人流汗、流淚，拚了命戰鬥的證據。

「遠田隊長也還是那樣嗎？」千草瞇起眼睛問。

「呃，是的，和以前一樣忙碌。」

「反正都去出差吧？東京到底哪來那麼多研習活動？」

「這個我也不太清楚呢。」

千草緩緩地向前傾身，「最近似乎有不少關於那個人不好的傳聞呢，小姬妳應該也聽說不少吧？」

「……不，沒有呢。」

「我聽說他好像為了追加預算之類的問題，還跑到公所那裡去威脅人家要答應——」又開始了，真的是有夠討厭。

「真抱歉，我借個洗手間！」姬乃連忙告知，從座位上逃開。

她離開客廳，嘆著氣在走廊上前進。

其實她每天都聽到那些不好的傳聞，現在誇張到就算掩住雙耳也還是能聽見，大家越來越不信任遠田了。

先前遠田被大家歌頌為島嶼的救世主、復興的領導者，最近這股風向卻逐漸變了。風向會有所轉變，大概是從建造那個「真名之湯」的時候開始的。

今年初春，在支援隊長久作為據點的廢棄小學的校舍後方，忽然開始進行挖掘工程。聽說是在挖溫泉。

和遠田比較親近的島民要求他說明，他是這樣說的：「一開始應該是給支援隊隊員使用，只是普通的療癒用溫泉，不過之後會逐漸擴張，也會對外開放，當然到時候就會收取費用作為營利。島嶼的復興非常順利，但很諷刺的是，如此一來需要的工作人員數量就會減少，這樣就要接二連三告知員工壞消息。為了避免這種情況，必須要有新的事業，畢竟打造出新的工作就是緊急僱用新創事業的目的，也是我最大的責任和義務。」

但別說是姬乃了，就連三浦也是驚訝萬分，抱怨道：「我可以理解您的意思，但這種事情還是得先跟大家商量一下啊。」

然而這些話對遠田就像是耳邊風。

之後他在姬乃面前又這麼說：「就算事先和大家商量，也一定會有人反對。那些人會問風險評估如何啦、具體的數字呢，肯定會三番兩次阻撓這件事情，我不想浪費那些不必要的力氣。雖然這樣是有點強硬了，但只要成為既定事實，就算多少有些偏離軌道，也還是能把事情做完，畢竟社會結構就是這樣。不過阿姬啊，我希望妳能夠明白，我可沒有欺騙大家，也沒有在做任何壞事喔。我是為了支援隊和島上的人好，抱持著承受大家批評的決心做這些事情的。」

說老實話姬乃不知道社會是不是那樣的，但最後大家應該還是會感謝遠田吧。

不過從那之後，就不斷出現不相信遠田的聲音。

遠田房間裡的大型冰箱塞滿了各種高級食材，他每天盡吃些相當豪華的餐點；而且三番兩次出差都拿復興支援金大肆揮霍；就連「真名之湯」也是，大家根本沒辦法使用，完全就是遠田專用的……

每次聽見這些閒言閒語，姬乃就氣得牙癢癢。

大家都誤會遠田了，根本不明白他在想什麼，就擅自選擇不信任他。

事實上，遠田對姬乃說過好幾次可以自由使用「真名之湯」，那些高級食材聽說也是他從業者手上以相當低廉的價格買到的，雖然姬乃不清楚他出差時的詳細情況，但根本沒有他鋪張花費的證據。

姬乃覺得流言實在很可怕，完全會讓人看到黑影就開槍。

大概也因為如此，遠田最近顯得非常煩躁，只要一點小事他就會暴怒、對人破口大罵。姬乃上星期也只是要轉接電話給他，就莫名其妙遭了一頓罵：「看不出來我在忙嗎！就說我不在！」

看來遠田在精神上也有些衰弱了。

這麼說來前幾天晚上，遠田和某個人講了很久的電話……對方應該是村長吧。

遠田在電話中情緒徹底失控，說些「你是這個島的大家長吧」、「你也不做點什麼，太給人添麻煩了」、「我也已經緊繃到極限啦」這種話，姬乃本來沒有打算偷聽，但遠田怒吼的聲音在走廊上就能聽見了。

姬乃並不是真的要上廁所，但還是按下了沖水，她只是不想聽千草批評遠田，所以才暫時離開座位。畢竟平常就一直聽大家說遠田的壞話，姬乃壓力真的很大，希望至少假日的時候可以輕鬆一點。

她離開洗手間，準備回到客廳，才剛踏出腳步，就「哇！」地發出一聲小小的哀號，因為忽然覺得有人戳了戳自己的腰。

姬乃回頭，後面完全不像是有人的樣子。

那是怎麼回事……她吞了吞口水。

雖然那感覺很輕，但真的有什麼東西摸了她。

姬乃呆愣在現場，最後決定往前方走過去。

走到盡頭轉個彎，走廊的左手邊有扇門，門上貼著少年漫畫角色的海報，所以姬乃一眼就看出這是光明的房間。

她緩慢卻非常自然地往房間移動，就像是有人推著她走過去。

她握住門把，膽戰心驚地打開了門。

在那瞬間，她有種踩進了另外一個空間的感覺，同時耳中也響起了尖銳的耳鳴。

房間裡沒有人，當然了，這個房間的主人早已不在這個世上。

但是為什麼房間裡會有人的氣息呢？不是過往曾有人生活在這裡的氣息，而是現在還有人活在這裡的氣息。

這明明是不可能的事情，姬乃心想。自己到底是怎麼了呢？

她轉動著眼珠，再次環視房內，想來應該從那個時候起就沒有動過吧。房裡有書桌、單人床，枕頭旁有一整排的模型，地板一角有顆足球，小小的球鞋就放在鞋盒上。

這麼說來千草之前就說過光明很喜歡足球，他是前鋒，每次成功得分就會模仿C羅納度的得分姿勢。

姬乃無意中抬起視線，牆壁上貼著一張和紙，上頭用毛筆寫著「到五年級為止要達成挑球一百次」，而這個決心的左下角則寫了小小的日期「二〇一一年一月一日」。

姬乃心頭一緊。

他一定很想踢球、想再多跑幾步路、想活得更久……更久吧。

「對不起。」

不知為何，姬乃說出了這句話。

這是脫口而出的。

真抱歉沒能為你做什麼。你很痛苦吧？很害怕吧？要在天國盡量踢球唷。

姬乃在心中溫柔地對光明說這些話。

就在此時，姬乃的耳中響起了小小的聲音。

救救媽……

那不是什麼錯覺，姬乃真的聽見了。

那是個不認識的男孩子的聲音，不用想也知道會是誰。

仔細瞧瞧，蕾絲窗簾莫名飄動，窗戶明明是關上的。

但姬乃一點也不感到可怕，內心反而有種安穩又柔和的感覺。

這樣啊，你在那裡嗎？

姬乃很自然地接受了這個狀況。

就像是那時的海人、酒商克也、東北的計程車司機們所經歷的，亡者有時候會以這種方式出現在我們眼前，有意識地讓我們知道他們還在。

光明，我知道的。

我應該知道你現在是想對我說什麼。

「救救媽咪吧！」對吧。

太陽西沉後，姬乃回到三浦家。
陽子特意到門口迎接姬乃並馬上問她：「千草的情況還好嗎？」
她也是特別擔心千草的人之一，但因為她跟千草說過「要不要一起去本土的醫院看看」，之後千草就不再理會她了。
「她很有精神喔！」
「活著喔！」
姬乃邊脫鞋邊回答。
「我當然知道她身體健康，但是她還是說光明……」
「活著喔！」
「啊？」
「我剛剛也見到了呢，我是說光明。」
「呃……小姬？」
「等等我再細說，先做晚飯吧。」
姬乃與陽子在廚房一起準備晚餐。當然，她們一邊聊著姬乃在千草家發生了什麼事情。
陽子的丈夫治先生不在家，雖然他今天也休假，但是方才村長找他有事情，因此他開車前往村長居住的暫時住宅了。走之前陽子問了「是什麼事情啊」，治先生卻不願意回答，只說了什麼「別擔心」就出門了。

最近治先生的樣子非常奇怪，表情總是相當陰沉。

「所以我說光明還活著啊，至少在千草太太心中是這樣的。」

姬乃切著蘿蔔隨口說道，刀子落在砧板上咚咚的聲音響徹整間廚房。

「嗯……也不是不能理解啦，可是……」

「陽子太太不相信我嗎？」

「不不，不是那樣的。就算是真的好了，也不能一直這樣下去啊。」

「也是啦，不過我想千草太太心裡也明白光明早就死了。」

「真的嗎？我一點都看不出來呀，妳怎麼會這樣想？」

「千草太太有在喃喃自語說什麼『就是不肯消失呢』。」

這句話是千草在凝視著蛋糕上搖曳的燭光時脫口說出的。

那時候姬乃覺得有點懂了，其實千草已經了解兒子逝去的事了。

只是，她即便理解了但仍舊不願承認。大概是因為承認的話，她的精神就會完全崩毀了。

「我想光明可能是擔心母親，才無法成佛，只要千草太太願意好好接受他往生的事，他就能安心去天國了吧。」

聽姬乃說得這麼認真，陽子不禁嘆了口氣搖搖頭。

只不過，她並非對姬乃的說詞感到吃驚，因為她露出了笑容。

「說不定真的是呢，既然小姬這麼說，我想一定錯不了的。」
姬乃也笑著點點頭。
這時玄關的方向傳來有人喀啦喀啦拉開大門的聲音。
原本以為是治先生回來了，沒想到卻聽見另一名男性的聲音喊了聲「打擾了」，聽起來應該是派出所的警察中曾根。三浦家三不五時就會有人來訪。
姬乃和陽子擱下手邊的事，一起去玄關，果不其然是穿著制服的中曾根。
「唷，小姬還真適合紅色的圍裙哪，美得一點都不輸小紅帽呢。」
中曾根馬上開起玩笑，這位警察總是如此。
陽子抗議：「人家也是穿紅色圍裙呢。」
「哎呀陽子太太當然也很美啊，但尺寸是不是不太對呀？圍裙小了點呢。」
等說夠了笑話，中曾根終於向她們問：「治先生在嗎？」
「他還沒回來呢。」
「這樣啊，他去哪啦？」
「村長那兒呢，去了兩個小時左右，是村長打電話來找他去的，為了什麼我就不清楚了。」
「喔……」
中曾根看向遠方，微微點著頭若有所思。
「怎麼了嗎？」

「不，沒什麼。」
「沒事怎麼會來我家？」
「也沒有啦，那在下也去村長那裡露個臉吧，先這樣囉。」
姬乃和陽子面面相覷，對方很明顯在隱瞞些什麼。
中曾根剛把手搭到門上，又停下來回頭問：「小姬，遠田先生什麼時候會回來島上？」
「喔……他預定是明天要回來。」
遠田現在是出差中。
「具體知道大概是幾點嗎？」
「這我就不清楚了。」
「好吧。再會啦！」
中曾根還擺了個敬禮的姿勢才瀟灑離去。
「是有什麼事情嗎？」陽子不安地問。
姬乃歪了歪頭，「不知道呢。」
周遭不知為何有股騷動的氣氛，連帶著讓人內心也跟著慌張起來。
過了幾個小時，都要晚上十點了，治先生卻還沒回家，他的晚餐只能先用保鮮膜包好放在餐桌上。
「我要不要也去村長那裡看看啊？」

陽子在餐桌邊一手撐著頭思索。

她似乎已經打了好幾通電話，但治先生都沒有接，也沒有回電。

「但是您要怎麼過去呢？」

治先生把車子開走了，然而村長居住的暫時住宅在島的另一邊，沒車子的話要過去實在太辛苦了。

「沒關係，我可以跟鄰居借車。」

「啊，那就好。不過我想他應該很快就會回來了吧？」

當然姬乃這麼說只是希望陽子安心。

治先生三不五時就會晚歸，不接電話也是常態，他總是把手機放在一邊，怪不得常被老婆陽子斥責「手機是用來幹嘛的啊！」

「我也是這麼想的，但總覺得今天不太一樣啊。」

果然陽子和姬乃一樣有不好的預感。

「好吧，坐在這裡煩惱也無濟於事。」

陽子說完站起身。

姬乃原本也想跟去，但陽子說可能還會有其他人來訪，請姬乃留在家裡看家。

雖然三浦家經常有人造訪，姬乃還是覺得這個時間應該不至於有人來吧？但就在陽子離開半個小時後，還真的有人來了。

況且站在玄關外的居然是江村，他可是第一次來這間屋子。

「怎麼啦？都這時間了。」姬乃雙眼圓睜地問。

「妳來一下。」江村的口氣還是一樣冷漠。

「去哪裡？」

「總部。」

「總部？怎麼了？」

「有工作要交代給妳，是遠田隊長的命令，妳來吧。」

江村一把抓住姬乃的手腕，硬是要將她拉走。

「等等，怎麼了嘛！」

江村拉著姬乃的手，在夜空下一步步前進，天空密布著詭異的雲層。

「喂！我說啊！」

「要跟我說是什麼樣的工作啊，不然我不去。」

姬乃用力甩掉對方的手，瞪著回過頭的江村。

「把檔案砍掉。」

「檔案？什麼檔案？」

「妳所有的檔案。」

「不要喊妳，要叫我姬乃。好啦，到底是怎麼回事啊？我完全聽不懂耶。」

「等等再說明。」

姬乃雖然一頭霧水，但只能先去了再說，如果這是遠田的命令，那就得要遵守。

結果到了校門口，姬乃才錯愕地驚呼。

「啊，糟了。」

她竟然忘了鎖家門！儘管三浦夫妻經常沒鎖門就出去了，但姬乃一定會鎖好才外出。

而且也沒拿手機，這樣實在沒資格嘲笑三浦先生呢。

「真是的，都是江村你害的啦！」

姬乃在抱怨的同時走向穿堂。

她換上室內鞋，剛走進辦公室就發現小宮山和遠田竟然都在，遠田明明應該還在出差呀。

正在操作筆記型電腦的遠田停下手邊的事情，搶先說：「我提早一天回來，因為有點急事。」

「急事喔……」

「不好意思阿姬，有事情要麻煩妳馬上處理，妳先坐下。」

遠田拉開他旁邊的椅子。

姬乃一坐下，遠田就把筆電推到她眼前。

看見電腦螢幕，姬乃不禁愕然。桌面上變成一片空白。

說起來，這台筆電平常是姬乃在使用的，裡面放了各式各樣的檔案和資料，都集中在桌面上的檔案夾裡，但現在全部消失了。

姬乃皺起眉頭，說：「該不會格式化了吧？」

「對，但妳不用擔心，資料全部搬到那邊了。」

遠田用下巴點了點眼前那個巨大的硬碟。

「喔……但是為什麼呢？」

「妳別管那麼多！」遠田語氣粗暴地說，「總之，阿姬妳把個人帳號全部告訴我，Yahoo、Amazon、樂天那些購物網站的帳號。」

姬乃的腦袋一片混亂，但現在可不是提出質疑的好時機。

不知為何遠田異常煩躁，而且顯得十分焦慮，表情緊繃完全不容置喙。

因此姬乃在他的指示下，先登入Yahoo的購物網站，這是姬乃在來到天之島之前就使用的私人帳號。

遠田要求她馬上刪除所有帳號，當然也包含這個。

姬乃自然有些不情願，畢竟點數也累積了不少。

但是遠田毫不講理，「再開新帳號就好了，點數我用現金付給妳。」語畢，又威脅姬乃：「這可是命令」。

到最後，姬乃只得按遠田的命令做，把所有帳號刪得一乾二淨，連自己用的電子郵件及信箱也全部刪光了。

姬乃除了遵守命令別無他法，因為遠田真的很嚇人。

但姬乃絲毫不明白遠田為什麼要叫自己做這種事情，也不知道他的目的是什麼。

想來遠田是想要隱藏購物網站的購買清單，還有他曾經瀏覽過的痕跡吧。

現在總部裡各種消耗品，像是旁邊櫃子上擺的咖啡機、熱水壺、插在遠田口袋裡的萬寶龍鋼筆，這些東西都是用姬乃的私人帳號購買的。當然這都是遠田的命令。

「阿姬，我想妳應該明白，這些事情絕對要保密，我說的是全部。」

遠田正面對著姬乃說出這些話，銳利的眼神明白告訴姬乃絕對不可反駁。

姬乃忍不住嚥了嚥口水。

「知道的話就好好回答。」

「……是的，我明白了。」

聽姬乃答應後，遠田重重點了點頭，又將手放在她的肩膀上，用大到姬乃幾乎想喊疼的力道抓住她。

「我先告訴妳，明天會有很重要的消息要公布，妳可能會覺得很驚訝，但是不必擔心，我一定會保妳平安。聽好了，不管發生了什麼事情，阿姬妳都要相信我，絕對不要動搖，知道嗎？」

姬乃不明所以，只能點了點頭，心臟加速拚命跳著。

遠田的手機響了。他低頭一看螢幕，罵了聲「媽的」，走出辦公室。

雖然姬乃能聽見他在走廊上和人講電話，卻聽不清楚內容談了些什麼。

就在此時，旁邊的小宮山忽然脫口而出：「收線太鬆就會這樣啦。」

從稍早起他就一直埋首於另一台電腦和大量文件之間拚命敲打鍵盤，姬乃偷看了一下，似乎是用Excel在做些表格。

而且，之後小宮山還是沒完沒了地碎碎唸。

「先前明明那麼隨興，這種時候了又不發追加預算是怎樣啦！」

「為什麼我得做這種事情啊！」

「你自己擦屁股啊！」

看來這個男人也煩躁得不行。

另一邊，江村兩手背在後頭，宛如雕像般站在房間一角，姬乃從剛才就不停用求救的目光朝他望去，但他絲毫沒有往這裡看上一眼。

「不行啦！我要休息一下……喂！江村！」

小宮山往椅背一靠，衝天花板說道。

「我餓啦，你拿點什麼吃的來！」

然而江村毫無反應。

「喂，死小鬼！裝死啊！」

江村這才小聲地說：「我不聽你的命令。」

小宮山輕嘖一聲，語氣裡滿是厭惡：「只不過是個性愛娃娃。」遠田正好講完電話回到辦公室。

「看來三浦他們聚集在村長那裡的樣子。」甫一進門他就說，然後轉過身面對姬乃，「反正肯定是要做些什麼壞事，那些傢伙真是有夠閒的。」

姬乃不知如何回話，以前遠田從來沒有這樣說過三浦他們的壞話。

「阿姬，妳不要跟任何人說我現在在島上。」

「……」

「回答呢？」

「……是的，我明白了。」

「好，那妳可以回去了。」

姬乃起身道別，朝門口走去，一直到最後，江村都沒有再看她一眼。

「阿姬。」

姬乃正要開門，背後又傳來喊住她的聲音。

姬乃回過頭，遠田最後又像是保險起見地補了一句：「妳可別背叛我啊。」

姬乃緩緩點了點頭。

她走出辦公室來到陰暗的走廊。「不然遠田你自己來做不就得了！」小宮山反抗的聲音從大老遠傳到她耳朵裡，隨後一聲巨響，大概是遠田踢翻了椅子之類的東西。

搞什麼啊亂七八糟的，到底是發生了什麼事情呢？

姬乃在歸途上一路握緊拳頭——因為她始終無法停下指尖的顫抖。

姬乃回到三浦家裡依然空無一人，三浦夫妻兩人都還沒回家。

她馬上拿起忘在客廳的手機，也沒有人打電話來。

她立刻給陽子撥了電話，響了好幾聲以後，陽子才接起來。

她正與丈夫一起留在村長那裡，另外還有幾名公所的人，包括稍早先來到三浦家的中曾根。

〈我也覺得情況好混亂呀。〉

雖然陽子用了這樣的開頭，然而她說的話卻讓姬乃以為自己聽錯了。

大約兩個月前，遠田要求村長等行政單位的人評估追加復興支援金——也就是緊急僱用新創事業的預算。他表示復興支援隊在財政上相當困難，已經撐不到下一年度的預算核發，沒有追加的話就要破產了。

針對這件事情，行政單位當然也有所回應。

說的當然是比做的簡單，要我們評估追加預算也不是不行，只不過，希望復興隊能夠提交截至目前為止的損益表。

這是理所當然的，今年度剛開始的時候就有擬定一份預定損益，怎麼可能會現在就破產了呢？

但是遠田始終不肯拿出復興支援隊財務相關的文件，就只是一直跑去要錢。

原先事情遲遲沒有進展，但到了最近他終於交出了損益表，不看還好，這一看實在太過粗糙、完全就是隨便填寫的東西，簡直就像是小孩子塗鴉寫出來的報告。

當然天之島的行政單位也馬上就駁回了。

事情至此，遠田的態度也驟然一變，「現在不給我追加預算，我就只能解僱所有員工了。」他竟然這樣威脅大家。

〈我想他應該不會真的那麼做吧，但居然說要解僱員工……與其說大家很生氣，不如說現在實在不知該如何是好呀。〉

陽子在電話另一頭嘆氣。

遠田剛才說有重要的事情要宣布，該不會就是這件事情吧？他不會真的是要告訴大家，所有人都被解僱了吧？

〈還有別的事情呢，好像說島上的餐飲店都在大肆抱怨遠田隊長。〉

聽說遠田去吃吃喝喝都沒給過錢，原本他答應了月底一定會付款，店家才不急著催他，但一轉眼都掛了三個月的帳，前幾天遠田到店裡去，店長請他付款，沒想到他大言不慚一口回絕。

「要抱怨去找行政單位啊！先前拜託我那麼多事情，現在我只是要一點錢都不行。你也一樣，你以為是托了誰的福才能在這邊好好經營啊！啊？你倒是說啊！你是靠了誰才有今天的生活啊！」

那時候遠田已經醉醺醺了，所以這些話店長也只好聽過就算了，但後來其他店家也遇到相同的情況，所以請中曾根稍微留心一下。

因此中曾根才會去找和遠田比較親近的三浦商量。

〈無論如何，復興支援隊應該是真的有困難吧，雖然定期有審查的人過來，不過那畢竟是形式上的需求，細節不會看得太嚴。我家那口子也是，大家都怕惹遠田隊長不高興，多少有些顧忌……說到底他還是對大家有恩哪！但現在一口氣爆出這麼多不好的事……〉

姬乃呆呆地聽陽子說著，心中還是感到難以置信。

遠田不是有自己的理由嗎？對於大家所抱持的疑問及不滿，他應該有相當合理的原因才對啊？

應該只是哪裡誤會了……姬乃在心中暗暗祈禱。

〈總之呢我們差不多要回去了，大家好像已經達成協議，說要徹底調查復興支援隊的財務狀況，傍晚的時候好像已經告訴遠田隊長了。〉

所以遠田才會慌慌張張回到島上嗎？

〈小姬妳先睡吧，晚安囉。〉

「啊，陽子太太，其實……」

——妳可別背叛我啊。

〈什麼？怎麼啦？〉

「……不，沒什麼，妳們路上小心。」

姬乃說不出口。她沒辦法告訴陽子，自己剛見過遠田。也不敢說遠田採取了類似湮滅證據的行動，而且自己好像還稍微幫了他的忙。

姬乃沒去洗澡就躲進被窩裡，拿棉被整個蓋住頭，將身子縮在苦悶的黑暗當中。

不久後三浦他們就回來了，但姬乃還是裝成已經入睡。

即使隔著紙門，姬乃依然能聽見他們的對話。

「怎麼會變成這樣呢……」

三浦嘆著氣。

姬乃用雙手摀住耳朵，不想聽見他們的聲音。

遠田隊長他——是壞人嗎？

所以我也做了壞事嗎?我一直都是在做壞事嗎?

姬乃的腦海中不自覺地浮現出爸媽的臉孔。

姑且不論爸爸,姬乃今年一直都沒有和媽媽聯絡。因為去年底回家的時候,兩人大吵了一架,姬乃無法原諒母親說女兒在天之島的生活是「浪費人生」。就算那是氣頭上隨口說的話,姬乃就是接受不了。

「我是在幫助他人啊!天之島上有很多人需要我啊!」姬乃向母親哭喊。

沒錯,我是為了幫助他人才來到這座島上的。

我是為了做好事,所以來這座島嶼——

結果,姬乃整夜都沒能闔上眼,一早便出門工作。

隨即在晨間會議上,遠田當真對共計八十二名員工表示所有人都遭到解僱。

在大家一片迷惘的氛圍中,姬乃悄悄離開現場。

沒多久大家如雷的怒吼聲傳了出來,為了逃離那些聲音,姬乃拚了命地跑開。

3 march

SUN.	MON.	TUE.	WED.	THU.	FRI.	SAT.
	1	2	3	4	5	6
7	8	9	10	11	12	13
14	15 堤佳代	16	17	18	19	20
21	22	23	24	25	26	27
28	29	30	31			

17　二〇二一年三月十五日　堤佳代

時間明明還是上午，外頭卻黑得彷彿夜晚。窗戶外那無邊無際的天空低垂著烏黑的雲朵，就像是要包覆這座天之島。

不知何時，外面那些媒體全消失了，看來他們沒有耐性在這種豪雨當中瞎耗下去。

不過他們大概也只是暫時休兵，肯定不會記取教訓，雨一停就會再次現身了吧？他們無論如何就是想要報導來未撿到的那些金塊。

就結果而言，對大家下達封口令，要所有人對媒體三緘其口，果然是正確的選擇。

要是有誰隨口透露了點什麼，媒體只會更加興奮地大肆報導吧。

畢竟那金塊的背景之複雜，遠比大家所想的還要誇張呢。

江村說金塊是自己掉落的東西，他剛剛才告訴大家金塊的來由。

那些金塊是賣掉藍橋的資產交通工具以後，從中國仲介手上拿到的貨款。

該仲介似乎將他從藍橋手中買下的交通工具，經由香港運送至中國本土或北韓等地。海外的日產車需求量非常高，尤其是HIACE，車況如果夠好就能賣出高價，也就是把那些都當成竊盜車來處理。

至於遠田選擇這種黑市交易的理由，江村說，其一是因為要在國內用合法管道賣掉那些東西非常困難，只要稍加調查就能知道，藍橋持有的交通工具來路有點問題，店家恐怕對此敬謝不敏，再怎麼說他們當然不可能接收那種之後搞不好會被扣押的東西。

其二就是遠田沒有時間了。別說是他，就連持有藍橋財產的江村隨時都有可能被逮捕，這樣一來，江村名下的財產也會遭到扣押。

因此遠田必須盡快將藍橋的資產換成錢才行。

會選擇金條，是因為這遠比現金更難追蹤。

雖然佳代能夠理解江村的意思，但還是很沒有真實感。

不過也不覺得他在說謊。

從先前談話的過程中，其他人或許已經做出了一定程度的推測，所以大家對金條的來源並不感到驚訝。

但是——

「殺了，遠田殺的。」

接下來可就又讓人嚇破膽了。

他們與那位仲介發生糾紛，結果導致遠田殺死那位仲介。而且殺害現場就在復興支援隊總部裡，這怎麼能不叫人驚訝。

聽江村說，原本把那些交通工具都裝上船，應該就能馬上拿到金條了，畢竟這種黑市交易沒什麼履約保證，為了避免有任何一方毀約，基本上都是現場一手交錢一手交貨。

江村已經先問過遠田交易金額，然而仲介交給他的手提箱裡所裝的金條數量根本不夠，大概只有說好的數量的一半而已。

在江村看來，自己太過年輕，實際上不過是遠田的代理人，對方也瞧不起他吧。於是他打了通電話給遠田，請他和仲介談。

遠田在電話中要求對方說明，仲介竟然撂了狠話：「不要的話交易就作罷，不過搬貨的費用我還是會跟你全額請款的，你要是拒絕，我可不會把船上的東西還你——」

仲介對這場交易背後的內情一清二楚，算準了遠田不得不妥協，才用上如此強硬的手段。

但仲介搞錯了一點。

遠田可不是那種會夾著尾巴逃跑的人。

他立刻對江村下達指令。

——我馬上過去，在我抵達之前你把那傢伙綁走，絕對不要讓他逃了。

掛掉電話後，江村立即將仲介引誘到支援隊總部的建築物裡。

江村說，裡面還有東西忘記搬出來，仲介不疑有他跟了進去。

那時候學校內還有很多島民和警察呢，江村卻毫不在意地施暴。

他正是在那間住宿的房間裡乘隙襲擊仲介。

「我從後方扭住他的脖子，用膠帶綑住他的手腳。保險起見為了避免他逃走把腳骨也打斷了，順便打傷他的喉嚨，接著拿本來要用來打包的毛毯把他包起來丟在地上。」

佳代已經搞不懂這到底是在做什麼了，事情完全超出她能夠理解的範圍，看來這個男人的精神果然異於常人。

「那個時候他不是還有很多夥伴嗎？」三浦問，「那男的不見蹤影，他們不覺得奇怪嗎？」

「他們不是一夥的，只是花錢僱來的業者，所以裝好貨之後馬上就離開了。」

那天日落後遠田回到島上，江村帶著他再次潛入支援隊的建築物當中，接著開始拷問被關在裡頭的仲介。

你這樣對我，還以為自己能平安無事嗎——起先仲介還從沙啞的喉嚨裡擠出這句話，擺出一副強勢的樣貌，但要不了多久就開始求遠田饒命。

我會準備原先說好的金條的，求求你不要殺我——

然而遠田並沒有就此下手輕一點，由此可見他有多麼憤怒。

「不要小看日本人，看我拿你去當魚餌！」

遠田本也不是真的打算要殺他，只不過一回神，那個仲介已經沒氣了。

「佳代呀！」

陽子招招手，把佳代拉到走廊上。

「你們這兒有沒有胃藥啊？」陽子表情痛苦地嘀咕。

「怎麼了，不舒服嗎？」

「有點。」

「都是因為大家興致一來喝了那麼多酒，妳又喝不了那麼多。」

昨天陽子很難得和大夥兒一起喝了酒。

「不是啦，我只有喝一點而已，但一直聽這些莫名其妙的事情，就覺得實在不舒服。」
「那就趕快回家……雨太大了。好吧，那妳吃過藥隨便找個房間先躺著吧。」
「不，我也要聽到最後，我想知道發生了什麼事情。」
佳代嘆了口氣。
「妳想聽就聽吧，但我真不知道該拿那些孩子怎麼辦，他們幾時變得這麼頑固了？」
結果海人、穗花和葵三個到現在還待在客廳，大人終究輸給了他們的氣勢。
「這也沒辦法吧，與其讓他們聽了一半再胡亂猜測，還不如就別隱瞞了，讓他們知道也好。」
「怎麼能這麼說呢。」
「畢竟也瞞不下去了啊，再說那些孩子也已經不是小孩了。」
話雖如此，江村說的那些綁架啦、殺人啦，對教育上來說真不是什麼好話題。
「不過妳也是啊，那個女孩沒問題嗎？我說小姬。」
「喔，是呀。」陽子臉色一沉。
姬乃從江村來到此處以後，臉色一直很難看。
「她和江村之間有過什麼事情嗎？看起來一直怪怪的。」
聽佳代這麼說，陽子靠了過來，小小聲地說：「有傳聞說他們以前有在交往。」
「真的嗎？」
「小姬自己是否定啦……」

佳代覺得這很有可能，他們年齡相近、又在同一個職場工作，這對年輕男女來說是非常自然的事情。

到了此時，大家終於忍不住了。

「大致上的事情我們都聽完了，結果遠田政吉到底怎樣了，你倒是快告訴我們啊。」

走廊上傳來的聲音是陽子的丈夫三浦治，他再度強調問題，陽子和佳代兩人也一起回到客廳。

「這才是我們最想知道的事情。」

現場的氣氛驟然緊張了起來。

這是所有人最想知道的事情，但卻一直問不出口。

因為大家都很害怕，不知道會從江村的口中聽到什麼樣的真相。

但江村卻保持沉默，始終沒有開口。

「難不成……遠田也已經死了？」

三浦終於按捺不住問出了口，江村隨即微微點了個頭。

這天眾人最為驚愕的一刻便是此時。

「該不會，遠田也是你殺的吧？」

然而江村沒有回答，他往另一個方向看去，原來是直盯著菊池一朗瞧。

兩人互相凝視了一會兒，佳代似乎看到一朗隱約搖了搖頭。

爾後，江村緩緩開口：「那天——」

「哎呀，小姬！」陽子忽然慌張地喊。

佳代看見了聽眾之中的姬乃，旋即意識到應該是發生了什麼事。她的臉色蒼白，不斷發抖。

陽子立刻奔到姬乃的身邊。

「怎麼了？妳沒事吧？」

「……沒、沒事。」

姬乃在陽子的懷裡，雙唇依舊不停顫抖著。

「可妳抖成這樣，都冒冷汗啦，身體不舒服嗎？要不要先去休息一下？」

但姬乃無論如何都要留下。

然後她對江村說：「你繼續說，就全部說出來吧。」

3 march

SUN.	MON.	TUE.	WED.	THU.	FRI.	SAT.
					1	2
3	4	5	6	7	8	9
10 菊池一朗	11	12	13	14	15	16
17	18	19	20	21	22	23
24	25	26	27	28		

18 二〇一三年三月十日 菊池一朗

一朗完全沒能趕上，等他回到天之島，那些藍橋公司停放在復興支援總部的資產已經全部消失，現場只剩下筋疲力盡的島民們。

「我們和警察一直拜託他們住手，但是那些傢伙說什麼你們沒有權利阻止，所以我們也只能在一邊看。」

一群人在煙霧繚繞中向一朗說明當時的狀況，他們在那片灰色天空下席地而坐，每個人都在吞雲吐霧。

那模樣令人聯想到吃了敗仗的軍隊。

「一朗啊，這樣等於是我們輸了吧？」一位男性垂頭喪氣道，「連警察都無法插手，這樣我們這些小市民哪能做些什麼呢？」

一朗否定了他的說法，並告訴大家遠田就快要被逮捕了。

但是大家都非常懷疑這個可能性。

「那只是期望而已吧？我覺得遠田根本就不會被抓啦！都發現他盜用公款半年了，結果半點證據都沒有，天知道啥時才能逮捕他。」

「沒那回事，俊藤先生說警方……」

「一朗，雖然你很信任那個男的，但我們可不這麼想。他到底是個媒體人，只是為了工作才跟你那麼親近的。」

一朗本想反駁，最後還是把話吞了下去。現在說什麼都沒有用，因為大家臉上都寫滿了絕望。

「對了，江村人在哪裡？」一朗開口問。

「應該已經離島了吧？我們盯著他一個人離開的。」

「那和江村一起的男人呢？」

「那個奇怪的傢伙？你這麼一說，他不知什麼時候就不見了呢。」

「我也覺得很奇怪，我親眼看他跟江村一起進了總部的，但只有江村一個人走回來耶。」

一朗轉過頭去凝視著總部那棟建築物。

「不管怎麼說，江村都是和遠田一樣的怪物，我們可是拚了命跟他說『你也該有點良心吧？拜託你不要這樣，我們以前可是一起打拚一起流汗工作的啊』，結果呢，那傢伙面不改色說什麼『我跟你們沒什麼好說的』咧！」

一朗嘆了口氣，那個場景實在太容易想見了。

「對了，治先生又是去了哪裡？」

「早回去啦！治先生都哭啦，跟我們道歉，說啥一切都是他的錯，明明沒有人怪他啊。」

「可是，就是他把遠田帶來的呢。」

「你怎麼能說這種話！」

「這是事實啊，我也沒有要怪治先生的意思就是了。」

「那就別說出口啊蠢蛋！」

「你居然罵我蠢蛋？」

「不是蠢蛋就是牆頭草啦！不知道是誰不久前都還高喊『遠田隊長的命令絕對要遵守』咧！」

吃了一頓排頭的男人臉色驟變猛然站起。

「別這樣，現在吵架也沒用啊，事實上就是我們先前都太信任遠田了，我們都有責任啦。總之大夥兒先回去吧，差不多該吃晚餐了。」

在一朗聽來，這句話就像是「吃飽以後忘掉那些討人厭的事情吧」。

一朗望著那些垂頭喪氣的夥伴們離去，撥了個電話給人在東京的俊藤。

聽一朗說江村把藍橋的資產都帶走，俊藤也大吃一驚，但他馬上表示能夠理解這種情況。

〈遠田那傢伙果然出手了。〉

「但是遠田怎麼會在這種時候使出這麼強硬的手段？這樣不是會讓他的觀感更糟，不利於判決嗎？」

一朗向俊藤提出自己的質疑。就算沒有證據，但不管是社會大眾或是警察，一定也都認為這是遠田對江村下的命令。

畢竟藍橋原先的負責人小宮山失蹤了，而他持有的財產又全部轉讓給江村，這是和先前狀況相異的關鍵所在，媒體應該也會紛紛報導這件事情。

〈想來遠田現在應該相當不安。〉

「不安？」

〈對。遠田應該很清楚，他最近就會被逮捕了，聽說他還問身邊的刑警『我還能快活多久啊？』但要是警方將調查方向轉向江村，問罪於他可就麻煩了。要是那樣的話，江村持有的財產可能會被沒收，我猜遠田最害怕的就是這件事情，這樣等他被關個幾年再出來，就身無分文了，你也知道，江村所有的財產都是遠田的東西。〉

「也就是說，他要在資產遭到扣押以前，趁現在換成金錢嗎？」

〈就是這樣。〉

「但是就算換成錢，只要法院判決要他賠償的話不是一樣嗎？錢一樣會被扣押吧？」

〈當然，但是動產藏不起來，錢卻是可以的。〉

一朗雖然明白這個道理，仍然覺得這實在過於愚蠢。

〈我想是因為菊池先生你的存在讓遠田感到畏懼。〉

「我嗎？為什麼？」

〈遠田大概已經知道你把江村的底細查了一通，如果他們兩個的秘密關係曝光，那大家肯定會將懷疑的目光也轉到江村身上，江村先前和小宮山不同，本來是在安全區的，這樣一來他也很危險了。就算江村不會自白，但警方很可能會找到證據證明他和占用公款有關，或者是有其他的違法行為，我想這就是遠田在疑神疑鬼的。〉

一朗沉吟：「但我不管怎麼想都覺得現在匆匆忙忙動手不是好時機，說穿了遠田就算是個大壞蛋，腦袋還是挺靈光的。」

〈那是因為你當局者迷。從我這個第三者的角度來看，遠田是個手腳不俐落、漏洞百出的傢伙。〉俊藤一口咬定，〈遠田的確在某些領域的能力特別優秀，比方說欺瞞他人或者支配人心，但是那男人做事實在太過隨興，所以才會搞到復興支援隊破產，導致他自己被逼到死胡同。說到底，那個男人精神上還不夠成熟呢，就算裝腔作勢，終究是個心眼狹隘的傢伙，越是膽小的人越容易輕舉妄動。〉

俊藤大剌剌地說完辛辣的評論後，嘆了口大氣，〈無論如何，這下子小宮山就更有可能已經死了呢。〉

一朗也是這麼想的。

除非是小宮山死了，否則無法說明他持有的藍橋財產怎麼會無償轉讓給江村。

小宮山應該是被剝奪了所有權力以後，連性命也葬送了，而且今後遠田還會把占用復興支援金公款這件事情所有責任都推到他頭上，讓他背黑鍋成為冤大頭。

假如小宮山被殺了，那麼雙手染血的恐怕是江村汰一。萬一他被抓到罪證遭到逮捕，那遠田因此被問罪的風險也比較低。

——只要下了命令，江村絕對一個字都不會吐露。

〈那就先這樣，明天再拜託你了。〉

俊藤預計要前來參加安魂祭典，明天早上會到天之島。

「你確定幾點到島上再跟我說吧，我會到平常那個碼頭接你。」

〈沒關係，我會搭計程車，不用麻煩了。〉

「計程車會很難攔的，明天應該會有很多人從本土回來祭拜，現在就已經有很多島民親戚回鄉，還得加開船班呢，明天可不止這樣吧。」

〈這樣啊，那真不好意思，就麻煩你了。〉

「俊藤先生，另外還要拜託你一件事。如果你時間方便的話，可以試著再去接觸一次椎名姬乃嗎？」

一朗希望俊藤能幫忙邀她來參加安魂祭典，雖然這也只是死馬當活馬醫。

〈我明白了，等一下我去她公寓一趟，她可能會假裝不在家就是了。〉

一朗和俊藤通完電話，仰頭望天，迎面而來的是滴答、滴答的零星雨滴。

遙遠的天空飄著陰暗的雨雲，從風向看來應該會往這裡前進。

要下雨就趁現在快下吧，希望明天能有陽光照亮這座島嶼。

一朗朝著天空祈禱。

明天是二〇一三年三月十一日，東日本大地震整整過了兩年。

由於一朗沒有事前告知自己要回家，妻子智子見到丈夫歸來很是驚訝，兒子優一則是高興歡呼。

他們兩人正在吃飯，一朗只好自己到廚房去拿冷凍庫裡剩下的飯做個炒飯。

揮動鍋子的同時，妻子詢問了幾個事件相關的問題，一朗盡可能慎選用詞來回答。雖然孩子應該聽不懂，但他就是不想在孩子面前說那種事情。

「我覺得越是明白越令人難過，江村那孩子真的太可憐了。他明明是個人類，卻搞得好像是遠田操縱的娃娃一樣，他在天國的母親一定也很傷心。」

她也相當同情江村，畢竟自己也是一位兒子的母親。

「那江村還在這個島上嗎？」

「不，應該不在吧。那時候好像有貨船靠岸，我想他應該一起離開了。」

「什麼嘛，這樣啊。」

「江村怎麼了嗎？」

「如果他還在島上的話，我想好好罵罵他。」

妻子這番話讓一朗苦笑了起來。

一朗將炒好的飯裝盤，端到餐桌邊。

「對了，你的工作沒問題嗎？」

等一朗好好坐下，妻子再次開口詢問。

其實一朗離開島上的時候，都是妻子幫忙丈夫前往宮古通訊部工作。當然她沒辦法撰寫報導，所以只有那個部分仍然由一朗負責，但是她所做的工作量已經遠遠超過所謂的幫忙了。

以前一朗就常把工作帶回家，她總在身旁看著丈夫工作，早已掌握整個業務流程。不過當然還是會有各種細節問題，所以做起來也不是那麼輕鬆。

她同時要做家事、帶孩子，還得做自己原先不熟悉的工作。

「是啊，都是靠妳的幫忙。」

雖然這麼說了，但總覺得只說這麼一句還是不夠，一朗放下手中的湯匙再次開口：「真抱歉給妳添了這麼多麻煩。」

「我不是想跟你抱怨才問的啦，是擔心你跟公司聯絡方面有沒有什麼問題啊？」

「完全不會，我一直都有跟公司聯絡，而且公司也能夠理解我在做什麼。」

這是真的。

就連局長都說：「徹底追查這個占用公款事件，揪出把復興大義生吞下肚的重大罪人本來就是報社的工作，是我們記者的責任。聽好了菊池，你絕對不能輸給他！」在一朗背後推了一把。

「這樣啊，那就好，那你也不用擔心我啦，我已經開始習慣這些工作了。而且還滿愉快的，畢竟也拿了薪水呢。」

妻子眨了眨眼睛，這種貼心實在讓人覺得溫暖。

雖然一朗是通勤上班，但通訊部有許多員工是住在宿舍，因此有很多記者的配偶會幫忙接電話，也會處理一些雜務。為了回報她們的協助，公司會支付一些津貼，被大家稱為「老婆津貼」。

「對了，等一下我要帶優一出門喔。」

「去哪裡？」

「綜合體育館，要幫忙準備明天安魂祭典的東西。」

一朗聞言摸了摸下巴，「那麼陽子太太應該也會在那裡囉？」

「當然啊，陽子太太可是婦女會的領頭羊呢，哎呀不能說是婦女會，要說是女性團體。」

這幾個月以來妻子對於言詞的使用變得比較敏感，說不定她真的非常適合這份工作。

「陽子太太怎麼了嗎？」

「我有點事情想找她商量。」

一朗希望這幾天陽子太太能和自己去一趟東京，當然是為了見椎名姬乃。

他拜託俊藤去邀椎名姬乃來參加安魂祭典，話雖如此，但他仍然不抱希望。

那麼也只能自己去見她了。

她在復興支援隊當中是和遠田最親近的人，遠田非常中意她，並且她很可能背地裡與江村有秘密關係，或許她掌握著能夠將遠田逼到死角的關鍵。

不過從俊藤的說法看來，一朗如果獨自前往的話，姬乃必定不願意見他的，就算願意見面，大概也不會敞開心房。就這方面來說，如果陽子在身邊，或許能夠軟化她的態度。

雖然原先想讓受傷的姬乃稍微冷靜一下，但現在已經沒辦法那麼悠哉了。

「原來如此，那要我轉告她嗎？」

「不，我會直接跟她商量的，大概傍晚過去她家一趟，畢竟我也很在意治哥的情況。」

「這樣啊，我知道了。」

飯後，妻子手腳迅速地準備好出門的東西，又在榻榻米上鋪好了床。

「你最好睡個半小時還是一小時吧，都冒出黑眼圈了呢。」

一朗在大門口送走妻兒，按妻子的建議去稍微睡了一會兒，因為要做的事情堆積如山，所以他把鬧鐘設定在一小時後。

但一朗早已筋疲力盡，才剛躺下便失去了意識。

他做了個夢。

是父親和母親的夢。明天也是爸媽的忌日。

——一朗，之後就交給你了。

夢中父親再次這樣告訴自己。

遠方持續傳來尖銳的嗶嗶聲響，這是一朗事前設定好的鬧鐘。

他的背部僵硬，看來睡得相當沉，完全沒有翻身。

一朗閉著眼睛往聲音的方向摸索，關掉了鬧鐘。

聲音停止後幾秒鐘，一朗微微睜開眼睛，這才發現房裡一片紅光，是西沉的陽光從窗戶射了進來。

西沉……？一朗猛然坐起身。

現在到底幾點了？他確認時間，才發現都已經過了五點半，原先只打算睡一個小時，沒想到四個小時就這樣過去了。

一朗扶著額頭，心想這實在是太糟糕了。

門口傳來鑰匙轉動的聲響，從門後現身的是兩手提著塑膠袋的妻子。

「早啊，果然還在睡呢。」

妻子一邊脫下鞋子，向還在被窩裡的丈夫說道。

「果然？」

「陽子太太說她打了好幾次電話給你，但你都沒接哪。」

一朗拿起手機翻看來電通知，陽子太太果然打了三次電話。

「妳告訴她說我有事情要商量嗎？」

一朗問身邊正將外套掛上衣架的妻子，她的臉上映照著夕陽的紅色光芒。

「沒有，我沒說呢，好像是陽子太太也有事情要找你。」

「會是什麼事啊？」

「不知道，因為你說傍晚過後會去她家一趟，所以我是有這樣跟她說。」

「這樣啊，謝了。對了，優一呢？」

「他在彩虹之家跟海人他們玩，一直鬧著不想回家，我就先把他留在那了。佳代奶奶說會讓他一起吃晚飯，所以我想晚點再過去接他。」

「這樣啊，那我去陽子太太家的時候順便把他接回來吧。」

「嗯，那就太好了。」

妻子拉上客廳的窗簾、打開電燈。

「對了，來未長好大了，已經會說話了呢，我真的是嚇了好大一跳，優一那麼大的時候還完全不會開口，女孩子真的長好快喔。」

「妳這麼一說，來未明天也兩歲了呢。」

千田來未是地震當天在這座島嶼上出生的女孩，而且出生沒多久她就失去所有親人而孤零零了。因此這座島上的人都非常保護來未。

「總覺得時間過得好快。」

「嗯，佳代奶奶和昭久爺爺也是這麼說，覺得一點實感都沒有。」

一朗呼地吐了口氣，用手撐著膝蓋站起身。

「好啦，那我該出門了。」

一朗洗了把臉，換過衣服離開自家公寓，開車前往三浦夫妻家。

夕陽即將沉到遠方的水平線下，看這天空的樣子，應該是不用擔心明天的天氣了。

到了三浦家的時候，太陽已經完全沒入地平線，四周變得相當陰暗，天邊浮起形影模糊的殘月。

大概是聽見汽車的聲音所以知道一朗到了，陽子踩著拖鞋從玄關走了出來。

「抱歉讓妳打了那麼多通電話，我在家裡睡死了。」

一朗剛下車馬上道起歉來。

「反正你壓根兒就沒好好休息吧，你從小時候就這樣胡來了，可別以為自己還年輕哪。」

「嗯，我會多注意的。治哥呢？」

「我剛把他趕出去了。」

「趕出去？怎麼了？」

「哎呀，你也知道，上午不是江村來把車子船隻都拿走啦，我家那口子，我不知道他是很生氣還是很消沉啦，中午回來倒頭就睡，好不容易看他起床了，居然說什麼要去殺死遠田之類的蠢話。」

一朗一陣狐疑，「怎麼會說那種話……」

「說什麼要是警察辦不到，就要自己給遠田死刑啦！手上還拿著錐子說什麼要你好看，真是笑掉我大牙。」

「我可笑不出來啊。」

「沒事兒！他怎麼可能做得到，所以我跟他說，你要殺人就先殺了你老婆再去！」

「那怎麼又趕他出門呢？」

「與其說是趕出門，其實是他自己溜啦。」

「那就不知道他人在哪裡了？」

「應該就在附近走走吧，只是去冷靜一下啦。早些時候武雄有打電話給他的樣子，不知道要做什麼就是了。」

一朗有種不祥的預感，雖然三浦應該沒辦法找到遠田真正的藏身之地。

「那麼您又是為了什麼打電話給我的呢？」

「喔，是為了小姬的事情。」陽子嘆了口氣，「我想在明天安魂祭典結束之後去東京見見小姬，方便的話你要不要一起去啊？」

這就是所謂的心電感應嗎？看來兩人想的事情是一樣的，雖然目的不太一樣。

「其實我下午有稍微跟小姬講了一下電話。」

這可讓一朗嚇了一跳，「妳聯絡上她嗎？」

「不，是她打給我的。不過在那之前我有傳了一封信給她。」

陽子把手機遞給一朗。

『小姬，妳過得好嗎？我們這裡都好，目前正在準備安魂祭典的東西。真是抱歉先前打了那麼多次電話，還一直傳簡訊給妳。後來我發現這樣只是在逼妳而已，所以最近盡可能不要那樣，但因為真的很希望小姬妳明天能來參加安魂祭典，所以才試著跟妳聯絡。

自從妳來了以後，島上的人都很高興，我覺得在天國的人們也會感到欣慰，當然我也非常開心。

我一定要重申，這次的事情妳完全沒有錯，小姬妳真的是為了天之島盡心盡力。除了我以外，我的丈夫，還有其他人，也都打從心底覺得傷了妳實在萬分抱歉。要是我們能夠早點發現遠田的真面目，就不會害妳這麼痛苦了。對不起，我們沒能夠好好保護妳。

還有，聽說遠田他們就快被逮捕了。雖然不知道那些被用掉的錢能不能拿回來，但他們被捕的話，島上應該會稍微寧靜一點吧。

我知道一直重複這種話很煩人，但小姬妳真的是不用太在意，請讓我們再次看看妳開朗的笑容吧。

如果妳願意來參加安魂祭典的話，我們會去接妳，還請回訊息。

附註　我想東京應該比這裡溫暖許多，不過這邊還有些寒意，小心身體、不要感冒囉。

三浦陽子』

「應該不會太奇怪吧？我有照你說的，稍微考慮一下她的心情——」

「妳們在電話裡談了什麼？」

「老實說也不算是有談到什麼呢，幾乎只講了一下下。我傳了簡訊以後馬上就接到她的電話，我很開心接起來，結果小姬就只有問我『江村也會被逮捕嗎？』」

「……」

「我說應該也會被逮捕吧。小姬是不是覺得江村和占用公款的事情沒有關係呢？所以我就告訴她，江村剛才有來到島上，把交通工具那些資產都帶走了，那傢伙和遠田是一夥的。」

「結果她怎麼說？」

「她沒有回話呀，就直接掛了電話。後來我再撥過去或者傳簡訊，也都沒收到回音。」

一朗摸著下巴沉思。

「小姬可能真的和江村在交往吧？你先前不是也說，他們兩個人可能有特別的關係嗎？」

「是啊，不過那是不是社會大眾所謂的情侶就很難說了。」

陽子吁了口氣，「我完全沒有發現呢，為什麼要隱瞞其他人呀？」

「這就得要問本人才會知道了。」

「哎呀，不過江村要是她的男朋友的話，怪不得小姬會那麼煩悶了，喜歡上的男人是個犯罪者，這也太令人震驚了。」陽子遺憾地搖著頭，「無論如何，一朗啊，安魂祭典結束以後我們一起去趟東京吧，我想小姬明天應該是不會來的。我要是就這樣沒辦法見到小姬，一定會遺憾一輩子的。」

一朗和不斷嘆著氣的陽子約好後便離開三浦家。

坐上駕駛座將車子開往彩虹之家，半路上他的手機響了起來。

打來的是俊藤。

一朗用免持聽筒接起電話。

〈我正在椎名姬乃家公寓前——〉

應該是邀不到人吧。

〈她似乎失蹤了。〉

一朗吃驚到差點要闖過紅燈。

聽俊藤詳細說明，原來是他在門口試著按電鈴叫門，以往他們都會裝作不在家，但這次母親卻現身應門。

她非常驚惶失措。

〈椎名的母親在四小時前回到自家的時候，已經不見女兒身影。〉

「難道不是出門買個東西之類的嗎？」

〈我一開始也是這麼想，但好像不太對勁。她的母親說自從事件以來，她就大門不出二門不邁，幾乎只有警察傳喚她才會出門。而且她還把手機丟著就不見蹤影。〉

「手機沒帶？」

〈對。聽說女兒從天之島回家以後，母親就在她的手機上裝了ＧＰＳ程式的樣子。〉

「也就是她不想讓爸媽知道自己在哪裡。」

〈我是這麼認為。〉

但這是怎麼回事呢?椎名姬乃究竟去了哪裡?

〈順帶一提椎名的母親已經聯絡警察了。大致上先這樣，有什麼進展的話我會再跟你聯絡。〉

掛斷俊藤的來電，一朗將車子停在路邊。

椎名姬乃現在會不會正往天之島而來?

這個想法從一朗的腦中一閃而過。

目的應該是江村汰一。

先前姬乃無論如何都不接受聯絡和接觸，但就在陽子提到遠田等人的境遇時，她卻試圖自己打電話確認情況。

——江村也會被逮捕嗎?

看來不是只有姬乃對江村來說比較特別，對於姬乃來說，江村肯定也是和別人不同。

她剛才得知江村在今天上午曾經來到天之島，或許她覺得江村很可能還在島上。

一朗立即變更路線，前往由本土開來的連絡船靠岸碼頭。

2 0 1 3

- 19 -

3 march

SUN.	MON.	TUE.	WED.	THU.	FRI.	SAT.
					1	2
3	4	5	6	7	8	9
10 椎名姬乃 菊池一朗	11	12	13	14	15	16
17	18	19	20	21	22	23
24	25	26	27	28		

19　二〇一三年三月十日　椎名姬乃　菊池一朗

夜空隱約高掛著細細的月牙，椎名姬乃和大量搭船的乘客一起走下快艇，站在那熟悉的碼頭邊。

這裡有令人懷念的海潮香氣，是天之島的氣息。

前方岸邊排滿了來迎接家人的車子，因而人聲鼎沸。

這麼晚了還有這麼多人聚集，應該是因為明天島上要舉辦安魂祭典吧。船上的乘客大部分都是島民的親戚，他們是為了祭拜而來到此處。

來接他們的人和這些乘客，有的握手、有的相擁，口中述說著許久不曾見面的招呼、互相祝福，這之中也有好幾位是姬乃熟識的面孔。

姬乃將上衣的帽子拉得低低的，盡可能縮小身子穿梭在人群之間。

她並不打算參加安魂祭典，所以也沒有帶正式的服裝過來。

那麼為何還要來到這裡呢？明明當初她是抱持著不會再踏上這座島的心情，離開這座島嶼的。

姬乃下午收到了陽子傳的簡訊，那時候她正躺在自家房間的床上。自從占用公款一事爆發以後，姬乃就不怎麼外出，整天大多窩在家裡慵懶度日。

因為她真的提不起勁，就連好好過日子的活力都沒有。

真想把所有聲音都關在門外，拜託不要有任何人來搭理自己。

姬乃就只是希望這樣。

聽陽子說今天江村汰一曾經來到島上，而且他應該會和遠田一起被逮捕。

掛掉陽子的電話，姬乃便毫不思索地奔出家門。

當然，她並不一定能見到江村。她甚至不知道他是否還在島上，就算他在島上，到了以後又要怎麼找他呢？姬乃完全沒有先想過這些具體的問題，人就已經踏上了天之島。

就算是這樣，我一定能見到他，姬乃不知為何抱持著這種奇妙的確信。

她無論如何都想見江村汰一。想見到他、問問他事情的來龍去脈。到底是發生了什麼事情、為什麼會變成這樣呢？她想聽江村親口告訴自己。

而且，姬乃也想確認一件事情。

確認江村是否真的和遠田政吉一樣，就是個大壞蛋——

遠田政吉占用復興支援金已經是無庸置疑的事實，現在回頭想想，那個男人有太多可疑之處了，但姬乃不知道為什麼當時就是不懂得要懷疑他。

——不，或許不是那樣。每當她嘗試懷疑遠田的時候，自己就會先試著把那種念頭壓下去，哪怕不合情理也還是想要相信遠田。

無論如何，那個男人對大家施展的魔法已經解除了。

遠田政吉就是個惡人。

「小姬怎麼了？」

不知道從何處傳來的話語，讓姬乃驟然停下腳步。

她膽戰心驚地朝著聲音的方向看去，那裡有幾個男人聚集在一起談話，其中有一位是菊池一朗。
「沒見著呀，也有可能搭了別人的船，畢竟人這麼多啊，都搞不清楚誰是誰了。我是負責收票沒錯啦，可是也沒有一個個確認大家的臉，你確定小姬回來島上了嗎？」
「我不確定，只是很有這個可能。」
看來自己還沒有被發現。姬乃加快腳步離開該處。
「話說回來一朗啊，乘客當中——」
為什麼菊池在找自己呢？他為什麼會認為我可能來到天之島呢？
或許是因為爸媽？畢竟姬乃在沒有告知父母的情況下就奔出家門，也許母親對女兒失蹤感到不安而聯絡了陽子諸如此類，事情便傳到一朗耳中，應該就是這樣了吧。
姬乃盡可能避開大家的目光，走進森林中的小徑。雖然那是沒有路燈、也沒有鋪設水泥的道路，但並不可怕。因為是走過很多次的路，姬乃也不擔心自己會迷路。
穿過這座森林、再經過幾間民宅，就是那復興支援隊用來作為據點的廢校，大概走一個小時左右可以抵達吧。
姬乃打算先去那裡，為的是辦公室的抽屜裡面放了個東西，想要先拿回來。
她在一片黑暗中被草木香氣包圍，踏過落葉前行的同時也曾與幾個人擦身而過，姬乃一律低著頭，沒打招呼便逕自通過。
但其實她也不知道自己何必要這樣掩人耳目。

當然，她的確覺得很對不起這座島上的人，無論情況如何，自己確實幫忙做了不少壞事，這是事實。

或許和姬乃相關的那些事情，在四億兩千萬的被害金裡根本是冰山一角，但支援隊透過她的手買下很多不必要的東西、浪費許多金錢，這也是不爭的事實。

復興支援隊主辦的那些活動也是，就算最後不是姬乃付的款，主要仍然是她負責發包、下訂單。包括後來才提交的那份損益計算表，其實也讓姬乃非常遲疑，因為她總是在命令下輸入那些符合帳面的數字。

想來遠田一定是為了避免萬一，才讓姬乃去做那些工作。事實上，聽說遠田還真的對警察說：「那都是事務員做的，我並不清楚。」

但那些資料警方可是一條不漏、清清楚楚，在事件爆發後姬乃被叫去警察局，他們拿出了她先前在網路上購買的所有物品的清單時，姬乃真是萬分驚訝。結果就算刪除購物網站的帳號資訊這些東西，只要警方插手，什麼資料都能夠找到。

警方的人絲毫沒有懷疑姬乃，也不曾斥責過她，相反的還很同情姬乃，看來他們完全相信她照實所說的話。

妳沒有犯罪，儘管放心——

聯絡窗口那位女警無數次這樣對姬乃說。

陽子和島上的人，也都拚命安慰她。

沒有人責怪姬乃。

然而姬乃的罪惡感不會因此消失，反而因為自己深信不疑的事物都是虛假的這個事實，而使心靈深受傷害。姬乃幾乎認為，這件事足使她一輩子都爬不起來。

原來如此……只是因為這樣嗎？

姬乃在寧靜的黑暗中想通了這點。

和這座島上的人見面，只會在自己尚未痊癒的傷口上灑鹽，說到底是自己不想去面對那些痛苦的回憶罷了。

雖然這樣很卑鄙，也很冷漠，但姬乃現在真的不想見任何人。

除了江村汰一以外。

姬乃猛然停下腳步，十幾公尺前方的地面忽然冒出了一片白色霧靄。這種時期怎麼會有霧靄……？

緊接著，一陣突如其來的尖銳耳鳴，在姬乃耳朵深處大肆作響。

印象中是什麼時候聽到過這種聲音呢？姬乃回溯自己的記憶後立刻回想起來。

她去谷千草家的時候，在光明的房間一度發生過同樣的狀況。

與此同時，姬乃在霧靄中看見一位老爺爺拄著拐杖朝自己走來。

這光景看來實在相當奇特，三更半夜的竟然有老爺爺走在這麼崎嶇不平的路上。

老爺爺與姬乃擦身而過的瞬間，嘀咕著：「快回頭。」

姬乃驚訝地轉過身去。

她還以為自己眼花了。

後方已經看不見老爺爺的身影了。

姬乃一陣發寒，雖然老爺爺消失了，但她現在還記得那老爺爺的面貌。

那是她尚在遺體安置處——也就是被稱為「往生者安眠處」工作時見過的那位老爺爺。那個時候他被運過來，早就斷氣了。

當時老爺爺的右手也握著拐杖，基於死後僵硬而無法鬆開。

姬乃為了整理遺物，非常仔細地將老爺爺的手指一根一根慢慢拉開，就在她這麼做的時候，似乎感覺到老爺爺輕輕握了握自己的手。

而剛才那個老爺爺就是那時的——

怎麼可能呢？不會的。姬乃搖搖頭，轉身繼續前進。

結果，剛才前方那片白色霧靄已經煙消雲散。

姬乃從那曾經鎮日進出的校門眺望著被夜幕包裹的校舍，胸口一陣酸楚。

天之島復興支援隊是在東日本大地震過了一個半月後，也就是二〇一一年四月下旬時，將據點轉移到這間已經廢校的小學裡。

原先的名字叫做地震對策室，在NPO法人水人的負責人遠田政吉的帶領下，建立了這個以復興為目標的正式組織。

姬乃在這裡以事務員的身分工作了將近兩年，雖然每天都忙得頭昏眼花，但日子過得非常充實。

原先她還覺得就算是我這種人也能幫上別人的忙呢，一度沾沾自喜，一直相信這座島嶼的復興需要自己。

姬乃深呼吸一口氣，然後穿過校門。

那些蓋上防塵套、保管在操場上的水上摩托車與橡膠艇都消失了，她繞到校舍後方，之前停車場上的汽車和卡車也都消失了。

復興支援隊使用的交通工具，今天上午都被江村帶走了。

而校舍後方鬱鬱蒼蒼的草木當中，有間廢棄的置物小屋。

姬乃總是和江村約在這裡，把自己親手做的便當交給他。

那是兩個人的秘密時間。

他在打開便當蓋的那瞬間，總會綻放出少年般天真無邪的目光，姬乃不想相信，有那樣澄澈眼睛的江村會是個壞人。不，她無論如何都無法相信。

他從海底拉了好多好多遺體上岸，除了尋找遺體之外，他還幫忙撤走好多倒下的樹木、瓦礫，在這座島上做了許許多多復興的工作。

那些都是假的嗎？只是為了讓周遭的人掉以輕心、為了欺瞞他人，所以做給別人看的嗎？

自己真的是被江村汰一給騙了嗎？

姬乃來到穿堂口，眼前雖然拉著一條警戒線，不過這並非警察掛上的，而是原本在復興支援隊工作的人們，於事件爆發後自發性掛上去的。

姬乃彎身穿過那條警戒線，伸手去拉滑軌式的玻璃門。

當然門是鎖上的，姬乃只好從隨身包包裡拿出了鑰匙。

她在事件後一直拿著這副穿堂鑰匙，並不是有什麼企圖，只是沒有人叫她交出來，甚至連她自己都忘了有這副鑰匙。

打開門鎖、將門往一旁推開，姬乃膽戰心驚地往裡頭走去。刺骨的冰冷空氣中，隱約混著一些酸臭味，想來在那之後應該就沒有什麼人進出吧。

姬乃在一片黑暗中沿著牆壁前進，靠著記憶尋找電燈開關，雖然馬上找到開關，卻沒辦法開燈，大概已經停止供電了吧。

果然不該把手機放在家裡的。

事出無奈，姬乃只好靠著窗戶透過來的些許月光向走廊前進。

寧靜的走廊上響徹自己喀、喀、喀的詭異腳步聲，沒多久便來到以前工作的辦公室，姬乃打開門走了進去。

她瞇著眼看了看室內。

雖然已經沒有電腦和大型事務機，但其他地方都還維持著原樣。咖啡壺、熱水瓶、白板牆壁上掛的月曆、時鐘，還有桌椅也都在。

姬乃鬆了一口氣，原本她一直很不安，要是所有東西都沒了該如何是好。

這些辦公室用品全都是水人買的，所以江村沒辦法動這些東西吧，被帶走的是以藍橋名義購買的東西。

姬乃立刻走向自己的辦公桌、拉開抽屜，裡面放著當時使用的一些文具，還有她要找的那樣東西。

多功能文具組。裡面有剪刀、訂書機、捲尺等，辦公需要的文具只要這一組就能齊備。

那是去年底江村送的禮物，是他過世母親留下的遺物，他把如此重要的東西給了姬乃。

姬乃想把這東西拿到他眼前，好好質問他。

你一直都在欺騙這座島上的人嗎？

你真的背叛了我嗎？

有理由的話，希望你好好說明，姬乃希望他能夠在自己深愛的母親面前，老實地說出一切。

姬乃拉開椅子坐下。

自己曾經每天坐在這裡製作文件、接電話，做了好多辦公室工作。

她並不需要全盤否定這些事，只是事到如今也無法再去肯定，如此而已。

「好。」

姬乃喃喃說著並站起身來。

不能一直待在這裡。

在這被黑暗包覆的廢校房間裡，就一個女人家，在旁人看來，現在的她一定是個相當危險的人，要是有其他人看見了，說不定會流傳說這裡有幽靈吧。

此時姬乃忽然聽見遠方傳來聲音：「啊啊！可惡！」

她嚇得幾乎跳起來。

並且馬上聽出那是誰的聲音。

接著忍不住渾身顫抖了起來。

*

「話又說回來了，一朗，乘客當中有很像是遠田的傢伙呢。」

聽見這話，一朗還以為自己聽錯了。

「確定嗎？」

「我是沒有看到啦，但是聽說傍晚靠岸的船上有身形很像是遠田的傢伙，雖然非常巧妙地遮著臉，不過同船的人都在猜那該不會是遠田吧，你想嘛，不管再怎麼遮著臉，他那種體格——啊，武雄在那裡。喂，武雄！你過來一下！」

名叫武雄的男人走了過來，他是一朗國小到國中的同學，目前擔任連繫本土與島上往來的連絡船操縱員。

「嗯，是搭我的船，但我沒辦法一口咬定那就是遠田。」武雄皺著眉頭說。

「既然你都懷疑了，怎麼沒過去好好確認他的臉。」

「我也想應該要看清楚點就靠了過去，但他一直避著呀。」

男人嘆了口氣，斜眼看著一朗。

「那怎麼辦？要不要跟警察說一聲？」

「不，說了也不能怎麼樣。」

無論遠田要在哪裡做什麼，都沒有人能夠限制他的行動，因為那個男人還沒有被通緝。

「可是我覺得應該不是他吧？江村就算了，現在這種情況，那男人怎麼可能來島上啊？肯定會被大家圍毆的啊。再說了，他要來幹嘛啊？東西不是全都拿走了嗎！」

「遠田那傢伙該不會是想參加明天的安魂祭典吧？」

「別說傻話了，那樣根本就是來送上他的人頭吧。」

「也是啦，那可能是我太多心了吧。」

「就是你想太多啦！」

「那不就糟了，我跟不少人說了這件事情呢，還打了電話給治先生。」

聽見這話，一朗略微吃驚，這麼說來稍早陽子也說過武雄有打電話給三浦，就是指這件事情嗎？假設遠田真的來到島上，萬一又讓他遇到三浦，那可就危險了，肯定會演變成最糟糕的情況。

「怎麼啦阿一，我說了什麼不好的事情嗎？」

武雄不安地看著一朗。

「對了，我打給治先生的時候，說晚點也會順便聯絡你，結果他說『我會打的，你不用打給他』，叫我不用跟你說。阿一，治先生沒聯絡你嗎？」

一朗瞬間扼腕仰天，並且即刻轉身奔向車子。

「啊，喂！阿一！怎麼啦！」

三浦刻意不讓一朗知道這件事情。

也就是說他是真的打算殺了遠田。

*

「可惡，搞什麼鬼啊！」

從剛才開始，四周就迴響起遠田粗暴的聲音，他應該是待在那與辦公室有一間之隔的校長室裡，原先這男人就是把那裡當成司令室在使用的。

姬乃抱著自己渾身發抖。

沒想到還沒見到江村，卻先在這裡遇上了遠田。

姬乃打死也不想再見到那個男人啊。

——快回頭。

她腦中浮現剛才森林中遇到的那位老爺爺所說的話，他該不會是要暗示這件事情吧？

但是來不及了，姬乃已經身在此處。

「那個混帳！居然隨隨便便就給我掛了！」

碰！碰！哐噹！各種聲響接連傳來，遠田大概正在拿身旁的東西出氣。

雖然不知道他是來做什麼的，但是待在這裡實在太危險了，那個男人現在非常狂暴。

姬乃馬上打算離開辦公室，手才剛拉開門，探出身子的瞬間又縮了回來。

走廊前方閃過手電筒的光線，遠田也正要離開房間。

腳步聲喀、喀、喀地接近，他該不會要過來這間辦公室吧？

姬乃一瞬間陷入慌張。她連忙環視整間辦公室，心想有沒有哪裡能躲？

腳步聲很明顯在接近中。

姬乃迅速移動到房間角落，那裡有個剛好能擠進一個人的長方形不鏽鋼置物櫃，在這裡工作的時候，她會將上衣等東西掛在裡面。

總之先躲在這裡吧。

姬乃盡可能不發出聲音，謹慎地拉開置物櫃的對開門，裡面空無一物，她趕緊躲了進去。

但有個麻煩的地方，就是這個櫃子不能從裡面關上，要是用力拉或許可以把門關好，但這樣就會發出巨大的聲響，姬乃只好在盡可能不發出聲音的前提下努力試試。

但是不行，她就是關不上門，沒辦法了，她只好試著用力拉上。

這麼一來，關上門的同時也發出了碰的一聲。

緊接著，她聽到喀啦喀拉的聲音，辦公室的拉門被拉開了。

「的確是這個房裡傳出聲音哪，你也聽到了吧？」

——？

遠田不是獨自一人。

姬乃從櫃子上橫長形的透氣孔凝視著外頭，結果看到黑暗中有兩道手電筒的光線。

除了遠田以外，還有另一個人。

「不，我什麼都沒有聽到。」

那聲音是江村汰一。

姬乃受到的震撼遠比自己想像中的還要大。他現在和遠田在一起，就表示他們果然是一夥的囉？

之後遠田和江村在房間裡繞了一圈，但不像是有認真在找東西。

即便如此，兩人經過置物櫃前的時候，姬乃還是緊張到覺得自己的心跳聲說不定大到他們都能聽見。

室內明明冰冷刺骨，她卻已經全身是汗。

「真是的，這個、還有這個，這些都是我的東西啊！」

「這桌子和椅子還很新呢，賣掉的話應該多少能賺幾個錢吧。」

「哎呀呀，早知道會變成這樣，這些辦公室用品也應該要讓藍橋去買的。」

遠田嘀嘀咕咕地在辦公室裡徘徊，但不知為何口齒有些不清晰，看來他喝醉了。

爾後或許是接受了這裡並沒有人的事實，遠田拉開椅子坐下，江村就站在他旁邊。他的手上除了手電筒以外，還拎著一個類似大公事包的東西，姬乃靠著手電筒的燈光大概能看清狀況。

從身影看來，遠田應該在喝什麼東西，還能聽見他的喉頭咕嘟咕嘟作響。

有好一段時間都只有那個聲音迴盪著。

他到底打算在這間辦公室待多久呢？姬乃拚了命地忍住不要發抖，要是身體有一點動靜，這個置物櫃肯定會發出聲音的。

終於，她聽到遠田在黑暗中開了口：「欸，汰一啊。」

「是的。」

「你覺得監獄是什麼樣的地方啊？」

「我不知道。」

「是不是會有霸凌什麼的啊？」

「我不知道。」

然後是重重的嘆息聲。

「三年，弄不好的話大概五年，大河原那傢伙，一開始還信心滿滿說什麼絕對可以無罪，現在卻忽然變成縮頭烏龜。」

遠田踹了一腳桌子，哐噹一聲。

「為什麼我得去那種地方啊！啊？我做了什麼壞事嗎？政治家不也是這樣嗎，在背地裡做些有的沒的，跟他們比起來，我這根本是小事吧！可惡，別開玩笑了！他們以為我是誰啊！啊啊啊，真想把那些傢伙都給殺掉。」

江村的手電筒猛地晃了一下，遠田坐著把他給踹飛了。

「我是這座島的將軍啊！這裡是我的城池。汰一，我說得沒錯吧？」

「是的，沒有錯。」

「我是織田信長，你就是森蘭丸，我們統治這座島嶼，平民他們只要默默遵從我說的話就好——」

姬乃在狹窄的置物櫃中倍感絕望，並不是因為遠田那支離破碎的發言。而是因為她親眼見到江村汰一和遠田果然是一夥的，這個事實讓她感到絕望。結果他是在知情所有狀況下服侍遠田的。

這之後遠田依然氣喘吁吁地不停發酒瘋，但沒多久又抽抽搭搭哭了起來，開始說些喪氣話。

「嗚嗚好討厭，人家不想被抓啦，我一定沒辦法忍受牢獄之苦啦！」

接著他真的開始像個孩子一般嚎啕大哭。

「你不覺得他們很過分嗎？我不是為了這座島做了那麼多事情嗎？要是沒有我，這座島早就完蛋了耶。那些傢伙根本是恩將仇報，可惡、可惡！啊啊討厭！」

遠田持續哭鬧了好一陣子，不斷嘀咕著相同的話，或抓自己的頭、拿江村出氣。

「汰一，你一直不說話，也說點什麼啊。」

「我應該要說些什麼好呢？」

「當然是鼓勵我的話啊！」

「遠田隊長是非常偉大的人。」

「這不是理所當然嗎！你這蠢蛋！」

遠田呸了一聲又踢了江村一腳。這男人的醉意當真不容小覷。

「實在非常抱歉。」江村對待遠田如同對待長官，語氣僵硬。

回想起來他在遠田的面前總是如此，但在別人面前卻是沒大沒小、毫無禮節，實在弔詭至極。

遠田大概是哭累了，終於沉默下來。

之後，他用姬乃從未聽過的低啞聲音說著：「對了汰一啊，可以把那男人沉到哪裡啊？」

「和這裡相反的東北岸海邊應該會比較好吧？那一帶的海底很深，屍體被發現的可能性比較低。而且那邊沒有被海嘯襲擊，所以沒什麼東西沉在那一帶，今後應該也不會有人在那裡打撈。」

沉下去？屍體？他們到底在說什麼？

「噢，這樣的話就需要船隻吧？最好是不會發出聲音、要用手划槳的。」

「那一帶海邊的碼頭綁了幾艘類似的船隻。」

「好像有點印象，那就用那邊的船吧。」

「好的。不過要把屍體運到那裡，還是需要車子。」

「車子沒問題，你記得我剛來島上那陣子開的那台破爛輕型轎車嗎？應該還停在綜合體育館後面。」

「那台輕型轎車能夠強行發動嗎？」

「沒那麼麻煩啦，鑰匙在這兒呢！那台車是島上的老太婆正式讓給我的，沒問題，應該可以發動，雖然車頭燈有一邊壞掉就是。」

「那麼我立刻過去把車開過來。」

「小心點別讓人看見了啊，回來的時候也盡量開在沒有車子的路上，慢慢回來，絕對別飆車。雖然不能一直待在這裡，但外面還是有人在走動，要運屍體也得等夜更深的時候才行。」

「我明白了。」

「好，那你去吧。」

「是的，那麼我過去了。」

姬乃隱約看見江村離開辦公室，大門一關上，她便更加覺得不安，因為這個空間裡只剩下自己和遠田兩個人。

要是現在被發現了——光是用想的，就讓姬乃恐懼不已。

留在辦公室裡的遠田再次開始喝起東西，從聲音和影子都能知道他在做什麼，大概是拿起整瓶酒在灌吧。

「哼，沒想到連我都殺了人。」遠田在黑暗中喃喃自語，「不過那中國人根本是自作自受，我絕對不會原諒小看我的人。」

看來遠田是真的殺了人，這男人不僅占用公款，現在還犯下殺人罪。

從剛才的對話可以得知，那個屍體現在就在這棟建築物當中，遠田到底是殺了誰呢？

「不過這樣就跟汰一是一人一命啦，果然我們就是命運共同體呢。」

姬乃以為自己聽錯了。

遠田剛才說的這句話，是表示江村也殺了人嗎——

怎麼可能，不會有那種事情吧？那個江村怎麼可能會殺人——

就在此時，忽然又傳來喀啦喀啦的拉門聲，同一時間，一道手電筒光線照射進來，剛剛離開的江村又回來了。

遠田問他：「怎麼啦？」

「穿堂的大門開著。」

「什麼！」

糟了。

「不是你忘了關吧？」

「不，我確實有從內側將門鎖上。」

這下姬乃的指尖顫抖了起來，雖然心理上她拚命壓抑，但接下來膝蓋卻也跟著抖了起來，連牙齒也不禁開始打顫。

冷靜，要冷靜！

雖然姬乃在心裡面拚了命要自己冷靜，卻無法止住顫抖，到最後甚至全身都抖了起來，簡直就像是有惡魔在背後拎起自己搖晃。

「這是怎麼回事？難道有人入侵這棟建築物了嗎？」

姬乃的震動不斷變強，就快要站不住，連身體的平衡感都無法維持下去。

結果，置物櫃終究發出了聲響，儘管那點聲音非常細微，但在這寧靜的空間裡還是相當清晰。

手電筒的光芒立刻直直射向置物櫃。

「是誰！」

遠田用低沉的聲音說著。

「給我出來。」

姬乃徹底死心了，人卻沒辦法走出去，因為她的身體根本不聽使喚。

她因為害怕過頭，已經快要昏過去了。

「汰一。」

接收到命令的江村緩緩走向置物櫃，他手上的手電筒徑直朝向置物櫃射去。

江村過來了，近在眼前，他就站在這薄薄鋁門的外面。

「喂，你在幹嘛！還不快打開！」

遠田相當憤怒地對著他喊。

而置物櫃的門終究是被打開了。

江村看見姬乃在眼前，一點也沒有驚訝的樣子，他只是直直盯著姬乃的眼睛，和從前一樣面無表情。

另一方面，遠田則是十分詫異，「嚇了我一跳，這不是阿姬嗎？」

＊

夜已深，過了晚上十一點後，難得這麼熱鬧的天之島也終於恢復平常的樣子。路上沒有車輛，也沒有行人。最後一班連絡船早已靠岸，之後要從本土過來參拜的人都得等明天早上了。

「一朗，你就別管我了吧。」

副駕駛座上的三浦治垂頭喪氣地說著。

「治哥，拜託你收斂一點！」

握住方向盤的一朗雖然瞪著前面，卻怒氣十足地放話。

他剛剛總算找到三浦了，當時三浦正一間間拜訪所有的民宿，尋找遠田是否住在其中哪一間。

找到三浦的時候，他的外套口袋裡還藏了錐子，果然是真的打算要殺了遠田。

一朗硬是拎起三浦的衣領，將他塞進自己的車裡。

「這樣誰能得到好處啊！就算殺了遠田，那些被用掉的錢也拿不回來了。還是說能夠拯救誰嗎？治哥你倒是說說啊！」

「沒有人能拿到好處，這只是我自己要做個了結。」

「太蠢了！哪有人了結的方法這麼幼稚的！」一朗語氣粗暴地說：「就算遠田死了也不會有什麼好事，治哥你想做的事情是最糟、最惡劣、最愚蠢的行為！你最好記得這點！」

一朗嘴上是對著眼前這個比自己大了一輪的男人說教，但同時也是在說給自己聽。

其實他相當能夠理解三浦的心情。

當然是因為一朗的心底深處，也潛藏著對遠田的殺意。

他很明白，殺死遠田根本不會有什麼好處。

但就是無法原諒他。

一朗無論如何都無法原諒那個冒犯這座島嶼及島民的男人。

而且遠田冒犯的並不只有現在活著的人們，那男人愚弄的是那些在東日本大地震中罹難的所有人，還有自己的父母親。

如果沒有妻子和兒子，一朗恐怕也會像三浦那樣化身成惡鬼。

「治哥你要是讓陽子太太陷入悲傷，我是絕對不會原諒你的！」

抵達三浦家時，一朗又補上這一句。

陽子穿著拖鞋衝出大門，看到丈夫坐在副駕駛座上，眼淚也撲簌簌流下。她稍早雖然在逞強，但伴隨時間過去肯定還是相當不安的。

一朗讓三浦下車後，將車子轉往自家方向，離去前只告訴他們：「你們夫婦好好談談。」

一朗在夜空下開著車，撥了個電話給妻子。

「妳還沒睡？」

〈怎麼可能睡得著。〉

稍早一朗有撥電話告訴妻子情況，結果還是得請妻子騎腳踏車去彩虹之家接兒子。

〈這樣啊，太好了，真的是太好了。〉

一朗告訴妻子自己已經平安找到三浦，妻子也大大鬆了一口氣。

「是啊，真的是太好了。」

〈治哥也覺得他有很大的責任吧，但殺掉那種傢伙根本沒有意義啊，結果只是自己受害而已。〉

「……」

〈話說回來，遠田真的來到島上了嗎？〉

「不知道，也可能是武雄看錯了。」

這件事情仍然無法確定，不過就算遠田真的來到這座島上，他們也不能夠做些什麼，頂多只是對著他破口大罵而已。

此時對向車道忽然出現一道車頭燈光芒，只有一個燈的話應該是機車吧。

對方的速度飛快，不斷靠近。

〈你大概還有多久到家？〉

「大概再五分鐘左右。」

〈那我先把飯熱好，你應該餓了吧？〉

「謝……」

一朗話才要出口便卡在喉頭。

擦身而過的不是機車，而是輛汽車，有一邊車頭燈壞了。

而且一朗對那車子的車種有印象。

雖然是很普通的輕型轎車，但一朗記得有段時間遠田都是開著相同型號的車子。

然而，車上握著方向盤的人會是誰呢？擦身而過的時間太短，一朗完全沒能看清楚。

〈喂喂，怎麼了，有聽到嗎？〉

「抱歉，等等再說。」

一朗掛了電話，立刻調頭。

他使勁踩下油門，往前探出身子，用力瞪向擋風玻璃前方，剛才那輛車的蹤影已然不見。不知為何那台車開得很急，簡直就像是在高速公路上奔馳。

一朗下意識瞥了一眼副駕駛座的椅子，上頭擺了一支錐子。

這是他剛才從三浦手上拿走，說「先交給我保管」的東西。

*

這裡已經空無一物，當時放在這裡的床、桌子、冰箱和電視全都沒了，變成空蕩蕩的房間。就連窗簾都已經撤去，不過那些許微弱的月光倒是稍微緩和了室內的黑暗。

大約十分鐘前，姬乃被帶到這間陰暗的VIP室。

剛才她被發現躲在辦公室的置物櫃當中，遠田問她怎麼會在這裡，姬乃告訴他自己是來拿忘記的東西後，遠田雙手抱著頭，喃喃低語：「太糟了。」

接下來他又追問姬乃，有沒有人知道她在這裡的事情，姬乃回答沒有人知道，這件事情遠田卻半信半疑，說：「搞不好會有人來找這個女的，要是被發現就糟啦。」所以他們又換到了另一個地方。

姬乃被他們兩人脅持著在走廊上行進間，遠田在她耳邊小聲說：「聽好了，妳別想逃，給我乖乖的。」但姬乃沒有打算要逃走，也不吵鬧。其實就算她想，身體也依舊不聽使喚。

不過，就在江村接受遠田的指示，要拿膠帶綑住姬乃雙手時，姬乃下定決心開口：「拜託你不要這樣，我們不是朋——」那瞬間，他用手用力壓住姬乃的嘴巴，立刻給她貼上膠帶。

現在，遠田正在這陰暗的房間裡左右踱步，用力搔著頭，江村紋風不動地站在門前，冷冷俯視著姬乃。

姬乃倒在房間中央的地板上，渾身發抖卻一滴淚也沒流下。人在恐懼到內心深處的時候，是連眼淚都流不出來的，因為連淚腺都緊繃著無法動彈。

接下來我會怎麼樣呢？姬乃從方才就一直嘗試思考這件事，卻怎麼樣也辦不到，因為她根本不願意想像。

「哇！」

遠田忽然大叫了一聲，倒在地上打滾。接著又因為腳被什麼東西給絆到而吼了聲「可惡」，然後踹了那東西一腳。

那東西是姬乃早已見怪不怪的屍袋，原本就是用來放遺體的東西，現在裡面似乎有個人。

那袋子不見半點動靜，恐怕是早就沒氣了，這一定就是遠田剛才說過的屍體。

由於屍袋的拉鍊完全被拉上的緣故，姬乃看不見裡面那個人的臉龐，但她卻感覺到前所未有的噁心感湧上。先前明明接觸過那麼多大體，這還是頭一回親眼見到遭人殺害的遺體。

「阿姬，為什麼呢？」

遠田語氣哀怨地說，同時用手電筒打亮姬乃，眩目的光線令姬乃不禁別過臉去。

「妳為什麼要在這種三更半夜來呢，要拿東西的話白天來就好了呀。」

事到如今說這種話——更何況姬乃根本無法開口回答。

「阿姬，妳能什麼都別說嗎？」

「——」

「妳在這裡的所見所聞，都放在自己心裡就好，行嗎？」

姬乃猛力地將頭點了又點。

遠田看到這一幕，他不屑地哼了聲：「抱歉了阿姬，我怎麼想都不能留妳活口。」

這次姬乃則搖起頭來。

「汰一，你覺得呢？」

聽見遠田將矛頭指向自己，江村馬上回答：「是的，我也這麼認為。」而且他還凝視著姬乃的眼睛。

姬乃打從心底感到絕望，這輩子活到現在，從未有過一刻如同現在這樣毫無希望。

「唉，也只能這樣了吧。」遠田有些虛弱地說，「我也不想這麼做啊，我也覺得這樣很討厭。為什麼我的運氣這麼差啊？真是太過分了。」

遠田為了澆愁，再次拿起酒瓶一飲而盡，他喘了幾口大氣後，垂下了頭。

「但事已至此也沒辦法啦，一個人還是兩個人都沒差了，問題是要怎麼滅跡啊，這要是沒搞好可不行，這女的是個普通人啊，不見了肯定會引起騷動的。要想想……要好好想想。」

遠田小小聲不斷嘀咕著，就像是在自言自語。

沒多久他又開口：「汰一，總之你先去把車子開過來，島上的人應該都睡著了吧。」

但江村毫無動靜。

「喂，你在幹嘛？沒聽見嗎？」

「怎麼了。」

遠田如此煩躁，江村卻相當平靜地回話：「遠田隊長。」

「我來下手。」

「嗯？什麼？」

「我會殺了這個女人。」

姬乃狐疑，還以為自己聽錯了。

「噢，我原先就打算這麼做，但問題不是那個啦，反正還是需要車子，你快去。」

黑暗中，姬乃凝視著站在門前的江村的眼睛。

然而他卻轉過身去，離開了房間。

姬乃被留在這狹窄且黑暗的空間裡，獨自面對遠田。

遠田雙手撐著膝頭站起來走向姬乃，他步伐不穩，一屁股盤腿坐在姬乃頭旁邊的地板上。

姬乃再次因為這有如彌勒般巨大的身體感到震撼。

「阿姬啊。」

遠田一開口，姬乃就立即別過頭去，那酒臭味迎面而來。

「我可不是大家嘴裡的那種壞男人喔，我也不想做這種事啊，躺在地上的那個男的會死也全是個意外。說起來我根本沒打算過要騙誰，也沒有要背叛誰啊。我啊，是真的想著要壯大復興支援隊，讓大家都能好好在島上生活，要建立一個了不起的營利團體啊！我真的想要重建天之島的，我沒有騙人，阿姬妳一直在旁邊看著，應該明白的，對吧？」

這個男人到底在說什麼傻話。

「只不過是投資不夠而已啊！要是再給我多一點錢，我一定能成功的，所有事情應該都會很順利啊，一定不會有錯的。」

遠田說著說著，就把姬乃嘴巴上的膠帶猛然撕下，霎時間，姬乃臉上閃過一陣刺痛感。

「阿姬，沒錯吧？」

姬乃沉默不語。她怎麼可能回答他呢。

見姬乃態度如此，遠田哼了哼，再次嘟囔了起來。

「都是那些無能的傢伙在礙事，明明只要讓我來幹到底就好了，居然半途拆我的台！要是沒有我，那些烏合之眾只會互扯後腿，也太早就放棄了吧！別說那麼多廢話，追加預算給我就好啦！只要有個兩三億——」

不知怎麼回事，一直聽遠田說這些蠢話，姬乃的意識有種隨波逐流漸行漸遠的感覺，思考和感情都逐漸麻痺了。

但那些許喪失意識的感覺，旋即又被另一波大浪沖了回來，姬乃一口氣清醒過來。

那是憤怒感。姬乃的細胞一個個轉化為岩漿粒子，在體內咕嘟咕嘟滾動著。

「社會大眾也是，你們根本什麼都做不到，就只會扯我這種願意起身的人的後腿。說什麼我詐欺、占用公款，講得好像我是個大壞蛋。別開玩笑了，為什麼要用你們的氣度來衡量我啊！你們以為我是誰！我可是這座島嶼的復興支援負責人耶！」

姬乃一回過神，發現自己臉上流著淚，激動的情緒爆發，讓那僵硬而堵塞的淚腺潰堤，淚水宛如洩洪般不停流洩而下。

這一定是血淚，是那些在地震中罹難的人們所流下的鮮紅血液。

「哎呀別光顧著哭，說點話啊阿姬，欸——」

「你下地獄吧！」

姬乃由下往上，直直怒瞪著遠田的雙眼，一字一句清清楚楚地說著。

「你根本就是人類中的垃圾，像你這樣不懂別人痛苦的，根本不是人。」

姬乃不曾這樣當著別人的面怒罵對方，但是現在她無論如何都想痛罵一頓，真恨不得把這個男人碎屍萬段。

「反正你會殺我吧，要殺要剮隨便你！不過我死了以後絕對會詛咒你的，我會詛咒你死的！」

姬乃以為遠田應該會氣到跳腳，甚至做好接下來可能會被扭斷脖子的心理準備。

結果卻不是這樣。

遠田慢慢地向前傾，從正上方往下俯視著姬乃的臉龐。

他空虛的目光裡帶著一種黏滑感，讓姬乃忍不住膽寒。

遠田的視線緩緩向下移動，胸部、腹部、下腹……一路掃到姬乃的腳尖以後，又回到她的臉上。

恐懼爬滿姬乃全身，一陣惡寒襲來。

「幹嘛！你要做什麼！」

遠田沒有直接回答姬乃，只是用細如蚊蚋的聲音喃喃地說：「……反正這傢伙都要死了。」

接著便將手伸往姬乃的下腹部。

姬乃忍不住尖叫起來。因為手被綁住了，她只能扭動身子，用力亂踢，拚了命抵抗。

結果遠田用手摀住她的嘴。他的手大到可以蓋住姬乃整張臉。

即便如此，姬乃仍然死命抵抗。於是遠田有如榔頭般的拳頭在她頭上落下。

然後姬乃就完全失去了意識。

＊

距離應該有七、八十公尺遠吧？

一朗凝視著擋風玻璃前方那片黑暗，確定有人自剛才進入總部用地的那輛輕型轎車下車，並且十萬火急往穿堂飛奔而去。

雖然對方的身影很快就消失在黑暗中，但看到的那瞬間，一朗能確定那不是遠田，形影看起來就像是小孩子一樣。

那恐怕是江村汰一，他還在這座島上。既然江村在這裡，那遠田很有可能真的到島上來了。但是他們究竟在這裡做什麼？應該已經沒什麼事情需要在這裡辦了啊？

一朗將車子停在校地外過路人不會看到的陰影當中，從車內拿出手電筒、背起單眼相機。說不定可以拍到些什麼決定性的瞬間，如果能夠成為證據，他們也就沒戲唱了。

為了保險起見，一朗將副駕駛座上的錐子也塞進了長褲口袋，畢竟不知道接下來會遇到什麼樣的危險。現在也不可能找誰過來幫忙，若是遠田在此，就不可能找三浦來；要是其他人來了，引起騷動那又不好。畢竟就算當場逮住他們，那也只能說他們非法入侵建築而已。

一朗下了車，彎著腰迅速往穿堂的方向走去，中途偷看了一下江村開的那輛輕型轎車，果然就是遠田曾經開過的那輛沒錯。

一朗很快來到穿堂前，但是門上了鎖打不開，恐怕江村是拿著鑰匙進去，又馬上把門鎖好了吧。

一朗沉思了一會兒，心想或許會有某扇窗戶或門還開著，不然就打破窗子進去好了。

他先行繞了校舍一圈，試圖找出江村在建築物的哪個位置，若要打破窗戶的話，還是離他遠一點比較好。

一朗緩慢地在老舊的校舍旁步行，將臉湊近窗戶凝望裡面。他一直重複這些動作，不經意打開了遙遠的記憶大門。

——這扇窗戶有他苦澀的回憶。當時明知道不可以，一朗還是和武雄在教室裡玩投接球玩得相當開心，結果那球把窗子給打破了。那個時候他們可是被老師和爸媽罵到狗血淋頭呢。

這間小學是一朗的母校，他還在這裡唸書時，全校大概有一百名學生，但人數慢慢減少，十年前就剩下不到一半，最後決定合併過去隔壁區的小學，這裡也因此廢校。

聽說那件事情的時候，一朗感到非常寂寞，不過也僅止於此。復興支援隊還在這裡活動那陣子，他也曾來採訪過好幾次，但那時也不曾感到懷舊。

不知為何現在懷念感卻一股腦湧上心頭。

今晚的風相當平穩，周遭一片寧靜，豎起耳朵也沒有聽到任何聲音，頂多是偶爾從遠方森林傳來野生動物的嚎叫。

總之一朗先把學校繞了一圈，無奈所有地方都上了鎖，沒有能夠直接進入的地方，看來還是得打破窗戶了。

一朗再次繞到校舍後方，他認為江村應該在靠近穿堂的職員辦公室附近，這樣一來他就得到距離最遠的地方。

於是，一朗走到了連接體育館的室外走廊的玻璃門前，撿起附近地上大小看起來還行的石頭，瞄準窗戶鎖頭。

「好。」

一朗低喃道，語畢石頭跟著敲下，但窗戶紋風不動，看上去是用的力氣還不夠。
沒問題，他們應該不會聽到這裡的聲音。
一朗再次舉起石頭，用盡力氣敲下去。
這次哐噹一聲巨響，玻璃應聲破裂。
不過，一朗馬上聽見微弱的車子引擎聲。
糟了，是江村。他辦完事情要離開了。
一朗即刻丟下手中的石頭，全力朝剛才那輛輕型轎車狂奔而去。
雖然他只花了三十秒左右就趕到了，但是已然不見輕型汽車的蹤影。車子此時已經開到了校門那裡。
一朗輕嘖一聲，火速又朝自己的車子奔去。

*

江村剛踏進房間，整個人便呆若木雞。
「我都看到囉，怎麼會有你這種蠢蛋把車開到那麼快衝回來啊！我不是說了別引人注意嗎！」
站在窗邊的遠田迫不及待教訓起江村。
江村猛烈喘著氣，他剛剛跑到上氣不接下氣。
遠田拍了拍他的肩膀，只簡短說了句「我到走廊，你弄好了再跟我說」，便離開了房間。
姬乃的臉頰貼在冰冷的地板上，眼神空虛地飄移。她雙手被捆綁在後，下半身赤裸著。
她什麼事情都無法思考，也已經不想思考了。

江村輕手輕腳地靠向她，手上拿著和旁邊裝那具屍體的袋子一樣的藍色屍袋。

噢，他現在要殺我了嗎？沒想到我也會被裝在那裡面呢。

不過那樣也好啦，我最好就這樣消失吧。姬乃意識朦朧中如此想著。

然而江村卻沒有這麼做。他把屍袋放在地上，撿起了姬乃掉落在一旁的內褲。

接著緩緩幫她穿上。

他依然面無表情，但是嘴唇卻在顫抖，兩手也抖個不停。姬乃第一次看到他這種樣子。

或許這是江村對姬乃的道歉吧？

但姬乃根本不需要。

反正都要殺了我，那就快點動手吧。

江村接著撿起姬乃的羽絨褲時，有個堅硬的東西鏗鏘一聲掉在地上。是姬乃放在口袋裡的多功能文具組，那是江村送給她的母親遺物。

江村撿起那個文具組，目光眨也不眨地注視著它。

大概十幾秒以後，他才像是忽然想到什麼似的，將那個文具組塞進姬乃被綁在背後的雙手中。

等到江村幫姬乃穿好羽絨褲，這才再次拿起屍袋，拉開拉鍊放在她身旁，扶住她的腰，讓她滾進屍袋裡。渾身無力的姬乃只能任憑擺布，在江村將拉鍊拉上以後，她就什麼也看不見了。

「姬乃，妳忍耐一——」

江村才剛要開口，便傳來喀鏘的開門聲。

「喂，還沒好嗎？」是遠田的聲音。

「實在非常抱歉，剛剛處理完畢了。」

「還真是挺花時間的。她有抵抗嗎？」

「不，沒有。」

「死了吧？」

「是的——她死了。」

*

翻過山嶺開始下坡的時候，將車子切到N檔，引擎的聲音便消失了，接下來只要不踩煞車應該不至於太慢。

一朗向前傾身，下巴幾乎靠在方向盤上，會這麼做是因為他根本沒有開車頭燈。

雖然他已經開著車追了十分鐘左右，這段期間卻沒有遇到半個人或其他車輛。時間早就過了深夜十二點，夜空中的殘月也逐漸往西方移動。

那輛車子到底要開去哪裡？

現在車上到底又是誰？

無論如何，他們要是想趁著夜色幹些壞事，那麼一朗一定要把那樣子都收進相機裡。

那輛車上必定有什麼秘密。

一朗從未如此振奮，腎上腺素正瘋狂運作中。

前方的車子不像最初那樣狂奔，現在以相當平穩的速度前進著。哪怕是這樣，偶爾在轉彎的時候還是會忽然不見前車蹤影，然而一朗也沒辦法更靠近了。

天之島是座非常小的島嶼，開車約莫一個小時左右就能繞上一圈，但是中間的道路非常複雜，要是跟丟了就不容易再找到。

我絕對不會讓你們逃走的。

一朗集中精神緊緊握住方向盤。

*

大概因為這是輛小車，就算是身材嬌小的姬乃，要被放到後座後方的狹窄空間裡也得彎起身子。她被放進車子裡的時候，遠田還笑著說：「幸好還沒開始死後僵硬呢。」

而姬乃現在就坐成 L 形在車廂當中搖晃著。

開車的應該是江村，而遠田在副駕駛座，至於那個和自己一樣被包裹在屍袋中的遺體則在後座。

「唉，太糟啦，怎麼會變成這樣呢……？」

遠田到了車上還在不斷嘀咕，他身上散發出的酒臭味連姬乃都能聞到。

「但這也沒辦法啊，都在那種地方遇上了，怎麼可能留她活口呢……可是這樣還是很糟糕吧。」

遠田沒完沒了地重複些令人發毛的自問自答。

不過這樣也好。姬乃希望他不會注意到自己。

她正在擁擠的黑暗空間中拚了命地上下挪動指尖，試圖用刀片切斷綑綁兩手的膠帶，江村送她的那把文具組當中，有刀片。

再一下下就好了，只差一點就能切斷膠帶，兩手就能獲得自由。

「汰一呀，阿姬那傢伙說沒有人知道她來島上，你覺得她說的是真的嗎？」

「這個嘛，我不知道。」

遠田重重嘆了口氣，「就算她沒有說謊，警察如果認真調查的話就會知道她有來，而且行蹤到這裡就斷了線吧？這樣一來，警察應該會搜遍整座島。」

「恐怕是如此。」

「對吧？不過應該不會往海裡找吧？」

「或許會找，但應該不會發現。只要取出肺部沉到海裡，屍體就不會浮上來。」

「這樣啊，說的也是，畢竟也沒人找到小宮山。這樣想想說不定這女人消失了也好呢，這樣能站上證人台的傢伙就少了一個。」

「是的。」

「而且，搞不好警察會覺得她去哪裡自殺了，反正這女人好像因為那些事情打擊很大的樣子，她一定是受到罪惡感的譴責吧，這樣的話——」

原來如此，這個男人會把所有事情都想成對自己有利啊。

遠田的體型明明那麼大，心靈卻異常幼稚呢，而且膽小到令人同情，現在姬乃總算能看明白。

但自己原先的確是打從心底尊敬這男人，還像個傻瓜似的遵循他的命令。

最後卻遭到背叛，連身體都被玷汙，在心靈和身上刻下一輩子無法抹滅的傷痕。
真想一死了之——姬乃原本的確是這樣想的，現在也還沒完全打消這種念頭。
只是，她很不甘心。真的很不甘心。要死的話，真想把這個男的一起帶上路。
一瞬間，姬乃感覺到手腕刺痛，看來是刀片的刀鋒碰到了皮膚，這令她越發努力地去挪動。
幾分鐘後，膠帶被她完全切斷，手也終於獲得解脫。姬乃拚命搓著兩隻手的手腕，剛才被捆綁那麼久，實在很麻。
此時傳來風灌進車裡的聲音，應該是哪扇車窗被打開了。
風聲之中，遠田用一本正經的口氣說：「汰一，我想你知道，我馬上就會被逮捕了，你要好好來會面喔。」
「好的。」
「我從監獄出來之後，我們再住一起吧。然後做些新的工作好了，能賺大錢的那種。」
「好的。」
「為了將來，這東西絕對不能被發現，只要你不被抓，這東西就不會被沒收，不過現在實在說不準，也不知道他們會把手伸到哪裡。保險再保險，這東西還是先藏起來的好，藏在只有我跟你知道的地方。」
這東西，應該是指遠田手上拿的那個銀色的公事包吧？從剛才的對話裡聽來，那裡面可能裝了很多錢。
「對了，在我出來之前，你去考個什麼新的證照吧。」
「我應該考什麼好呢？」
「這個嘛……稅務師如何？支援隊搞爛了也是因為金錢管理上太過胡謅，稅務師好像不好考，不過你一定行的，畢竟你是想做什麼都能辦到的男人嘛。」
「我明白了，我會盡快開始唸書的。」
聽見江村如此回答，遠田笑了出來。
「果然我就是需要你啊，這個世界上我能相信的就只有你而已。」
對於遠田來說，江村應該真的就是這樣的存在吧。
為什麼江村會和這種男人在一起呢？姬乃不管怎麼想都想不通。先前也問過他好幾次，但他從來沒有回答過這個問題。
不過現在他應該會回答了吧？
姬乃還有好多問題想要問江村，最想要他回答的是剛才為什麼不殺了自己，姬乃真的很想知道。
不管怎麼說，江村應該是想趁遠田不注意的時候放走她吧？所以才沒有殺她。
但是江村要怎麼樣執行呢？姬乃不明白他的想法，也只能在江村身上賭一把了。
姬乃試著要從內側拉下屍袋的拉鍊，儘管不可能馬上逃走，但她想確認一下現在車子大概在島上的哪個地方。
然而拉鍊紋絲不動，拉到最上面之後就連一點縫隙都不留。
姬乃只好採取第二個辦法，用刀片的尖端在屍袋上鑽啊鑽，鑽開了一個小小的洞。
姬乃從洞裡往外看，總算了解車內的狀況。果然開車的人是江村，遠田坐在副駕駛座，而那個遺體在後座。遠田把椅背放到最低躺下，肯定是怕擦身而過的人車看到他。

姬乃用一樣的方法在另一邊也開了洞，這樣就能從後車窗看到外面。雖然一片黑暗，但姬乃還是能從周遭的景色知道自己在哪裡，因為天之島的地理形狀她早已牢記在腦海中。如同剛才所說的，車子正往東北方的海岸前進。

姬乃向後凝視著遠方，有一瞬間感覺到黑暗中似乎有輛車子。

不過應該是自己眼花吧？如果有車的話，應該會看到車頭燈才對。

最好不要抱持奇怪的期望，就算後面真的有車子，也只是剛好開在路上，不可能是來追這輛車的。

「差不多要到了吧，好啦，這是最後的工作。」

*

下了山坡的輕型汽車沿著海岸奔馳了好一段路，這才離開大馬路進入沙灘，一朗的車子依舊跟在後頭確認情況。

沒多久那台車在沙灘上停下，那裡有個古老的碼頭，綁著幾艘以手划槳的船隻。這一帶淺灘和岩場很多，所以快艇和漁船都不太會靠過來。

放眼望去周遭毫無人跡，眼前只有一片無盡黑暗的海洋。

其實這裡在夏天觀光季的時候也是頗受歡迎的景點，熱鬧得很。觀光客的目的是洞窟巡禮，可以划著船前去遊覽那些將懸崖淘出大坑的深長洞窟，當然這是有業者隨行的付費行程。

不過淡季的時候就是當地孩子們玩耍的地方了。

一朗小時候也會在假日和武雄他們騎腳踏車過來，拿著魚叉和釣竿，自己搭上業者的船隻，不帶器具潛水到海裡抓海膽和海螺；或在船上釣海黃魚還是黑毛之類的，然後馬上殺來吃掉。

當然學校曾經警告大家不要這麼做，業者也擺了禁止擅自使用的看板，偏偏就是沒有孩子肯遵守，大家老是趁大人不注意就亂來。

一朗將車子停在濱海道路邊下了車，蹲下來只讓自己的頭從胸部高度的防波堤後露出，凝視著碼頭邊的輕型汽車。然後他慢慢移動，盡可能接近對方。

沒多久車上走下來兩個人，確認對方樣貌的瞬間，一朗的心臟簡直要從嘴巴裡跳出來。

其中一個是江村汰一，另一個必然是遠田政吉。雖然一片黑暗中一朗看不清楚面貌，但那身形肯定是遠田沒錯。

遠田果然來到了島上。

但這是怎麼回事呢？他們總不可能要在這種三更半夜划船出去吧？

江村打開了後座車門，拉出一個龐大的物體，遠田也去幫他的忙，兩個人一起將那東西扛了起來。

那是什麼——那該不會是……人吧？那是一個被布包起來的人嗎？

一朗慌張地舉起脖子上的相機對準前方，透過望遠鏡頭將畫面拉到最近。

雖然被布料包裹，但從模樣看上去果然像個人，如果那是人的話，肯定也已經斷氣了。

一朗按下快門，拚命地按，要將他們所有的行動都記錄在這台相機裡。

兩個人把那東西拿起來走向碼頭，然後隨意丟在其中一艘船上。

接著他們又回到車邊，江村打開後座後方的門，又抱出一個和剛才一樣的東西。

一朗倒抽了口氣，果然不管怎麼看都是個人。
江村一個人抱著那東西，再次走向碼頭，遠田則從副駕駛座拿出一個像是公事包的東西，追隨江村往碼頭的方向走去。
這該怎麼辦，要是兩個人就這樣出海，證據就只剩下相機裡的影像了。就算那真的是屍體，並且他們打算遺棄到海裡的話，也得要當場逮住才行。如果遺體消失了，那照片也會失去效力。
但是，一朗想，自己一個人能辦到這種事嗎？和他們對峙，自己有勝算嗎？
一朗拚了命試著要想出最佳方案。
看來只能等他們一出海，自己也去搭另一艘小船，繼續追蹤他們了吧，若是他們把船上裝的貨物丟進海裡，就要拍到那瞬間的照片，然後馬上報警。這樣一來只要在那一帶的海底找到屍體，他們就完蛋了。
就算不是屍體好了，那也不會是什麼好東西，否則根本就不需要在這種三更半夜鬼鬼祟祟地處理。
不過在一望無際的海上，自己是很有可能被發現的吧？
正在一朗拚命思索的同時，他們兩人已經上了船。
沒有時間可以繼續煩惱，只能硬上了。
一朗翻身越過防波堤，像個忍者一樣躡手躡腳地在沙灘上前進，每踩一步，腳下的沙子都會發出聲響。

*

喀、喀、喀的聲響傳入姬乃耳中。這是令人懷念的沙子歌聲，聲音是從抱著姬乃的江村腳下傳來。
姬乃在江村懷裡徹底放鬆，畢竟目前她最好還是裝成一個死人。

這裡有海潮的香氣、能聽見海浪的聲音，還能從自己在車子裡就鑽開的小洞仰望天之島的夜空。平常看起來相當美麗的星星，現在也讓人覺得像要發生什麼壞事前的凶兆。

來到這個沙灘後，姬乃隱約知道江村想怎麼做了。江村大概要負責遺棄屍體，那麼就只有他會搭上小船，他應該是打算在海上放走姬乃。

但就在江村讓姬乃躺在船上，說了句「那麼我出發了」之後，遠田居然說「你在說什麼，我也要上船啊」，便一腳踩進船艙。

船身因為他的重量而大幅下沉。

「……遠田隊長，遺體處理交給我一個人就可以了。」

「我知道啊，但是我想盡快離開這座島，否則一開始就不會上車啦。聽好了，要是被人知道我在這座島上，好死不死遺體又被發現，第一個就會懷疑我啊。所以待一個晚上，再搭明早的快艇離開風險太高了，等太陽一出來，一定會有別的乘客認出我的。」

姬乃在屍袋裡感到萬分狼狽，江村想必也很焦急。

「但是車子要怎麼辦呢？放在這裡應該不好吧。」

「對啊，那個就交給你了，反正你是得要回到這邊。總之你把遺體丟下去，就把船划到本土沒有人會注意到的地方，我會先下船。然後你再回到這裡，把車子開回原先停放的地方。這樣可能比較花時間，不過應該沒問題，太陽出來前還有四個小時，應該可以在那之前完成吧。」

姬乃覺得小船的晃動變強了，就像是她的內心。

心情搖擺不定。

接下來究竟會如何呢？

要不要乾脆大聲求救？或者是用刀片割開屍袋，試著逃走呢？

她的腦袋中奔過許多念頭，但都沒有勇氣執行。而且根本不可能成功。

姬乃現在彎著膝蓋，和另一具遺體靠在一起被放在船底，腳下和頭上是划槳座，而江村和遠田就面對面坐在上頭，這種狀況下絕對不可能安然逃脫。

「好啦，快點出發吧。」

船隻終於開始前進，噗咕、噗咕地往前方划動。

握著槳的是江村，他的臉龐就在姬乃正上方。

接下來江村打算怎麼辦呢？

姬乃從那小洞裡仰望著江村的眼瞳。

總覺得江村和她對上了眼。

因為江村在划槳的同時，視線也往下看著腳邊的屍袋，彷彿穿透屍袋一般。

但江村應該沒有看到她的眼睛吧。

即使如此，姬乃仍覺得兩人是互相凝視。

*

已經幾年沒握住船槳了呢？

一朗一邊划著船，一邊頻繁確認著背後的前進方向。

遠遠地可以看見遠田他們搭乘的那艘小船，只有豆子點大，距離大概是一百公尺之遙。

但是一朗沒辦法更靠近了，如果他看得到對方，就表示對方也會清楚地看到自己。

幸運的是他們大概想要混進夜色當中，所以沒有使用光線，要是手電筒照往一朗的方向，一朗肯定馬上就會曝光。

放眼望去，海上並沒有任何船隻，這個時間其實已經有灑網漁船在工作，但通常位於距離此處較遠的海域。他們應該也是明白這一點，才會選擇這條路線。

沒過多久，一朗停下划槳的雙手，剛才因為太過心急，一不小心靠得太近。對方的船上有兩個人，而且還裝了龐大的行李，速度不會太快，要是不夠小心，距離馬上就會縮短了。但反過來說，只要拿出真本事，一朗馬上就能追上他們。

一朗確認間隔距離妥當後，再次抓起船槳，槳上與船身綁在一起的扣子再度響起嘎吱聲。

這艘船已經有些老舊了，不過那碼頭邊的船十之八九都是這樣，而且一朗也發現現在還是會有孩子擅自使用這些船隻，有幾艘船上放著釣竿、魚叉、漁網和水桶之類的東西。

一朗之所以選擇這艘船，正是因為他一眼瞧見船上有支不鏽鋼製的魚叉。前端分為三叉的刀刃相當嶄新，看來應該很銳利。

一朗在黑暗的海面上前進，維持兩船距離好一段時間，終於留意到前方的船隻停了下來，然後那裡亮起了螢火蟲般大小的燈光，應該是打開了手電筒。

一朗迅速趴進船艙中，只拿相機往外，把望遠鏡頭拉到最遠，可以看到那船上有黑漆漆的人影在動。

看起來他們的確在做些什麼事情。

一朗換了個姿勢，用力划了三次槳，然後立刻放開船槳，再次看向相機，之後繼續緩慢前進，不時按下快門。

喀嚓喀嚓喀嚓。

那清脆的快門聲在夜晚的海面上聽來十分詭異。

*

從海邊出發以後過了多久呢？姬乃覺得好像已經過了一個多小時，但或許只有十分鐘而已。不知道是不是因為處於恐慌狀態，姬乃的生理時鐘變得相當混亂。

船隻目前正朝海底較深之處，也就是適合用來遺棄遺體的地方前進。

他們的專業就是找到沉在水裡的遺體，相反的應該也知道屍體怎麼樣才不會浮起來。

「雖然說已經習慣啦，不過腳邊擺著兩具屍體還是覺得挺噁心的呢，你說是吧汰一？」

遠田在姬乃的腳邊說著話，他不知何時抽起菸來。

「我是第二次了。」

「喔對耶，你也是這樣丟掉小宮山的吧。」

真驚人，小宮山洋人已經死了嗎？

而且殺了他的人就是江村。

姬乃再次感到震撼。

她還以為自己算是了解江村汰一的，是少數能夠理解他的人，但其實她什麼都不知道。

姬乃再次凝視著小洞，仰望江村的臉龐。

為了要了解這個人真正的樣貌，不能死在這裡，我現在一定要活下去。

姬乃誠懇地祈求有人能夠發現這艘船。

當她還住在天之島上的時候，曾經從陸地上看過三更半夜灑網的漁船，如果那些船隻發現這艘手划的小船，應該會覺得非常可疑而前來詢問狀況的。

那時候就可以大聲求救了。

但姬乃的希望落空，要不了多久遠田就打開了手電筒，說：「這一帶應該就可以了吧。」

江村停下划槳的手，接下來卻毫無動靜。雖然他面無表情，但看起來似乎在想些什麼。

「喂，汰一，你在發什麼呆啊，趕快處理啊。」

「……好的。」

姬乃在他回答的聲音裡聽到一絲絕望，應該不是錯覺吧？

江村慢慢站起身來，手上拿了一把刀身很長的刀子，不知道要做什麼。

「先丟男人吧，為了避免他成了浮屍，要好好把肺部割開放出空氣，再塞點這邊的重石進去就不可能浮上來了。」

遠田語氣平淡地說些令人心寒的台詞。

姬乃旁邊那個屍袋的拉鍊被拉了下來。
就在那瞬間，姬乃看見一張不認識的男人的死亡面孔，立刻嚇得閉上眼睛，阻斷視線。
雖然她很想遮住耳朵，但現在卻做不到。要是她的手動了，遠田一定會發現她還活著。
身旁傳來嘎吱嘎吱的詭異聲響。
姬乃渾身僵硬而恐懼。
江村等一下要怎麼辦呢？
要是江村放棄了救我——姬乃現在最害怕的就是這件事。
又過了約一分鐘後，姬乃聽見了噗通的落水聲，那具遺體應該已經被丟進海裡了。
「好，接下來是這個。」
姬乃的牙關發顫，無法止住自己不停沸騰的顫抖。
「抱歉啦阿姬，雖然很遺憾，不過妳要知道這就是妳的命運，就好好升天……」
「我不要！」
姬乃忍不住脫口喊道。
幾秒鐘後，遠田才低喃道：「……這、這是怎麼回事？這、這傢伙還活著嗎？汰、汰一，這是怎樣？這到底是怎麼回事！」
遠田暴怒的吆喝聲迴盪在海面上。
「喂！汰一你回答啊！是你搞砸了嗎！還是——」

聲音嘎然而止，周遭陷入一片沉靜。
姬乃從屍袋的內部一口氣用刀片縱向割開袋子，眼前終於能看見東西了，她坐起身來，望見站在船上對峙的遠田和江村。
更令人驚訝的是，江村雙手握著刀子，刀尖指著遠田。
他的雙唇顫抖，彷彿唸咒般一直唸唸有詞。
「……不起、對不起對不起。」
遠田不禁張大了嘴巴，愣愣地看著江村這副模樣。

*

船隻的距離逐漸縮短，一朗更加確信自己的猜測沒有錯。
那果然是屍體。
遠田和江村目前正抓著人類的手腳，將對方丟進海裡。
一朗將他們這一連串的動作都拍了下來。
他的手在震動，不，是全身都在發抖，因為極端興奮而覺得自己腦子有點怪怪的。
鎮定點、鎮定點。一朗不斷在心中對自己吶喊。
但是接下來一朗馬上看到更令他震撼的事情，差點嚇破了膽。
透過鏡頭看過去，遠方那艘船上忽然出現了新的人影。
沒有任何預兆便坐起身的，毫無疑問是椎名姬乃。

一朗的腦中一片混亂。

他甚至忘記要按下快門，只是呆呆地從相機裡看過去。

＊

姬乃迅速繞到江村背後，將左手放在他的腰上，然後右手拿著刀片和江村一樣指著遠田。

遠田來回打量眼前忽然起死回生的屍體，與起意謀反的臣子的臉龐，似乎感到非常困惑。

「……汰一，你這是在做什麼。」

他的語氣相當冷靜，一點也不粗暴，甚至可以說是平穩至極，想來根本無法了解眼前到底發生了什麼事情。

而江村則是不停用蚊子般細小的聲音反覆道歉：「對不起、對不起、對不起。」

那彷彿是在吟誦永無止盡的咒語。

姬乃能從放在他腰間的手上感受到，那具瘦小的身軀顫抖得相當劇烈。

「汰一啊，別開玩笑了，你不是認真的吧？你怎麼可能會做這種事情呢？」

「對不起對不起對不起……」

「你知道你的刀子朝著誰嗎？」

「對不起對不起對不起……」

「我再問一次，你知道自己的刀子朝著誰嗎？」

「對不起對不起對不起……」

「夠了，快丟下那東西，受傷的話很危險啊，好啦快丟掉吧。」

遠田向前踏出一步，但江村像是要恫嚇他一般，快速地將刀子往前伸。遠田嚇得跌坐下去，船身也因為這個震動而大大搖晃了一下。

遠田難以置信地瞪著江村。

「汰一，你給我聽好了，你還記得是誰救了你的命嗎？是誰把你養到這麼大？是我吧？你怎麼能夠恩將仇報呢！你的媽媽會怎麼想？你想讓你深愛的媽媽難過嗎？」

遠田維持著坐姿就喋喋不休地細數起來。

江村像洩了氣的皮球似的，手上握著的那把刀，刀尖逐漸下垂。

姬乃簡直難以置信，為什麼江村會因為這種口頭上隨便說說的話就氣勢受挫呢？

「就是這樣，好孩子，你沒辦法背叛我和媽媽的呀。」

終於，江村手上的刀子完全垂了下去。

「汰一，這樣很好。」遠田雙手撐著膝頭站起來，「好啦汰一，把那女的給我抓起來，現在馬上殺掉。」

姬乃忍不住嚥了嚥口水。

江村緩緩回頭，看到他的臉龐，姬乃相當錯愕。

江村正在哭泣，那個缺乏情緒的江村汰一眼中落下了大顆大顆的淚珠。

「江村你別這樣，你才不是那種人——」

「女人妳給我閉嘴！」遠田馬上怒斥：「汰一，別被騙了，那個女的是敵人，是教唆你做壞事的魔女。」

「江村，算我拜託你了。」

「汰一，這是命令，在我面前證明你的愛吧，為了你在天國的媽媽——」

就在此時，遠田的臉龐忽然被一片刺目的光芒包圍，有道光打向他的臉。

姬乃轉過頭去看向光源。

這才看到幾公尺後方的海上，漂浮著一艘和自己搭乘的小船一樣的船隻，手電筒的光芒就是從那裡來的。

姬乃定睛一看，更是驚訝。

光線的來源是新聞記者菊池一朗。

他左手拿著手電筒、右手拿著有三叉刀刃的魚叉，瞪著光線前方。

*

被光芒包圍的遠田驚愕不已，他臉上的表情好像見了鬼似的，嘴巴也跟吐泡泡的魚兒般一張一闔。

「遠田政吉，束手就擒吧，你已經完蛋了。」

一朗不顧腦袋還處在混亂漩渦中的遠田，逕自低沉地向他宣告。

「……等等啊，怎麼可以這樣啊，太過分了吧！」遠田不停自言自語，「完全搞不清楚是怎麼回事啦，現在到底是怎樣啊！」

遠田雙手抱頭，看起來陷入了莫大的恐慌。

一朗心中亦是如此。

為什麼椎名姬乃會在這裡，為什麼江村會拿刀指著遠田，他完全無法理解現場到底發生了什麼事情。

唯一能夠確定的，就是椎名姬乃現在身處危險當中。

「……怎麼可以這樣啦！到底為什麼會變成這樣啊！」

遠田的眼神相當空虛。

隨即，他拚了命地搖頭，不知道在向誰傾訴：「……我不要、我不要，我才不要這樣子完蛋。」

他這模樣實在令人同情。

一朗見遠田如此，迅速移動船隻，停在他們的小船旁邊，然後快速將兩艘船的槳綁在一起，很簡單就將船隻固定好了。

「江村，放下你手中的刀子吧。」

一朗用手電筒照著對方手上的刀子說道。

但江村視若無睹，他似乎根本沒有意識到突然現身的一朗。

於是一朗將手電筒照向他的臉龐。

這麼一照，他才發現江村正在哭泣，他看著姬乃的臉龐，眼睛落下大滴大滴的淚珠。

江村汰一的心靈崩壞了——一朗直覺地這麼認為。

姬乃面對著江村，緩緩拉起他的手，慢慢鬆開他的手指，抽出他緊握的那把刀子。江村一點都沒有抵抗，跌坐在船艙內。

「好了，小姬，妳拿著那把刀過來我這邊。」

但是，姬乃沒有聽從一朗的指示。她盯著自己手上的刀子。

「小姬？怎麼了？」

姬乃一動也不動。

正當一朗打算拍拍姬乃肩膀時，就是那瞬間——

她拿著刀子的手緩緩舉起，刀尖指著遠田。

一朗慌慌張張地跳到隔壁船上，抓住姬乃的手腕。

姬乃直瞪著遠田，氣到雙頰發顫，一朗看見她的側臉不禁嚇了一跳，姬乃的雙眼寫滿了無比的憎惡。

「小姬，我不知道發生了什麼事情，不過沒關係了，妳已經安全了，接下來就交給我吧。」

一朗說完話又過了幾秒，姬乃才微微點了兩次頭，將刀子往船艙裡一丟。

就在這時，一朗察覺遠田在一片黑暗中伸手，不知道在做什麼。

他立刻把手電筒轉了過去。

「遠田！那是什麼！」一朗往前踏出一步，逼問他。

遠田手上拿著銀色的公事包，那東西剛才還放在船艙的正中央。

「我問你那是什麼，給我回答！」

「這、這是我的東西，我才不會交給別人！」遠田把公事包緊緊抱在胸前，聲音顫抖地說。

雖然一朗不知道裡面裝了什麼，但看來他死到臨頭了還想做困獸之鬥。

「你還不懂嗎，你的命運就到此為止了。」

一朗就像是在告誡他一樣說著。

就在此時。

船隻沒來由地激烈搖晃起來，剛剛還非常平穩的海面忽有大浪而至，驟然狂暴。

一朗慌忙蹲下，緊緊抓住划槳座。

他最先想到的是可能有大型船隻從旁邊通過，不過放眼望去，完全沒有任何船隻。

那樣一來，現在又是怎麼回事？

一朗死命抓住用力晃動的船身，努力想要理解究竟發生了什麼事情。

這簡直就像是那場地震。

不就是兩年前的今天，侵襲這座島嶼的地震嗎？

幸好搖晃並沒有持續太久，海面很快若無其事恢復平靜。

這難以理解的現象讓一朗滿心困惑，但也只有那麼一下。

因為姬乃和江村還待在自己身邊，可船上卻不見遠田的蹤影。

「救、救命……救命啊！」

一朗隱約聽見遠田的聲音。原來由於剛才的搖晃，他被拋進了海裡。

一朗馬上站起身來，用手電筒來回在周邊海面照射，結果發現遠田在幾公尺外的海面上，只露出一顆腦袋。

遠田非常努力地掙扎，他明明應該是深諳水性的人，不知為何卻似乎溺水了。

「你們在幹嘛！快、快點救我啊！」

遠田像是想抓住些什麼，拚了命地把一隻手往一朗等人的方向伸去。

一朗站在船上，凝視著光線那頭，如同在觀察什麼東西那樣。

不知道為什麼，他就是無法動彈。

不僅一朗如此。

姬乃和江村也不知何時站到他的身旁，同樣沒有動靜。兩個人都和一朗一樣，靜靜望著那個在黑暗的海水中掙扎的男人。

這奇妙的時間維持了好一會兒。

「拜託！救救我！救我啊——！」

遠田的頭一瞬間被海水淹沒、又重新出現在海面上。

一朗猛然回神。

他拿起船上的繩子往遠田的方向丟去。

遠田在垂危之際總算抓住了繩子的尾巴。

確認他抓到繩子以後，一朗慢慢將繩子拉回。

遠田逐漸靠近小船，右手也已經抓住了船隻側面。

當一朗正打算把他拉上船，就要伸出手的瞬間，耳邊傳來了噗咻一聲刺耳的聲響。

一回神，遠田的喉嚨上插著某個東西。

是魚叉。稍早還在一朗手上的魚叉，前端那三叉刀刃深深刺進了遠田的喉嚨。

一朗膽戰心驚地往旁邊一看。

握著魚叉的是姬乃。

*

真的是毫不思索就做了。

姬乃覺得好像有另外一個人在操控著這副身軀，那種感覺相當奇妙。

這當然不是她的藉口。

這的確就是我下的手，我明確的殺意將矛頭指向了遠田政吉。

遠田現在仰著身子咕嘟咕嘟浮在海面上。

插在他喉頭的魚叉直直指向天空。

*

這簡直就是場惡夢。

但這絕對是現實。

一朗啞口無言，只能看著漆黑的海面上，那隨波搖擺的大男人。

看樣子遠田政吉一定是斷了氣。

「……沒關係，這是正當防衛。」

一朗對跌坐在船底的姬乃低聲道，同時把手放在她的肩膀上，「妳是因為性命受到遠田威脅，無法可想之下只好反擊，結果遠田就這樣死了，事情就是這樣，知道吧。」

姬乃緩緩地搖了搖頭。

「……我是因為想殺他，才射出魚叉的。」姬乃像是丟了魂似的，眼神飄渺地說。

「不、不是的，這是意外，是意外！」一朗用力搖動姬乃的肩膀努力勸說。

可是她又再次搖了搖頭。

「我……剛剛……被那男人……強……」

——。

一朗沒能聽清楚最後的關鍵字，但已經察覺她說的是什麼意思。

「所以，我、我……」

一朗不禁抱頭苦思。

「就算是那樣……這還是意外。無論發生什麼事情、其他人怎麼說，這都是一場意外。」

一朗想起了什麼，猛然回頭看向江村汰一。

「江村，你懂吧，這是意外，你我就是證人。」

江村汰一依舊站在船上，面無表情地俯視著浮在海面上的遠田。

「江村！這很重要啊，你要聽清楚了。」

沒想到江村手腳俐落地撿起掉在船艙內的刀子。

然後像是想到了什麼，將刀尖朝向一朗。

「你，你要做什麼……」

「回岸上去。」江村小聲地說，「遠田隊長會消失，姬乃一開始就不在這裡，你馬上帶姬乃回岸上。」
一朗歪了歪頭，「你在說什麼？根本不可能這樣做吧。」
「我可以，不會有人發現遠田隊長，就算被發現了，犯人也是我。」
「江村……」
一朗認真盯著江村的面孔。
「不，可是就算不那麼做，只要說是正當防衛──」
「不行，姬乃會很可憐。都是因為你，有很多人認識姬乃。」
一朗搞不懂江村這話的意思。
「總之你們快點走。」

*

眼前的菊池一朗兩手握著船槳，正將小船往岸邊划。
回頭就算是用力凝望，也已經看不到江村搭的那艘船了，眼前就只有一片漆黑的海面。
一朗似乎一直在想什麼事情，他皺著眉頭注視著某一點，雙手只是機械性地划動。
雖然江村說得很含蓄，不過姬乃馬上就明白他的意思。
就算大家可以認同這是正當防衛，他們仍然不得不把事情先後經過都告訴警方，這樣一來也無法再隱瞞姬乃遭到遠田玷汙的事。姬乃原先就是社會大眾認識的人，這麼做就會讓她曝露在所有人的好奇目光之下。
在占用復興支援金公款的遠田政吉手底下工作，又遭到利用的是先前因為某篇報導而引發大眾熱議、有段時間在網路上被稱為「降臨地獄的天使」而深受大家喜愛的年輕女性——那位女性被遠田強暴，為了復仇而殺了遠田。

社會大眾怎麼可能對這種事件置之不理？媒體絕對會追著我跑。

我能夠忍受那種事情嗎？

一段時間後一朗終於也想到這點了，於是他非常苦惱。

「菊池先生，沒關係的。」

姬乃平靜地說。

一朗停下了雙手，凝睇著姬乃的臉龐。

「我已經有所覺悟了。」

這不是自暴自棄，而是她的真心話。

今天是姬乃人生當中最糟糕、受到詛咒的一天。但最後，她還是獲得了一點救贖。

江村汰一想從遠田手中把我救出來，他想要保護我。

他是個有人心的人類。

明白這一點，就不再有任何留戀了。

*

一朗在名為善惡的迷宮中發愣，眼前雖然有個出口，卻不知道該選擇哪條道路。他壓根無法明白哪條才是正確的道路。

——我已經有所覺悟了。

姬乃剛才是這麼說的。

一朗從她的語氣中感受到死亡氣息。

她打算死去吧。

一朗才不會讓她這麼做，沒有人希望結果是那樣。

但事情只要洩漏出去，椎名姬乃必然會曝光在社會大眾多管閒事的好奇心之下，而當初將她抬上祭壇的便是自己。

而且這樣一來，姬乃還是會面臨審判，如果一切照實說出，那麼警方就會逮捕她。

不管怎麼說，她的確是殺害了毫無抵抗能力的人。當然她應該會被酌量輕判，但免不了有罪，因為日本不允許報復或者復仇這類行為。

在一朗思考這些事情的同時，外套口袋裡的手機響了起來。

是俊藤打來的。他怎麼會在這種大半夜的打給一朗呢？

一朗左右為難不知道該不該接電話，最後還是接了起來。

〈真抱歉半夜打擾你，這是我剛剛才知道的事情，因為覺得應該趕快讓你知道所以還是撥了電話。〉

「發生了什麼事？」

〈我現在氣到發抖，你務必要冷靜一點……遠田似乎逃亡了。〉

俊藤表示警方因為不慎讓小宮山失蹤，為了避免遠田也逃亡，因此二十四小時監視他。但就在昨天傍晚，遠田離開月租公寓以後，警察卻追丟了他、不知他的去向。

〈這實在是很嚴重的失誤，居然在逮捕之前就讓嫌疑犯給跑了。〉

一朗把手機放在耳邊，眼睛卻看著面前的姬乃。

〈要是找不到遠田可就糟了，幾個幹部被砍頭都不夠。〉

她正抱住自己的膝蓋，低垂著頭。

〈菊池先生，你有聽到嗎。〉

「……有，我有聽到。」

為什麼自己不開口說呢？

說我知道遠田在哪裡。

說那個男人已經死了。

大概是因為一朗沒什麼反應很詭異，俊藤在電話另一頭疑惑地確認：〈呃，菊池先生？〉

「對了，俊藤先生，我想問件其他事情。大概半小時前有哪裡發生地震嗎？」

〈地震？不，應該沒有地方發生地震喔。〉

「……」

〈怎麼了嗎？〉

「沒事，那先這樣。」

一朗說完便掛掉電話。

2 0 2 1

3 march

SUN.	MON.	TUE.	WED.	THU.	FRI.	SAT.
	1	2	3	4	5	6
7	8	9	10	11	12	13
14	15 堤佳代	16	17	18	19	20
21	22	23	24	25	26	27
28	29	30	31			

20　二〇二一年三月十五日　堤佳代

「所以說，你和遠田兩個人為了拋棄那個仲介的屍體，晚上搭船出海，半途你想要獨占金塊，就趁機拿刀攻擊遠田，但是遠田就算死到臨頭也不肯放開那個裝著金塊的公事包，結果抱著那東西從船上落海後沉了下去——就是這樣？」

三浦治將聽到的事情重新梳理了一遍。

「是啊。」江村點點頭。

「唔……這樣啊。」

包含三浦在內，所有聽眾都覺得似乎哪裡不太對勁。

佳代也是，江村原先那麼崇拜遠田，對他那麼忠誠，為什麼會突然起意謀反呢？

不過或許事情也就是那樣而已，再怎麼說這個男人實在不尋常，要理解他的行動原則打從根本上就是不可能的。

「喔，雨停了耶。」

忽然有人這樣說。佳代向外一看，雨還真的停了。不知何時雨聲早已停歇，窗外那覆蓋在天空的黑色雨雲已經散去。

「不過我說你啊，怎麼會現在才想來說這些話呢。」

江村沉默了一會兒，才回答：「懺悔。地震已經過了十年，我終於下定決心表白。我想那些金塊會被發現，就是為了要我說出這件事情。」

「江村……」

「我真的錯了，做了不該做的事情，給這座島添了許多麻煩。」

此時江村忽然端正坐好，兩手放在地板上，將頭垂了下去。

「真的是非常抱歉。」

現場一片沉默。

「真是的！就只有最後才故意這麼有禮貌。」

三浦哼著氣說出這句話，臉上卻沒有絲毫怒意。

想來大家都一樣，沒辦法繼續怪罪江村，畢竟他把一切都說出來了。

「不過你接下來要怎麼辦呢？」

「我會去投案，把剛才說的話再跟警察說一遍。」

「這樣啊——一朗，這傢伙會被逮捕嗎？」

三浦向聽眾之中的一朗詢問。

「佔用公款一案已經判他無罪，更何況時效也過了所以不會問罪於他。至於殺害遠田和小宮山、遺棄仲介屍體的刑罰，會視有沒有打撈到屍體而有所不同。」

一朗給了個公事公辦的回答。

然後他站起身，環視了大夥兒一眼，說：「不好意思，能讓我單獨和他說說話嗎？」

那語氣完全不容他人置喙。

「江村，我送你去警察局。」

一朗對江村說完，便帶著他走出門外。

兩個人的身影消失後，大家總算鬆了口氣，三三兩兩聊起天來。

「唉，我實在沒心情去工作了。」

「那也沒辦法，畢竟聽了這種事情。」

「那就休假好了，休假啦！」

「乾脆重新喝過吧。」

「說什麼蠢話啊！」

「對了，這樣的話那些金塊會怎麼處理啊？」

「應該會變成島上的東西吧？追根究柢——」

佳代拋下一片吵鬧，離開了客廳。

都快十一點了，來未總該起床了吧，現在把她叫起來也沒問題了。

佳代在走廊上往來未的房間裡一瞧，忍不住驚呼一聲：「啊！」

棉被已經掀開，來未則不見蹤影。

佳代抬起頭才發現窗簾正隨風翻飛，她進了房間掀起窗簾，果不其然窗戶是開著的，來未從這裡溜了出去。

到底是什麼時候——

佳代慌張地往大門走去。

2 0 2 1

- 21 -

3 march

SUN.	MON.	TUE.	WED.	THU.	FRI.	SAT.
	1	2	3	4	5	6
7	8	9	10	11	12	13
14	15 菊池一朗	16	17	18	19	20
21	22	23	24	25	26	27
28	29	30	31			

21　二〇二一年三月十五日　菊池一朗

一朗在泥濘的田間小路上與身高只到自己肩膀左右的江村並肩而行，周遭漂盪著土壤被雨水淋濕後的氣息，遠方的雲層間射下一道光芒。

離開彩虹之家後，兩個人久久未曾開口。

「江村。」

最後還是一朗起的話頭，「你剛才說懺悔，是真心的嗎？」

「是啊。」

江村直視著前方回答。

「你是為了這件事情才來島上的？」

「是啊。」

「真的嗎？」

「是啊。」

江村面不改色，語氣平淡。

一朗做了個小小的深呼吸，又再次開口：

「這只是我的想像，你就聽聽吧。」

「……」

「你知道金塊被發現的時候，感到很不安，擔心椎名姬乃會不會因為這件事情，就自己說出真相，你為了不讓她這麼做，所以才——」

「不是，我不知道姬乃在這座島上。而且那不是我編的情節，那就是真相。」

「江村……」

一朗停下腳步。

走了幾步出去的江村回過頭來。

「只是——我的確想著來了這裡，說不定能見到姬乃，我希望最後能再見她一面。」

嘴上說著這話的江村還是和以前一樣，一點表情都沒有。

但一朗能夠明白江村的心情，就算沒有任何表情，他也散發出讓人能夠痛切理解的氛圍。

這時，後方突然傳來腳步聲。

一朗回頭一看，遠處出現了椎名姬乃的身影，她跑著追上兩人。

不一會兒姬乃上氣不接下氣地來到兩人眼前。

「江村……」

姬乃氣喘吁吁地開口，眼中充滿淚水。

一朗大為震撼，不過不是因為姬乃。

而是因為看著姬乃的江村，嘴角似乎微微上揚。

「——姬乃，再會了。」

江村轉身大步跨出，就這樣一步步走出去。
他那瘦小的身影漸行漸遠。
一朗和姬乃一直站在那兒，直到再也看不見他。

- 終章 -

終幕

「欸等等，你有沒有看見來未呀？」

騎在腳踏車上的佳代到處詢問路上遇到的每個人和她見到的人。

偏偏就是沒有人看到來未。

那調皮女孩到底又隨興散步到哪裡去了？

平常佳代是不會管她，但現在要是被媒體找到可就麻煩了。

雖然接下來媒體可能就會對來未失去興趣了吧。

江村的事情流傳出去之後，他們應該會緊咬著那邊不放，大概就連新聞談論節目都會連續好幾天討論他的事情呢。

「來未嗎？我剛剛有遇到喔。」

佳代詢問同樣騎著腳踏車、擦身而過的谷千草，好不容易得到了訊息。

「真的嗎？」

「嗯，我問她說要去哪裡，她說要去海邊。」

「哪個海邊啊？」

「不知道呢，她怎麼了嗎？」

「哎呀，那孩子現在處於風波當中嘛，要是在外頭被媒體發現可不得了。」

「原來是那件事情，真不得了呢，畢竟撿到了金塊呀。」

「那件事情可複雜了。」

「很複雜？怎麼說？」

「事情講起來可長了，我實在沒自信能好好說清楚。」

「這樣說就讓人更在意了呢。」

「妳晚點問其他人吧，我先走囉。」

佳代語畢踩下踏板，背後又傳來一聲「對了，佳代奶奶」的聲音把她叫住了。

「謝謝您先前獻的花。」

「喔，沒什麼，不客氣。」

佳代前幾天曾經和昭久兩個人一起去祭拜她兒子的墳墓。

她和千草道別，沿著海岸線繼續騎車。

沒多久終於看見沙灘上有個孤單少女的背影。

在那兒，是來未沒錯。

「來未！」

佳代連忙按下剎車，呼喊來未的名字。

來未回過頭，悠哉悠哉地揮手。

這孩子，真是的——

「不是叫妳這陣子別出門嗎！妳什麼時候跑出來的？」

佳代在來未身旁坐下，忍不住叨唸。

「嘿嘿，我昨天晚上就把鞋子藏在房間裡了。」

看她那毫不掩飾的天真笑容，佳代真是要生氣也難。更何況那面貌就和孩提時代的雅惠一模一樣。

「對了，妳有聽到我們在說些什麼嗎？」

佳代更擔心的是這件事情。

當然，也不可能所有事情都瞞著，但她還是希望能夠以後再用比較溫和的方式告訴她。

來未搖搖頭說：「沒有，大家不是聚在一起一直聊過去而已嗎？」

「這樣啊。」佳代安下心來，「那些事情呢，來未妳將來有一天也會知道，我會和阿昭一起——」

「不用，我沒有特別想知道。」來未說得很乾脆，「人家聽不懂太難的事情，而且也不想聽以前什麼很陰暗的事情啦。現在很快樂，人家這樣就好了。」

佳代胸口一陣心酸。

這簡直就像是雅惠在說話。

「我有別的事情啦，佳代奶奶我跟妳說，人家見到媽媽了唷。」

「什麼意思？」佳代蹙起眉頭。

「她到夢裡來見我了，我跟媽媽玩了好久好久、一起吃飯，也講了好多話。」

「咦，真的嗎！」

「嗯，所以人家才想說還是不要起床好了，就一直睡下去。」

「難怪妳變成白雪公主啦，這樣啊、這樣，那真是太好了。」

佳代溫柔地摸摸來未的頭。

「啊對了，媽媽還叫我要跟佳代奶奶說『謝謝』喔。」

「謝謝？為什麼？」

「她說謝謝妳幫我取了一個很棒的名字。」

佳代倒抽一口氣。

她並沒有告訴來未說，來未這個名字是自己取的，因為佳代希望來未認為名字是母親雅惠取的，為什麼——

佳代陷入奇妙的困惑，而來未站起來拍了拍屁股上的沙子。

然後她看著遠遠的那頭說：「佳代奶奶啊，蓋橋要花多少錢啊？」

來未的視線那端是本土的矢貫町。

「橋？」

「嗯，因為有橋的話就能馬上過去本土了吧，海人哥哥也可以很輕鬆地回來。」

「呃，是啊。」

「我撿到的那些金塊，全部拿出來的話夠不夠啊？」

不知為何佳代一陣鼻酸，連帶著眼眶也濕了。

「嗯，一定夠的。」

或許是因為佳代語帶哭音，來未回過頭來盯著佳代的臉瞧。

「啊，又哭了，佳代奶奶真是愛哭鬼。」

來未嘻嘻笑著。

她就是這樣。這個笑容就是來未本身。

希望這個孩子的未來，一直都是無比光明——

佳代悄悄對著眼前的湛藍大海許下願望。

本故事純屬虛構，
與實際存在人物、團體、案件無任何關係。

参考文献

『記者は何を見たのか　3・11東日本大震災』
読売新聞社世論調査部・著（中公文庫）
『津波からの生還　東日本大震災・石巻地方100人の証言』
三陸河北新報社「石巻かほく」編集局・編（旬報社）
『特別報道記録集　三陸再興　いわて震災10年の歩み（2011・3・11　東日本大震災　岩手の記録V）』
（岩手日報社）
『特別報道写真集　平成の三陸大津波（2011・3・11東日本大震災　岩手の記録）』
（岩手日報社）
『遺体　震災、津波の果てに』
石井光太・著（新潮文化）
『NHKドキュメンタリー3・11万葉集　詠み人知らずたちの大震災』
玄真行・著（ディスカヴァー携書）
『あのとき、大川小学校で何が起きたのか』
池上正樹、加藤順子・著（青志社）
『呼び覚まされる　霊性の震災学　3・11生と死のはざまで』
東北学院大震災の記録プロジェクト　金菱清（ゼミナール）・編（新曜社）
『がれきの中で本当にあったこと　わが子と語る東日本大震災』
産経新聞社・著（産経新聞出版）
『いのり　東日本大震災で亡くなられた方々の魂に捧ぐ』
冨田晃・著（創栄出版）
『魂でもいいから、そばにいて3・11後の霊体験を聞く』
奥野修司・著（新潮文庫）

TITLE

海神

STAFF

出版	瑞昇文化事業股份有限公司
作者	染井為人
譯者	黃詩婷
總編輯	郭湘齡
責任編輯	張聿雯
文字編輯	蕭妤秦
美術編輯	許菩真
排版	許菩真
製版	明宏彩色照相製版有限公司
印刷	桂林彩色印刷股份有限公司
	紘億彩色印刷有限公司
法律顧問	立勤國際法律事務所　黃沛聲律師
戶名	瑞昇文化事業股份有限公司
劃撥帳號	19598343
地址	新北市中和區景平路464巷2弄1-4號
電話	(02)2945-3191
傳真	(02)2945-3190
網址	www.rising-books.com.tw
Mail	deepblue@rising-books.com.tw
初版日期	2022年3月
定價	520元

ORIGINAL JAPANESE EDITION STAFF

装幀	高柳雅人
装画	石居麻耶

國家圖書館出版品預行編目資料

海神/染井為人作；黃詩婷譯. -- 初版. --
新北市：瑞昇文化事業股份有限公司,
2022.03
464面；14.8x21公分
譯自：わだつみ
ISBN 978-986-401-548-1(平裝)

861.57　　111002052

讀小說
Reading Novel